임화
문학
연구
3

임화문학연구 필자

손유경 _ 아주대학교 기초교육대학 강의교수
이명원 _ 경희대학교 후마니타스 칼리지 교수
이경재 _ 숭실대학교 교수
권성우 _ 숙명여자대학교 교수
이현식 _ 인천문화재단 기획경영본부장
김동식 _ 인하대학교 교수
김종욱 _ 세종대학교 교수
백문임 _ 연세대학교 교수

임화문학연구 3

초판인쇄 2012년 5월 15일 **초판발행** 2012년 5월 20일
지은이 임화문학연구회 **펴낸이** 박성모 **펴낸곳** 소명출판 **출판등록** 제13-522호
주소 서울시 서초구 서초동 1621-18 란빌딩 1층
전화 02-585-7840 **팩스** 02-585-7848 **전자우편** somyong@korea.com **홈페이지** www.somyong.co.kr

값 20,000원

ⓒ 2012, 임화문학연구회

ISBN 978-89-5626-705-0 93810

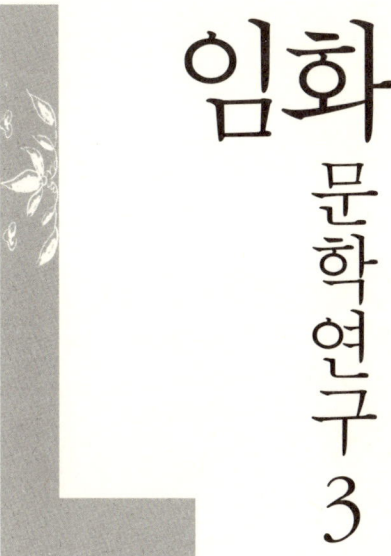

임화
문학연구 3

임화문학연구회 편

소명출판

하루하루 들여다보면 정신없이 돌아가는 세상의 나날들이다. 수많은 사건과 사고가 연일 일어나고 그러는 가운데도 또 무수히 많은 것들이 쏟아져 나온다. 수많은 글과 책들 또한 끊임없이 쏟아져 나오고 있다. 때가 되면 선거로 정권이나 사람이 바뀌기도 하고 그대로이기도 하고 여하튼 현상적으로는 큰 탈 없이 세상은 돌아가고 그 속에서 이러저런 것들이 혼란스럽게 빠르게 생성·소멸하고 있는 듯하다.

그러나 뭔가 큰 눈으로 보면 도대체 세상이 어디로 무엇을 향해 질주하는지 겁이 날 지경이다. 질주의 형태는 보이지만 정작 그 실체를 가늠하기 힘든 가속도의 시대다. 남과 북, 한반도 전체를 놓고 보면 더더욱 그러하다. 여전히 상호 등을 돌린 채, 아니 더욱 적대적인 모습으로 제각기 제멋대로 질주만 하고 있을 따름이다.

그래서일까, 큰 인물을 찾기도 힘들고 만들어지기도 힘든 시대라는 말을 자주 듣게 된다. 시대가 분명 큰 시야를 방해하고 은폐하기 때문일 것이다. 가령 임화라면 이런 시대 앞에 크게 '통곡'하지 않았을까. "어떤 놈이 / 통곡을 / 매장의 노래라 / 비웃느냐 / 나는 슬플 때마다 / 개구리처럼 아우성치며 / 울어대는 반도인의 자손이다 / 나는 우러나오는 / 제 소리를 / 감추지 못하는 / 큰 소리로 / 우는 시인이다"라는 시 「통곡」이 떠올라서다.

'큰 소리로 우는 시인'과 같은 어떤 깊고 큰 존재감을 오늘의 시대에 한번 떠올려 보라. 이런 근본적 결핍이 우리 시대의 가장 무서운 위기의 징후이자 시대적 허약성을 보여주는 지표가 아닐는지, 문득 임화를 대면하자 다시 엄습해 오는 생각이다. '역사가 의식되는 것은 단순히 과거에의 회고 때문이 아니라 현재가 언제나 과거의 연장이기 때문'(「역사·문학·문화」)이라는 그의 선언처럼 과거조차 잃어버리게 만드는 오늘의 시대, 어디선가는 과거에 기반하여 부단히 현재와 미래를 읽어내는 필사의 노력 또한 부단히 있어야 한다는 생각도 마찬가지다.

이번 호 역시 임화문학연구회가 가장 중점을 둔 정례 학술대회의 성과물에 기초하고 있다. 2011년 10월 14일 한양대학교 인문관 205호에서 있었던 제4회 임화학술심포지움은 임화와 동시대의 다른 비평가들을 마주 세워 임화의 진면목을 살피고 한국 근대비평사의 심층을 검토하는 계기로 삼고자 기획되었다. 권성우(숙명여대), 이명원

(경희대), 이현식(인천문화재단), 이경재(숭실대), 손유경(아주대)의 발제와 서영인(경북대), 임규찬(성공회대), 박정선(창원대), 강진호(성신여대), 김동식(인하대)의 토론 및 김재용(원광대)의 사회로 염무웅(영남대) 등이 참여한 종합토론이 있었다. 이 책은 이와 같은 제4회 심포지움의 발제문을 발표자들이 추후 보완한 논문을 중심으로 하고 있다. 그리고 이번 호부터 다른 학회지에 발표된 임화 관련 논문 가운데서 주목할 만한 성과를 편집위원회에서 검토하여 김동식(인하대), 백문임(연세대), 김종욱(세종대)의 논문을 재수록함으로써 임화에 대한 최근의 논의를 집대성하였다. 특히 이 가운데에서 백문임과 김종욱의 글은 임화의 영화론을 검토하고 있는데, 임화 연구의 영역 확장이면서 동시에 상호 입장차를 보여준 논쟁적인 글이어서 흥미롭다.

임화문학연구회와 『임화문학연구』는 사실 오늘날의 학문 풍토와 운영 방식에서 다소간 벗어나 있다. 연구회의 규모나 재정에서는 여전히 열악한 형편이지만 그 정신과 열의만큼은 초심과 원칙을 잃지 않고 잘 지켜나가고 있다. 작지만 알찬 학회와 열린 매체로서 뜻있는 동지·동학들의 적극적인 참여 속에 임화 연구와 임화적인 실천이 더 확대 진전되기를 기대하는 바이다.

2012년 5월

임규찬

차례

팔봉의 '형식'에서 임화의 '형상'으로

손유경

1. 텍스트 · 콘텍스트 · 서브텍스트

　결성에서 해체에 이르는 기간 동안 카프비평은 진보 혹은 진화했는가? 근본적이기에 답하기 곤란한 이런 질문을 제기하기 전에, 카프의 비평 담론을 꿰뚫는 내적 일관성이 존재했는가라는 비평사적 질문을 우선 던져보는 것도 한 방법일 것이다. 일반화의 위험을 무릅쓰고 말한다면 기왕의 카프비평(사) 연구는 대체로 카프비평의 내적 연속성보다는 텍스트 바깥의 복잡한 정세 변화와 그것이 야기한 개별 논쟁의 국면적 특수성에 집중하는 경향을 보여 왔다. 카프비평이라고 하면 으레 내용·형식논쟁이라든가 대중화논쟁, 창작방법논쟁 등 몇몇 익숙한 논쟁들이 즉시 연상되는 것이 사실이다. 팔봉과 임화를 위시한 카프 문인들에 의해 한국 근대문학비평이 본격적인 궤도에 올랐고, 여러 차례의 굵직한 논쟁들이 비평적 수준을 끌어올리는 데 결정적 역할을 담당했다는 것은 주지의 사실이다. 그런 점에서 논쟁을 중심에 놓는 카프비평 연구는 여전히 중요한 의미를 지닌다. 그러나 각각의 논쟁적 국면에만 초점을 맞추게 되면, 논쟁으로 유명해진 텍스트 못지않은 비중에도 불구하고 그간 잘 거론되지 않았던 텍스트를 다시금 시야에서 놓쳐버리기 쉽다. 또한, 카프비평의 성과와 한계를 연속성의 관점에서 파악하지 못하거나 주요 텍스트 간 대화의 양상을 간과해버릴 수도 있다. 논쟁을 기준으로 시기를 세분화할 만큼 카프의 실제 활동 기간이 충분히 길었는지도 의문이려니와, 설령 구분이 가능하다 할지라도 비평사적 장면전환이 과연 그토록 빠르게 불연속적으로 이루어졌는가라는 질문은 여전히 유효해 보인다. 이러한 맥락에서라면 각 논쟁을 일회적 사건으로 고립시켜 바라보기보다는 그 이전과 이후를 아울러 고찰하는 관점으로의 전환이 필요하다는 판단도 가능해진다.

이 글은 카프비평의 내적 일관성이라는 비평사적 질문에 답하기 위해 팔봉과 임화의 비평 담론을 교차시켜 고찰하는 우회로를 택하기로 한다. 이를 위해 본고는 새로운 텍스트와 콘텍스트 발굴에 힘입어 대중화논쟁 이후 '만난 적이 없다'고 이해되어 온 팔봉과 임화가 '다시 만나는' 장면들을 재조명한다. 이 글이 주목한 팔봉과 임화의 첫 번째 만남은, 대중화논쟁 이전과 이후 팔봉과 임화가 서로 상대방을 직접 호명하는 텍스트들에서 발견된다. 두 번째는, 직접적인 언급이 이뤄지는 텍스트의 표면이 아니라 그 이면의 서브텍스트를 탐색하는 과정에서 드러난다. 특히 두 번째 작업은, 러시아 프로문학운동과 관련된 최근의 연구 성과 같은 새로운 콘텍스트에 기대어 두 비평가의 텍스트가 시차를 두고 공명하는 양상을 지금-여기의 관점에서 재구성하는 방향으로 진행될 것이다. 팔봉과 임화를 중심으로 일제 강점기 프로문학 진영의 문학비평이 앞선 텍스트의 문제의식을 이어받아 그것을 생산적으로 변주하는 과정을 연속성의 관점에 입각해 살펴보는 것이 본고의 주요 과제이다.

2. '프롤레트쿨트'라는 낯선 기호

팔봉의 대표적인 초기 비평인 「지배계급교화 피지배계급교화」(『개벽』 43, 1924.1)는 다음과 같은 문장들로 시작된다.

뿌르즈와, 컬트, 프로렛트, 컬트라는 말을 나는 여긔에서 便宜上「支配階級敎化, 被支配階級敎化」라고 譯하엿다. 오늘의 支配階級 그것은 어

느 나라를 물론하고 뿌르즈와이며 오늘의 被支配階級 그것은 모다가 프
로렛타리아다. 그러면 無産階級教化나 有産階級教化라는 말과는 똑가
튼 의미일 것이다.[1]

제목과 본문에 쓰인 '피지배계급교화'라는 말은 '프로렛트 컬트'
라는 외국어의 번역임을 밝힌 것이다. 여기서 팔봉이 염두에 두고
있는 '프로렛트 컬트'란 무엇인가. '프롤레트쿨트(Proletcult)'란 보그
다노프(Aleksandr Bogdanov)의 주도로 혁명 이듬해인 1918년 러시아
에서 탄생한 프롤레타리아 문화운동조직을 가리킨다. 프롤레트쿨
트는 "프롤레타리아가 새로운 지식으로 무장하고 새로운 예술의 도
움을 받아 자기의 감정을 조직하며 자기의 삶의 관계들을 진실로 프
롤레타리아적인 정신으로 전환"시킨다는 강령에 따라 조직적인 문
화예술활동을 추진했다. 하층계급을 위한 포괄적인 문화교육 프로
그램을 운영함으로써 프롤레타리아적인 감정과 프롤레타리아만의
심리를 형성하는 것이 주된 활동목적이었다.[2] 이 단체를 이끈 보그
다노프는 권력 장악만으로는 사회주의가 실현될 수 없으며 즉각적
인 예술적 실천과 조직적인 교육을 통해 독자적인 프롤레타리아 문
화를 배양하는 문화적 과업을 추진해 '문화적 헤게모니'를 획득하는

---

1   팔봉산인, 「지배계급교화 피지배계급교화」, 『개벽』 43호, 1924. 1, 13면.
2   이득재, 「소련의 프롤레트쿨트와 문화운동」, 『문화과학』 53, 2008, 222~239면.

것을 혁명의 과제로 삼았다. 보그다노프가 보기에 예술은 인간의 지식과 사상뿐 아니라 감정과 정서까지를 조직한다는 점에서 과학보다도 더 강력한 힘을 발휘하는 주요 무기였다. 그러나 '정치적 헤게모니' 장악을 최우선의 목표로 삼았던 레닌은 프롤레트쿨트의 문화프로그램을 지지할 수 없었다. 레닌이 문화의 중요성을 인정하지 않은 것은 아니나, 상부구조인 문화영역은 경제적·정치적 헤게모니 장악 이후에야 그것의 반영으로 드러나게 될 것이라고 생각했기 때문이다. 즉 레닌은 프롤레타리아 문화의 독자성과 자생성을 정의하거나 인정하지 않았으며, 다만 사회주의 문화로 향하는 이행기에 놓인 일시적 현상으로 받아들였을 뿐이다.[3] 특히 레닌의 비난은 프롤레트쿨트 조직의 위법성에 그 초점이 맞춰져 있었는데, 프롤레트쿨트 조직에서 가장 중요한 점은 그것이 국가기관으로부터 독립적 성격을 띤다는 것이었다. 즉 프로문화운동은 정부의 명령에 의하지 않고 순수하게 자율적으로 이루어져야 한다는 것이 이들의 주장이었다. 그러나 레닌이 보기에 이것은 프롤레타리아 이데올로기(집단주의 정신)의 순수성과 프롤레타리아의 문화적 독립을 지나치게 요구하는 것에 불과할 따름이었다.[4]

최근 들어 여러 논자들에 의해 주목받기 시작한 레닌과 프롤레트

---

3   조준형, 「프롤레타리아 문화운동과 이론적 배경」, 『史叢』 63(2006.9), 139~150면.
4   이환화 편, 『러시아 프로문학 운동론 I』, 화다, 1988, 26~44면.

쿨트 간의 이러한 대립 양상은, 팔봉의 비평 「지배계급교화 피지배계급교화」가 쓰인 당대적인 맥락과 감각을 새롭게 되살려 놓고 있다는 점에서 매우 시사적이다. 러시아의 초기 볼세비즘을 레닌의 볼세비즘과(Leninism)와 보그다노프 등의 볼세비키 좌익(Leftist)으로 나누어 설명하는 방식[5]이 점차 설득력을 얻고 있는데, 그에 따르면 초기 볼세비키당내에는 정치적 급진주의 노선과 문화적 급진주의 노선이 혼재된 상태가 상당 기간 지속됐다. 또한 적어도 1928년까지는 볼세비키당내 통일된 문학 정책이 존재하지 않았으며 비록 모든 당지도자들이 문학 영역에서의 당의 지도와 감독을 주장했다 하더라도 이들 모두가 문학의 국가 도구화를 지향했던 것은 아니었다.[6] 볼세비즘이 레닌주의로 고착되기 이전의 넓은 스펙트럼을 고려해야 한다는 말이다. 레닌이 이끄는 볼세비키당의 국가 주도적 문화 인프라 구축 사업을 따라잡을 수 없었다는 한계에도 불구하고, 프롤레트쿨트의 이론과 실천이 오늘의 관점에서 새롭게 주목받는 이유는 여기 있다.

홍미롭게도 팔봉이 「지배계급교화 피지배계급교화」에서 펼치는 강경한 주장에는 러시아의 프롤레트쿨트가 지향한 문화적 급진주

---

[5] 이러한 구도가 문화에 대한 트로츠키의 견해를 도외시한 결과라면서 레닌과 트로츠키의 노선을 '혁명적 영웅주의'로, 프롤레트쿨트 노선을 '유토피아 노선'으로 재범주화한 예도 찾을 수 있다. 조준형, 앞의 글 참고.
[6] 천호강, 「1920년대 문학영역에서 볼세비키의 정책」, 『러시아어문학연구논집』 37, 2011, 160면.

의 노선을 참조한 흔적이 여러 군데서 보인다. 이 글에서 팔봉은 오늘날 지배계급의 교육·문화·종교가 자본주의를 찬미하는 소년 유령들을 배출한다고 강하게 비판한다. '프로렛트 컬트'의 목적은 인류의 영성을 기계화하는 부르주아컬트에 민중이 정면으로 맞설 수 있도록 그들의 들끓는 정의감과 발랄한 생명력을 '스스로' 갖게 하는 데 있다고 주장한다. 문학가·예술가의 임무는 바로 이러한 영성의 해방을 위해 사회운동과 제휴하여 예술운동을 추진해 나가는 데에 있다. 그리고 이들이 추구하는 프롤레타리아 문학은 독자적이고 자생적인 프롤레타리아 문화의 일부이어야 한다는 것이다.

> 인생에 대한 감격, 적극적 정열, 힘의 驅歌, 생명에 대한 철학, 이것이 今日의 문학의 요소이다. 과거의 사회조직에서 결정된 생명의식에서 출발된 그릇된 美意識우에 입각한 뿌르즈와의 문학에 대항해서 일어난 오늘의 프로레타리아의 문학은, 프로레타리아의 美學우에서 잇는 동시에 그 문학은 프로레타리아의 문학으로서의 이유로 존재해 잇는 것이다.[7]

자본주의를 무비판적으로 찬미하게 하는 부르주아 문화에 맞서 프롤레타리아'만'의 예술과 고유의 미학을 수립해야 한다는 팔봉의 주장은, 보그다노프가 이끌었던 프롤레트쿨트의 결벽주의적인 문

---

[7] 팔봉산인, 앞의 글, 26면.

화 강령을 강하게 환기한다. 부르주아 전통문화와 절연한 독자적인 프롤레타리아 문화를 이루고 인간 본연의 감성을 회복하는 일이야말로 문학가가 풀어야 할 당면 과제임을 팔봉은 역설한 것이다.[8] 이처럼 예술적 실천을 통한 프롤레타리아 고유의 감성과 심리 형성을 주창한 프롤레트쿨트 운동은 팔봉의 초기 비평 화두인 '감각의 변혁론'[9]이 어디에 닿아 있는 것인지를 새로이 구명(究明)하게 한다는 점에서 주목을 요한다. 이처럼 민중의 영성 회복을 위한 문화적 실천으로서의 '프로렛트 컬트'를 추진해야 한다는 팔봉의 입장이 독자적인 프롤레타리아 문화 조직을 기획한 프롤레트쿨트 노선에 상당히 근접해 있다는 점은 오늘의 관점에서 새롭게 되새길 필요가 있다. 그렇기 때문에, 팔봉의 초기 비평은 "기껏해야 부르주아 문화에서 프롤레타리아 문화로의 전이와 해방을 목표로 하는 트로츠키류의 '프롤레타리아 컬트'론"[10]에 불과했다는 서술은 마땅히 재고될 필요가 있다. 적어도 이 시기의 팔봉은 부르주아 문화와 계승이 아닌 그

---

8 따라서 본고는 팔봉의 초기 평론을 "트로츠키류의 유연한 프롤레타리아 컬트론"으로 평가한 한형구(「김기진, 혹은 신경향파 비평의 의식 구조」, 『한국근대문학연구』 3권 1호, 2002, 162면)의 관점과 차별화된다. 최근의 논의들을 참조한다면, 레닌과 트로츠키는 대중의 심리 변화보다 경제적 발전을 우선적으로 주장했다는 점에서 '혁명적 영웅'의 전통에, 보그다노프의 '프롤레트쿨트'는 프롤레타리아 의식의 자생성과 문화적 토대 구축의 중요성을 역설했다는 점에서 '유토피아적 전통'으로 묶인다. 김기진을 과연 '트로츠키주의자'로 명명할 수 있는지에 관해서는 재고의 여지가 많다. 이에 관해서는 본문에서 좀 더 서술될 것이다.

9 손유경, 「프로문학과 '감각'의 문제─김기진의 '감각의 변혁론'을 중심으로」, 『민족문학사연구』 32, 2006.

10 한형구, 앞의 글, 173면.

것과의 단절을 꿈꾸었으며, '프로렛트 컬트' 노선은 트로츠키가 아닌 보그다노프의 이론에 기대고 있었기 때문이다.

한 가지 기억할 것은, 초기 비평에서 팔봉이 부르주아적 전통과 결별한 독자적인 프롤레타리아 문화 건설을 주창한 것이 사실이라 해도 이것이 레닌이즘과 볼셰비키 좌파를 자각적으로 철저히 구별하고 후자를 전적으로 지지하는 입장에서 쓰인 것이라고 단정하기는 어렵다는 점이다. 러시아와 일본에서 유입되는 다양한 사회주의 관련 글들을 노선에 따라 정리하고 체계화하기보다는 그때그때 단편적으로 수용했던 초창기 프로 문인들의 한계를 팔봉만이 영웅적으로 극복했을 리 없을 것이기 때문이다. 마지막으로, 프롤레트쿨트 운동의 지도자 보그다노프의 이론이 그람시의 이론과 상당 부분 맞아떨어진다는 여러 논자들의 지적, 그리고 그럼에도 불구하고 프롤레트쿨트는 그람시가 기획한 헤게모니 쟁탈을 '단시간' 안에 '즉시' 이루려했다는 점에서 근본적인 한계가 있었음도 아울러 기억할 필요가 있다. 그렇다면 팔봉은 프롤레타리아만의 독자적인 문화 형성이라는 초창기 입론을 이후 어떻게 끌고 나갔을까. 다음 장에서 살펴볼 문제는 이것이다.

3. 레닌을 전유하는 몇 갈래 길

1) 문학주의자 팔봉의 레닌이즘

팔봉이 「지배계급교화 피지배계급교화」에서 피지배계급교화로 번역했다는 '프로렛트 컬트'의 이러한 당대적 맥락을 고려하면, 팔봉의 초기 비평에 등장하는 '볼세비즘'이라는 용어에도 새삼 주목하게 된다.

즉, 오늘의 지배계급의 手下에 잇는 모든 기관은, 資本主義社會의 對方인 社會主義에 대한 극도의 견제의 수단을 발휘하는 데에 게을느지 안이하다. 민중의 정당한 自覺, 그것을 막기 위해서, 이와가튼 사상에 가진 못된 惡名을 씨워가지고서 될 수 잇는 대로는 민중이 제 스스로 실현하도록 맨드는 것이다. 일례를 들면, 뽈세비—슴을 過激派라고 엇더케 기막히게 선전을 하여노앗든지, 어린이들도 過激派라면 사람안인 즘승으로 생각하도록 만드러 노은 것이다. 그리하야 초등학교의 선생이라는 청년들까지도, 이 새 안 사상의 싹만 보이면, 일종의 忠心에 갓가운 심적 흥분을 늣기면서 될 수 잇는대 까지 그 싹을 잘너내버리든지, 그러치 안으면 진뭉개 업새버리고서는 得意揚揚하는 것이다. 위로 大臣 이상 各 官吏로부터, 아래로 민중에 갓가워야 만할 通學校職員들까지, 그 외에도 半官半民의 허수아비들까지 一心全力으로, 자기의 全體를

들어서, 이 새   안 사상의 潮流를 막는 방천이 되고 만다.[11]

'볼셰비즘=과격파(짐승)의 새빨간 사상'이라는 부르주아의 反사
회주의 담론을 지적하는 대목이다. '볼셰비즘'이라는 말이 얼마나
왜곡되어 민중에게 유포되는지를 한탄하면서 팔봉은 은연중 볼셰
비즘이라는 단어의 용례 자체를 문제 삼고 있다. 앞서 언급했듯 적
어도 1920년 초반까지의 볼셰비키당내에는 정치적 급진주의(레닌이
즘)와 문화적 급진주의(볼셰비키 좌파)가 공존하고 있었으며, 이 구도
안에서 부르주아 문화에 관한 한 더 급진적이고 모험적인 주장을 펼
친 것은 레닌이 아닌 볼셰비키 좌파들이었다. 레닌은 과거의 문화
유산을 완전히 부정하자는 프롤레트쿨트의 입장과는 달리, 부르주
아 문화를 대중적으로 전유해야 한다는 입장을 고수했다. 즉 모든
문화유산을 비판적으로 받아들인다는 전제 히에 전통적 기치를 보
전하자는 것이 레닌의 원칙이었던 것이다.[12] 이처럼 레닌은 전통과
단절된 프롤레타리아 문화 창조에 반대하는 입장이었다. 정치적 헤
게모니 장악을 주장한 레닌과 문화적 헤게모니 획득을 강조한 보그
다노프는 이 때문에 부르주아 문화유산의 계승 문제를 놓고 대립각
을 세우게 된다. 자생적이고 독자적인 프롤레타리아 문화를 인정하

---

11 팔봉산인, 앞의 글, 19면.
12 천호강, 앞의 글, 168면.

지 않는 레닌의 입장에서는, 자본주의 문화에서 취할 수 있는 것은 모두 다 취하고 배울 수 있는 것은 모두 배우는 일이 중요했다. "우리에게는 자본주의가 창조한 것 이외에는 공산주의를 건설할 수 있는 다른 재료가 없다."[13] 그러나 보그다노프는 사회주의를 자본주의적 생활 경험으로부터 철저하게 분리된 것으로 파악했고, 사회주의로의 급격한 전환을 이루기 위해 프롤레타리아의 독자적 문화 형성을 급선무로 삼았던 것이다.[14] 볼셰비즘을 '단지 과격한 사상'으로 받아들여서는 안 된다는 팔봉의 지적은, 볼셰비즘은 과격하지 '않다'가 아니라 '모든 영역에서' 덮어놓고 급진적인 것은 아니라는 의미로 받아들일 필요가 있다. 정치적 급진주의와 문화적 급진주의를 한데 묶어 단지 과격한 볼셰비즘으로 명명하고 혐오하는 것은 제대로 된 접근법이 아니라는 것이다.

이러한 맥락에서 팔봉의 문화 노선을 다시 살펴보면, 그를 '문학주의자'라는 모호한 용어로 규정하는 데는 많은 난점이 따르게 됨을 알 수 있다. 내용형식논쟁과 대중화논쟁 등 주요 논쟁을 거치면서 팔봉은 '프로렛트 컬트'적 경향(볼셰비키 좌파)과 레닌의 노선(레닌이즘)을 오가며 때로는 정연한 논리를 펼치지만 종종 모순된 견해를 드러내기도 하는데, 여기서는 내용형식논쟁을 먼저 예로 들어가며 논의

---

13 V. I. 레닌, 「소비에트정부의 업적과 곤경」, 이길주 역, 『레닌의 문학예술론』, 논장, 1988, 175면.
14 이득재, 「레닌과 보그다노프」, 『현대사상』 4, 2009, 26~27면.

를 좀 더 예각화하고자 한다.

주지하듯, 임화가 '당대의 비평가'로 기록하는 팔봉[15]이 카프비평가로 큰 존재감을 드러내기 시작한 것은 내용형식논쟁을 거치면서이다. 이 논쟁이 끝난 후 "소수파로 전락한 시점"에 이르러서도 팔봉은 "결코 자신의 비평적 입지와 역할을 포기하지 않았다"[16]라고 평가되지만, 이 논쟁에서 결국 팔봉은 자신의 애초 노선을 철회해야했던 것으로 그려진다. 형 김복진의 권유로 마지못해 사죄의 제스처를 취했다는 것이다.[17]

이처럼 내용형식논쟁 당시 팔봉이 왜 공식적으로 사죄를 할 수밖에 없었는지에 대해서는 논의된 바가 많다. 그러나 사죄의 제스처 이면에 놓인 그의 이론이나 신념 자체가 진지하게 검토된 예는 그리 많지 않다. 이에 본고는 앞서의 논의에서 재발견된 팔봉의 면모를 참조해 그의 텍스트 안으로 다시 들어가려고 한다. 이러한 작업은, 신전문학도 문학이이야 한다는 김기진의 논리가 "정확하게 어디에 닿아 있는 것인지"[18] 파악하기 어렵다는 기왕의 문제제기에 대한 공

---

15 임화, 「문단적인 문학의 시대」, 『조선일보』, 1938. 7. 17~23: 신두원 편, 『임화문학예술전집 3』, 소명출판, 2009, 223~224면.

16 한형구, 앞의 글, 162면.

17 김윤식, 『임화 연구』, 문학사상사, 2000. 내용형식 당시 박영희와 김기진의 비평적 글쓰기의 특징에 관해서는 권성우, 「1920년대 내용-형식 논쟁의 재해석」, 『현대문학의 연구』 24, 2004 참고.

18 채호석, 「식민지시대 비평의 지형」, 『한국근대문학연구』 19, 2009, 238면.

감에서 비롯된 것이기도 하다. 이런 관점에서 내용형식논쟁 당시 팔봉이 남긴 텍스트를 정독하면 다음 대목들이 눈에 띔을 알 수 있다.

마르크스의 철학설 · 경제학설 · 사회학설 · 정치학설은 헤겔, 포이에르바하, 다윈, 오웬, 푸리에, 헤라클레이토스 등 더 올라가면 희랍 철학에서까지도 그 연원을 찾을 수 있을 만큼 그만큼 부르주아 이데올로기 내에서 생장되고 그리고 완성된 것이다.[19]

팔봉의 위 발언은 레닌의 견해, 즉 "마르크스주의는 부르주아 시대의 가장 가치 있는 업적들을 거부하기는커녕 오히려 그 반대로 2천년 이상에 걸친 인간의 사상과 문화의 발전에 있어 가치 있는 모든 것을 소화하고 개조"[20]한 것이라는 구절을 그대로 상기시킨다. 자본주의가 남긴 문화적 자산과 부르주아 전문가들의 도움을 거절하고 "깨끗한 공산주의자의 손으로 공산주의 사회를 건설"하겠다고 공언하는 자들은 "순 허풍선이, 수다쟁이"[21]에 불과하다고 한 것은 다름 아닌 레닌이었다. 그리고 레닌이야말로 '프롤레타리아 문학은 無에서 추출된 것이 아니'라고 역설한 팔봉의 자원(資源)이었던 셈

---

19 김기진, 「무산문예작품과 무산문예비평─동무 회월에게」, 『조선문단』 19, 1927.2; 홍정선 편, 『김팔봉문학전집 I』, 문학과지성사, 1988, 102~103면.
20 V. I. 레닌, 「프롤레타리아 문화에 관하여」, 앞의 책, 208면.
21 V. I. 레닌, 「소비에트정부의 업적과 곤경」, 위의 책, 176면.

이다. 팔봉은 트로츠키를 비판하면서, 부르주아 문화 계승을 선결 과제로 꼽았던 레닌의 문예관을 아래와 같이 받아쓰고 있다.

그러면 프롤레타리아 문예는 어디서부터 탄생되었느냐 하면 "과학의 소유자는 프롤레타리아가 아니고 부르주아 지식 계급의 범주에 속하는 자이며 그리고 사실상 이 범주에 속한 약간의 개인의 두뇌에서 현대의 ××××는 탄생된 것"과 같이 프롤레타리아 문예도 풍부한 역사를 가진 부르주아 문학의 발달의 결과 속에서 태생된 것이다. (…중략…) 트로츠키가 아무리 프롤레타리아 문학 내지 문화의 성립을 부정한다 할지라도 (…중략…) 프롤레타리아 문예의 발생적 본질은 (…중략…) 결코 '무'에서 추출된 혹은 창조된 '유치한 인간의 상상의 창조'는 아닌 것이라고. (…중략…) 프롤레타리아 문학은 어디까지든지 문학이다.[22]

다음 장에서 소개될 팔봉의 텍스트 「레-닌과 예술」에서도 초역된 바 있는 이 구절, 즉 "왜 진실로 아름다운 것에 등을 돌리고 단지 그것이 '오래되었다'는 이유만으로 더 나은 발전을 위한 출발점인 그것을 버리는가? 왜 단지 그것이 '새롭다'는 이유만으로 새로운 것을, 복종을, 강요하는 신으로서 숭배하는가? 허튼 소리, 터무니없는 소리다!"[23] 역시도 부르주아 문화유산에 대한 레닌과 팔봉의 입장을

---

22 김기진, 「무산문예작품과 무산문예비평-동무 회월에게」, 『전집 I』, 102~103면.

잘 대변해주고 있다.

내용형식논쟁 당시 프로'문학'이 취해야 할 것들을 보다 현실적으로 제시해 준 것은 회월이 아닌 팔봉이었다. 그리고 이 현실성을 보장한 것은 다름 아닌 레닌의 문학예술론이었다는 점을 각별히 주목해야 한다. 회월이 레닌의 '당조직과 당문학'의 권위에 기대어 '정치가연(然)'했다면[24] 팔봉은 레닌의 부르주아 문화계승론을 '문예비평가적' 입장에 서서 받아들였던 것이다. 그렇다면 당시의 카프문인들과 이후 카프문학 연구자들이, 문예 비평은 '재래로 발달되어 온 문학 전문적 비평의 결과를 취입한 마르크스주의 비평'[25]이어야 한다는 팔봉의 주장 속에서 레닌의 목소리를 듣지 않은 / 못한 것은 왜일까. 결국 '어떤' 레닌이었느냐가 팔봉과 회월의 입장을 갈라놓은 결정적 기준이 되었던 셈인데도 말이다. 팔봉은 동지들 앞에서 사죄하겠다는 공식적인 입장을 천명하기 직전까지도 다음과 같이 자신의 입장을 고수한다.

나는 특별히 '선전을 위한 소설'이라든가 '선전을 위한 시'라든가 그 외

---

23 클라라 제트킨, 「레닌에 대한 나의 추억」, V. I. 레닌, 앞의 책, 332면.
24 레닌이나 루나찰스키, 플레하노프 등의 이론을 앞세워 "원전 인용의 정치학"을 구사했다는 점에서 회월의 비평은 "식민주의적 담론의 그늘에 포섭된 대표적 사례"(권성우, 앞의 글)로 언급되기도 했다. 채호석 역시 "박영희 비판의 특색은 '권위'를 끌어들이는 것"(채호석, 앞의 글)이라고 지적한 바 있다.
25 김기진, 「무산문예작품과 무산문예비평—동무 회월에게」, 『전집 I』, 106면.

의 무엇이라든가 하는 일종의 문학상 기계론은 성립할 수 없는 것으로 알고 거절한다. 따라서 무산문예에 대한 견해에 있어서도 나는 이것을 고집한다. 개념의 추상적 설명만으로 시종하는 것은 소설이 아니다.[26]

프롤레타리아 문예는 부르주아 문학의 "체내에서 생성된 것인 만큼 결코 '무'에서 추출된 것은 아니"[27]라는 구절에서 레닌의 그림자를 읽는 것은 결코 무리는 아닐 것이다. 다만, 팔봉의 논리가 레닌에 대한 '전적인' 참조로 이루어졌다고 보기는 어려운데, 투쟁기의 프롤레타리아 문학에는 재래의 문학을 넘어뜨려야 하는 "프롤레트 컬트의 소임" 또한 강력히 요청되고 있다는 구절 때문에 그러하다. 앞서도 언급했듯 팔봉의 텍스트 안에는 이처럼 프롤레트쿨트의 볼셰비키 좌파적 경향과 부르주아 문화유산의 계승을 주장한 레닌의 노선이 모순적으로 혼재하고 있음에 유념할 필요가 있다.

레닌의 '당 문학'에 대한 이해가 얕고 조직으로서의 카프에 대한 신뢰가 부족했다는 것이 팔봉에 대한 기왕의 평가에서 핵심을 차지한다. 임화의 '운동으로서의 문학'과 대비되는 '작품으로서의 문학' 노선을 지지한 문학주의자,[28] 형 김복진이 공산당원이었다는 사실을 전혀 눈치 채지 못했던 '피상적 맑스주의 교양의 소지자'[29]라는

---

26 위의 글, 105면.
27 위의 글, 102면.
28 김윤식, 앞의 책, 133면.

후대의 평가는 그러나 한번쯤 재고될 필요가 있다. 한국전쟁 당시 남로당이 저지른 타살(打殺) 현장에서 극적으로 살아남아 남한의 반공주의 작가로 살아가야 했던 팔봉이, 남한 정권 하에서 '나는 당 조직에는 관심 없는 진보적인 예술가일 뿐이었다'거나 '나는 형이 공산당원일 줄 전혀 모르고 있었다'고 회고했다고 한들 그것을 가감 없는 진실로 받아들일 수는 없을 것이기 때문이다. 러시아 문학을 애호했고 레닌의 문화예술론을 수용했으며 레닌의 볼셰비즘과 프롤레트쿨트의 볼셰비키 좌파 노선을 변별해 받아들일 만큼 러시아 상황에 밝았던 팔봉을 단지 소박한 문학주의자로 평가하기에는 석연치 않은 부분이 많다.

2) 논쟁의 숨은 유산 찾기

논쟁에 나섰던 팔봉은 대체로 애초의 주장을 '철회'한 것으로 문학사는 기록한다. 러시아와 일본 쪽 이론에 밝았던 박영희나 임화의 정치주의 노선이 팔봉의 범박한 문학주의를 공략했다는 것도 논쟁을 다룬 기존 논의들의 주요 레퍼토리를 이룬다. 이를테면 대중화논쟁 당시 임화가 레닌의 권위에 기대어 팔봉의 우경화를 혹독하게 비난하면서 그를 '김기진군'으로 호명한 사건은 문학사적으로 널

---

29 한형구, 앞의 글, 166면.

리 알려진 사실이다. 이것이 팔봉에게는 굴욕적인 호칭일 수 있었다는 점도 익히 알려졌지만 그것이 정말 굴욕적인 것이었는지 혹은 그가 그 굴욕을 어떻게 감내했는지에 관심을 둔 경우는 흔치 않다. 팔봉이 문학주의자로서의 면모를 고집하면서 소박한 수준에서 대중화론을 전개하다가 젊은 임화로부터 거센 공격을 받았다는 지적은, 팔봉에게 혹은 임화에게 대중화논쟁이 '무엇을 남겼는가'라는 비평사적 질문에 대해서는 별다른 답변을 내주지 못한다.

이에 답하기 위해서는 대중화논쟁을 잠시 재론할 필요가 있다. 사실 대중화논쟁을 일으킬 당시 팔봉이 지닌 가장 치명적 약점은 다름 아닌 '조급함'에 있었다. 팔봉은 대중의 즉각적인 교화를 원했던 것이다. 대중을 저급한 부르주아 이데올로기로부터 '격리'시켜야 한다거나[30] 이를 위해 '직접적 교양과 훈련'이 시급히 요청된다는 발언[31] 밑에는 개량주의나 예술지상주의적 경향이 아니라 차라리 보그다노프류의 과격한 문화주의가 흐르고 있었다고 해야 더 타당할 것이다. 따라서 만일 누군가 대중화논쟁 당시 팔봉의 '프롤레트쿨트'적 급진성을 정면으로 공격할 수 있었다면 상황은 많이 달라지지 않았을까. 대중화논쟁 시기의 팔봉은 소부르주아적인 개량주의자라기보다는 '볼세비키 좌파'의 노선으로 부분 회귀하는 면모를 보인

---

30 김기진, 「변증적 사실주의」, 『동아일보』, 1929. 2. 25; 『전집 I』, 62면.

31 김기진, 「대중소설론」, 『동아일보』, 1929. 4. 17; 『전집 I』, 133면.

다. 이것을 회귀라고 표현하는 것은, 내용형식논쟁 당시에는 그가 비교적 정연하게 레닌의 노선을 따르는 듯 보였기 때문이다. 따라서, 마르크스적 원칙의 포기에 대한 비판이 아니라 앞뒤 안 가리는 문화적 조급함에 대한 공격을 누군가 시도했다면 이것이야말로 팔봉 대중화론에 대한 정공법이 되었을 것이다.

그러나 이 글이 정작 주목하는 장면은 논쟁 이후이다. 임화가 논쟁 당시 레닌의 권위를 빌려 팔봉을 "맑스적 원칙을 개량주의로 바꾸어 칠한 뻥키 상인!"[32]이라고 혹독하게 비판한 후, 팔봉은 단지 굴욕을 느끼고 만 것이 아니다. 팔봉이 레닌의 예술론을 다시 읽으면서 자신의 문화주의적 조급함과 급진성을 아래와 같이 비판하기에 이르렀기 때문이다. 임화가 레닌의 입을 빌려 팔봉을 비판하자 팔봉은 바로 그 레닌을 초역하며 자신의 노선을 점검해보기로 한 것이다. 자신을 공격하기 위해 사용됐던 레닌이라는 권위를, 오히려 자신의 비평적 입지를 검토하기 위한 참조점으로 전유했다는 것은 예사로운 일은 아니다.

"프로레타리아 문화는 어데인지 모르는 곳으로부터 튀어나온 것도 아니고 프로레타리아 문화의 전문가라고 자칭하는 사람들이 생각해낸 것

---

32 임화, 「김기진군에게 답함」, 『조선지광』, 1929.11; 신두원 편, 『임화문학예술전집 4』, 소명출판, 2009, 151면.

도 아니다. 그따위이야기란 모도 허무맹랑한 소리다. 프로레타리아 문화는 인류가 자본주의사회 지주사회 ×吏사회의 ×박하에서 완성한 그 지식의 축적의 계획적 발달로서 나타나지 아니하면 안 된다"라고 레-닌은 말한다. (…중략…) 무슨 까닭으로 우리는 다만 그것이 '낡은 물건'이라는 이유 뿐만으로 참말로 아름다운 물건으로부터 돌아서버리고 장래의 발달을 위한 출발점인 그것을 거절하느냐? 무슨 까닭으로 그것이 '새로운 것'이라는 이유 뿐만으로 신에 대하는 것가티 새로운 것압헤 ○拜하고 그것에 복종하지 안허서는 안 되느냐? 미치광이가튼 일이다. 참말로 미치광이 가튼 일이다.[33]

팔봉의 「레-닌과 예술」이 문제적 텍스트인 것은 기왕에 간행된 김팔봉전집에 이 자료가 실려 있지 않다는 점, 따라서 이 번역 텍스트에 대한 정밀한 분석이 이제껏 이루어진 적 없다는 점에만 있지는 않다. 발표 시기 또한 의미심장한데, 팔봉이 레닌의 예술론을 번역한 1931년 5월은 그가 근 2년에 걸쳐 집중해 왔던 프로문학 대중화론이 마무리되는 시점이자, 카프가 제1차 검거사건을 겪기 직전이었다. 개인과 조직 모두에게 '정리'가 필요한 시점이었던 것이다. 『비판』 창간호(1931.5) 원본 확인 결과 새롭게 발견된 팔봉의 이 글

---

[33] 김팔봉, 「레-닌과 예술」, 『비판』 창간호(1931.5), 107면. 「譯者附記」에서 팔봉은 이 텍스트가 "아부람 쥬-레네프의 『文學及批評의問題』라는 日譯 「맑스주의批評評論」 중에서 초역한 것"이라고 소개한다.

은「지배계급교화 피지배계급교화」에서 시작돼 대중화논쟁에 이르기까지 전면적 혹은 부분적으로 이어져온 팔봉 특유의 문화적 급진주의 노선이 레닌의 예술관에 대한 번역·소개를 통해 상당부분 불식되고 있음을 보여주는 중요한 텍스트이다. 낡고 병든 부르주아 전통을 일소하고 프롤레타리아를 위한 프롤레타리아만의 문화를 건설하자던 초기의 '프로렛 컬트'론은 이 시점에 이르러 레닌의 입을 통해 "미치광이가튼 일"로 폄하되고 있다.

예술을 대중과 근접시키고 알기쉬운 것으로 맨들고져 하는 희구, 민중예술의 개화를 위한 예비조건으로서 대중의 문화적 수준을 향상시킬 필요의 강조, 과거로부터 우리에게 끼치어준 문화적 富를 적당하게 이용할 필요의 강조, 프로레트 컬트 일파의 '순수'한 프로레타리아 문화(어대서 튀어나왓는지 알 수 업는 프로레타리아 문화)의 書齋的 건설의 시험에 대한 비판, 예술에 잇서서의 소위 '좌익적' 경향에 대한 격렬한 否的태도, 예술적 사실주의에의 행정, 이것들은 전혀 예술정책의 일정 명확한 방침이 아니냐?[34]

위 글에서 팔봉은 순수한 프롤레타리아문화를 꿈꾸는 '프로레트 컬트 일파'의 '좌익적' 경향을 명시적으로 비판하는 레닌의 글을 소

---

34 위의 글, 107면.

개한다. 갑자기 눈을 낮춘다고 해서 대중이 즉시 교화되는 것도 아니고, '순수한' 프롤레타리아 문화란 것도 존재하기 어렵다는 것이다. 과거 부르주아 사회의 문화적 자산을 이용해 대중의 문화적 수준을 향상시키는 것이 예술가의 과업이라는 인식이 이에 수반된다. 아울러 팔봉은 "노동자가 우리들만큼 생장해야할 것이지 우리들이 노동자만큼 써러저 내려 갈 이유는 업다"라는 책의 일부분을 결론 삼아 번역한다. 이 글을 번역하면서 팔봉은 적어도 문학과 예술의 가치에 관한 인식에 있어 누구보다 레닌적으로 사유하게 된 것은 아닐까. 여러 차례의 논쟁 끝에 조직의 주변부로 밀려났다는 팔봉 개인의 정황보다 더 중요한 것은 어쩌면 「레-닌과 예술」같은 논쟁의 숨은 유산들일지 모른다.

4. 임화 형상론의 비평사적 의의

개념의 추상적 설명은 소설이 아니라는 주장이 팔봉에게서 카프의 주도권을 결정적으로 앗아가 버렸다는 것은 널리 알려진 사실이다. 그러나 이 구절의 의미를 팔봉의 개인사가 아니라 카프라는 문인조직 전체의 명운과 관련지어 다시금 사유한다면 어떨까. 창작의 내용이 아니라 창작의 형식(방법)을 논하는 일이 우익적 사고의 전형으로 비난받던 시절과 그 이후의 카프를 단절이 아닌 연속의 관점에서 바라보고자 할 때, 가장 돋보이는 인물은 팔봉과 임화이다. 흥미롭게도 임화는 추상적 개념으로 일관된 것은 소설이 아니라는 문장으로 비평적 전성기를 구가하기 시작하는데, 팔봉의 형식론을 뚜렷이 상기시키는 문제의 이 구절들이 빈출한 시점부터 임화의 비평에는 '형상'이라는 용어가 핵심어로 부상한다.[35]

카프 해산이라는 위기의 상황에서 많은 문인들이 카프의 조직론에 열을 올리고 있을 때 특이하게도 임화는 조직론 대신 문학(본질)론으로써 난국을 돌파하려 했다. 카프 결성 직후 카프문학도 문학이어야 한다고 주장했던 팔봉이 소부르주아적 문학주의자로 낙인 찍혔던 데 반해, 조직의 해체기에 이르러 문학이란 무엇인가를 질문한 임화는 마르크스주의 문예비평가로서 그 입지를 확실히 다지게 된 것이다. 이 시기 임화가 문학(본질)론에 몰두한 것은, 그가 카프의 과오를 다름 아닌 카프'문학의' 과오로 받아들인 탓이 컸을 것으로 보이는데, 임화의 이러한 심중을 가장 잘 헤아리고 있는 것이 카프 시대를 회고하는 팔봉의 무수한 회고록들이었다. 임화의 형상론[36]

---

35 "문학 혹은 예술에 있어 형상이란 것은 이야기되는 내용-사상이 서술되는 유일의 본질적인 모멘트라는 것은 거의 명확한 일이다. 따라서 문학예술은 다른 추상과학의 논리적 성질과 이곳에서 구별되며, 양자 각각이 한 점에서 자기를 독자적으로 성격화한다는 것도 이곳에서 진리가 아니면 아니 된다." 임화, 「문학에 있어서의 형상의 성질 문제」, 『조선일보』, 1933. 11. 25~12. 2; 『임화문학예술전집 4』, 소명출판, 2009, 300면.
36 정희모(「1930년대 창작방법 논쟁과 카프문학의 미학」, 『비평문학』 13, 1999)가 소개한

과 팔봉의 형식론이 시차를 두고 공명하는 양상에 주목하는 것은 이러한 맥락에서이다.

1934년을 전후한 시기 임화는 신병으로 검거를 면했던 만큼 몸은 자유로웠지만 박영희가 전향선언을 발표하면서 카프가 해산기로 접어들면서 카프 조직은 앞날을 예측하기 어려운 상황에 놓여 있었다. 회월에 대한 팔봉의 즉각적인 비판에 뒤이어 임화 역시도 사회주의 리얼리즘을 오독한 회월의 '승려적 참회'를 명시적으로 비난하는데[37] 임화가 사회주의 리얼리즘론이라는 창작방법의 핵심에 '형상'의 문제가 놓여 있음을 간파하고 이 문제에 매달리기 시작한 것은 1933년 후반부터이다. 사회주의 리얼리즘론을 왜곡하여 조직 탈퇴의 근거로 삼은 회월의 글이 임화가 형상 문제에 한층 몰두하게 된 객관적 원인을 제공했을 것이다. 회월의 전향선언문에 대한 팔봉과 임화의 공통된 입장은, 사회주의 리얼리즘을 수용하는 회월의 방식이 일역된 책 몇 권 읽고 예술의 전당에서 그윽한 종소리나 듣자는 심사[38]로밖에는 보이지 않았다는 것이다.

시기 구분에 따르면, 1934부터 1936년 사이의 창작방법 논쟁 1기는 백철과 안막에 의해 사회주의 리얼리즘이 소개되는 시기이며, 임화는 1936년 이후 즉 제3기에 이르러 본격적으로 리얼리즘론을 펼치는 것으로 이해되는 것이 일반적이다. 따라서 1934년을 전후한 시기 임화가 전개한 형상론이 본격적으로 고찰된 사례는 많지 않다.

37 임화, 「낭만적 정신의 현실적 구조」, 『조선일보』, 1934.4.14~25; 『임화문학예술전집 3』, 소명출판, 2009, 14면.
38 김기진, 「문예시평―박군은 무엇을 말했나?」, 『동아일보』, 1934.1.27~2.6; 『전집 I』, 194면.

그러나 형상(化)에 대한 임화의 남다른 탐구열 밑에는 회월에 대한 반감보다 팔봉에 대한 공감이 더 크게 자리 잡고 있었던 것 같다. 1930년대 중반 이후 팔봉과 임화는 급속히 '다시 만나고' 있었으며, 이 시기를 거치면서 임화는 내용형식논쟁 당시에 제기되었던 팔봉의 형식론을 복기라도 하듯이 "문학이라는 것은 추상적 논리에 의한 기록 대신에 생생한 생활의 구체적 형상을 가지고 묘사하는 것"이라는 신념을 되풀이해 피력하면서 자신의 형상론을 개진해나갔기 때문이다. 1930년대 중반 이후 카프가 회복하기 어려운 침체기에 이르렀을 때 임화가 팔봉의 비평사적 위상을 적극적으로 재평가하면서 그를 카프가 낳은 일급 비평가로 상찬한 대목도 쉽사리 간과될 수 없다. 임화는 「문단적인 문학의 시대」(1938)라는 글에서 카프 시대의 문학사적 지표가 되는 대표 비평가로 주저하지 않고 팔봉을 손꼽는다. "팔봉, 그는 당대의 비평가다. (…중략…) 그의 역사를 보는 눈과 예술을 느끼는 감각이 결코 이분되어 있지 않았다."[39] 박영희의 전향선언을 비난하면서 '마르크스주의 이론 자체에는 하등의 죄가 없다'고 선언[40]한 김기진의 뒤를 이어 회월의 '몰아적 사실주의'

---

39 "팔봉, 그는 당대의 비평가다. (…중략…) 그의 역사를 보는 눈과 예술을 느끼는 감각이 결코 이분되어 있지 않았다." 임화, 「문단적인 문학의 시대」, 『조선일보』, 1938.7.17~23; 신두원 편, 『임화문학예술전집 3』, 소명출판, 2009, 223~224면.
40 "결코 이데올로기 그 물건에게 원인이 있는 것이 아니다. 마르크스주의의 세계관에 죄는 없다. 세계관은 교란자가 아니다." 김기진, 「문예시평」, 『동아일보』, 1934.1.27~2.6; 『전집 I』, 190면.

를 비난하고 나선 것[41]도 임화이다.

팔봉 또한 임화의 형상론을 적극적으로 자기 담론화하는 흥미로운 양상을 보이고 있었다. "필자는 1926년 〈지옥순례〉를 평하였을 때 인물과 사건이 형상으로써 표현되기를 요구하였던 것(강조-인용자)"[42]이라는 문장이 대표적인데, 팔봉이 내용형식논쟁 당시에는 한 번도 사용하지 않았던 '형상'이라는 단어가 확연히 눈에 띈다. 카프의 실패는 "형상화의 방법 문제를 해결하지 못한(강조-인용자)"[43] 데에 있다는 구절도 의미심장하다. 특히 주의해서 보아야 할 것은, 팔봉이 과오라는 말을 쓰는 대신 실패(의 원인)라는 표현을 선택했다는 점이다. 과거 카프 작가들은 예술에 대해 고민하지 않는 '과오'를 저질렀다는 회월의 주장과 달리, 카프 작가치고 예술 창작방법에 관해 고민 하지 않은 이는 아무도 없었다는 것이 팔봉 주장의 핵심이었다. 예술의 특수성을 고려하지 않은 카프 작가가 있었다면 다름 아닌 회월 본인이 그러했을 따름이요, 자신이 일찌감치 거론했던 '형식'(예술적 특수성) 문제는 지금껏 한 번도 방기된 적 없으며 지금에 와서는 '형상'의 문제로 계승되고 있다는 것이다. "아무도 예술적 형식(지금 와서 제군은 '형식'이라는 말 대신에 '형상'이라는 말을 [강조-인용자])을 부정한 사

---

41 임화, 「낭만적 정신의 현실적 구조」, 『조선일보』, 1934.4.14~25; 『임화문학예술전집 3』, 소명출판, 2009, 15면.
42 김기진, 「프로 문학의 현재 수준」, 『신동아』 28, 1934.2; 『전집 I』, 389면.
43 김기진, 「문예시평-박군은 무엇을 말했나?」, 『동아일보』, 1934.1.27~2.6; 『전집 I』 187면.

람은 없었다."[44] 카프의 주요 논쟁들을 일일이 언급하면서 팔봉은 카프가 "창작방법에 관하여 결정적 해결을 던지지는 못하였을망정 창작방법에 대한 주의를 게을리 하지는 아니"하였음을 되풀이해 강조한다. 실패의 원인은 "작가의 이데올로기가 예술적 '형상' 가운데 티가 없이 담겨져 가지고 독자의 심금을 울리고 전달될 것인가 하는 '형상화'의 방법 문제를 해결하지 못하고 있는 곳에 있다(강조-인용자)"는 말이다.

팔봉에 공감하며 이 실패의 책임을 통감이라도 하듯 임화는 형상의 문제를 열정적으로 탐구하기 시작한다. 팔봉이 "우리들의 시인"[45]이라고 칭송했던 임화에게 '형상'이란 과연 무엇인가. 임화가 말하는 형상은 단순한 형식과 다르게 내용이 서술되는 본질적인 계기이다. 하지만 형상이 백철류의 보편적 묘사와 혼동될 수는 없는데, 문학적 형상은 어디까지나 구체적·당파적인 것이기 때문이다. 문학의 본질 문제를 건드리면서도 당파성은 고수하겠다는 것이다. 임화가 자주 언급하는 러시아의 비평가 킬포친에 따르면 형상성 없는 예술은 존재하지 않으며 형상과 내용은 상호 밀접하게 결부되어 있는데[46] 임화가 킬포친으로부터 취해온 것은 부르주아적인 형식주

---

44 위의 글.
45 김기진, 「조선문학의 현 계단」, 『신동아』 39, 1935.1; 『전집 I』, 96면.
46 "형상적인 형식은 예술의 본질적인 형식이다. 형상성의 상실과 함께 예술 그 자체도 상실된다. 그렇기 때문에 상징주의는 형식적으로 세련되었음에도 불구하고, 러시아 부르주아 문학의 몰락의 징조였고 그것은 낙조였던 것이다." 킬포친, 「창작방법의 기본 문제」, 로

의와 차별화된 양식상의 고민이라는 중요한 문제의식이었다. "형상적 사유와 서술의 당파적 견지"[47]를 동시에 확보하는 것이 관건이었다. 이처럼 임화의 관심은 사회주의 리얼리즘을 받아들이느냐 마느냐에 있지 않았다.[48] 문제제기 방식 또한 어느 논자들과 차별화되어 있는데, 임화는 세계관과 창작방법의 관계라는 다분히 도식적이고 상투적인 문제틀을 의도적으로 차용하지 않는다. 그의 관심은 바로 비평이 존재하는 이유를 아는 데에 있었다. 비평의 고도를 상실한 시기에 비평가는 무엇을 어떻게 왜 써야 하는가. 임화에 의하면, 비평가란 무엇보다도 연구 대상의 '복잡성'을 염두에 두고 그것을 파악할 수 있는 자이다. 비평가의 연구 대상인 문학의 형상은 "무한에 가까운 복잡성"을 지니고 있다. 임화가 문학의 형상을 '무한에 가깝게 복잡한' 연구 대상으로 바라본 이유는, 그것이 예술가에게는 사유의 방법이기도 하고 표현의 방법이기도 했기 때문이다. 즉 시인 / 작가는 현실을 '형상적으로 사유'("형상적 사유")하고 그렇게 인식한 현실을 '구체적으로 형상화'("서술의 당파성")해야 한다고 본 것이다.

젠탈 외, 홍면식 역, 『창작방법론』, 과학과사상, 1990, 89면.

47 임화, 「문학에 있어서의 형상의 성질 문제」, 『임화문학예술전집 4』, 소명출판 , 2009, 301면.

48 이 시기 임화가 문학적 형상이 지닌 물질적 성격에 주목해 반영론적 사유에 도달하는 과정에 관해서는 이현식, 「주체 재건을 향한 도정과 실천으로서의 리얼리즘」, 김재용 외, 『임화문학의 재인식』, 소명출판, 2004. 1934년을 전후로 하여 사회주의 리얼리즘 논쟁에 참여한 논자들이 수용찬반론과 같은 부수적 문제에 치중한 소모적인 논쟁을 거듭한 데 반해, 임화는 사회주의 리얼리즘의 '이론적 의미'를 탐구하는 데 노력했다고 평가된다.

임화에 따르면 첫째, 문학과 형상의 관계에 대한 탐구는 결코 문학적 '형식'의 탐구라는 관념론적 방법론으로 떨어져서는 안 된다. 내용과 형식의 이분법적 사유를 허용하지 않는다는 뜻이다. 앞서 살펴보았듯이 팔봉은 '형식'이라는 말이 '형상'으로 단순히 대체된 것처럼 표현하지만 임화가 보기에 형상은 '무내용한 형상'인 형식과 구별되는 용어이다. 즉 형상은 주어진 내용을 담는 그릇(형식)이 아니라 "내용이 서술되는 본질적 모멘트"[49]이다. "작가의 문학적 의도와 작품의 객관적 의의가 배치되는 많은 예"[50]가 발생하는 것도 이 때문인데, 그것은 의도(내용)와 방법(형식)이 따로 작동하는 것이 아니라 내용이 형상의 효과로서만 나타나기 때문이다. 형상에 관한 임화의 탐구는 "작가가 무엇을 욕구하든 간에 작품이 감성계의 신선한 요소로 형상을 만들려는 한, 잉여의 세계는 강력히 자기 존재를 인간의 지성과 문학에 대하여 주장"[51]한다는 통찰에 이른다.[52] 요컨대 예술가에게 형상은 인식의 내용이 아니라 인식의 특수한 방식이다. 형상이란 예술이 현실을 파악하는 고유한 방법[53]이라고 정의하

---

49 임화, 「문학에 있어서의 형상의 성질 문제」, 『임화문학예술전집 4』, 소명출판, 2009, 300면.

50 위의 글, 305면.

51 임화, 「의도와 작품의 낙차와 비평」, 『임화문학예술전집 4』, 소명출판, 2009, 564면.

52 김동식은, 작가의 의도와 작품의 의의가 배치되는 형국을 탐구한 임화가 텍스트의 무의식을 발견하는 '비평사적 장관'을 이루었다고 고평한다. 「리얼리즘의 승리'와 텍스트의 무의식」, 『민족문학사연구』 38, 2008.

53 임화, 「문예이론으로서의 신휴머니즘론에 대하여」, 『풍림』, 1937.4; 『임화문학예술전집

면서 임화는 이를 '형상적 사유'[54]라는 표현으로 바꿔 쓰기도 한다. 작가는 세계를 추상적 · 논리적으로 인식하는 것이 아니라 형상적으로 파악한다는 뜻이다. 임화가 강조하듯 예술가가 인식하는 세계는 "생생한 可視, 可觸, 可感의 諸物"과 다르지 않다. 킬포친이 상찬한 바 있는 비평가 도브롤류보프의 입을 빌린다면, 모든 예술가들은 감각능력과 이해능력이 고도로 결합되어 있어 형상사유라는 감성적 사유 방식을 운용하는 데 능하다.[55] 예술가는 감성적 형상을 통하여 세계에 대해 이성적으로 인식한다. 즉 세계를 논리적 · 추상적으로 파악하지 않고 형상적으로 파악해 그것을 이성적 인식으로 상승시키는 것이 예술가의 세계 인식 방법이라고 할 수 있다.[56]

둘째, 문학과 형상에 관한 문제를 비당파적인 자유주의에 입각해 다루는 것은 옳지 않다. 단순한 인간묘사와 구체적 인간형상화 사이에는 건널 수 없는 간극이 존재한다는 것이다. 임화는 "'누구의' '어떠한'이란 구체성을 띠우지 않는 한"[57] 어떤 개념도 날 없는 칼에 불과하다는 신념의 소유자였기에 "현재에 있어 당파적인 문학만이 미래에 있어 비당파적, 전인류적 공감 가운데 설 수 있다"[58]고 강조

3』, 소명출판, 2009, 158면.

54 임화, 「문학에 있어서의 형상의 성질 문제」, 『임화문학예술전집 4』, 소명출판, 2009, 301면.

55 장공양, 김일평 역, 『형상과 전형』, 사계절, 1987, 81~92면.

56 위의 책, 64면.

57 임화, 「주체의 재건과 문학의 세계」, 『동아일보』, 1937. 11. 11~16; 『임화문학예술전집 3』, 소명출판, 2009, 50면.

한다. 인식된 세계를 구체적으로 형상화하는 것이 예술의 몫인데, 여기서 말하는 구체성은 당파성의 다른 표현이라 해도 무방하다. 맑스적 의미의 생산력의 발전 정도에 따라 물질적 · 이데올로기적 제 조건이 변화하는데 예술가는 이러한 다이나믹한 현실 속에 살아 있는 구체적 개인을 그리게 된다. 따라서 임화가 강조하는 '형상의 물질성'이란 '현실의 계급성'이라는 말과 크게 다르지 않다.

임화의 형상론이 지니는 비평사적 의의는 무엇보다도 결성에서 해체에 이르기까지의 카프가 그토록 오랜 기간 고민해 왔던 도식주의에 대한 질문을 풀어나가는 방식에서 찾아진다. 아래의 구절은 이 문제에 대한 임화의 비평적 사유가 어느 지점에 도달했는지를 보여주는 대목이기에 정독을 요한다.

인간적 형상의 전형성은 곧 문학의 몽상성의 최중요한 표현으로, 진실한 몽상이 문학 가운데 결핍될 때 그 문학은 인간적 형상의 창조적 무력을 폭로한다. (…중략…) 작가가 자기의 문학적 창조에 있어 얼마만큼 독자의 이상을 가지고 몽상하였는가를 짐작케 하는 것이다.[59]

이 글에서 임화는 지금까지의 프로문학이 "인간적 형상의 구체성

---

58 임화, 「위대한 낭만적 정신」, 『동아일보』, 1936.1.1~1.4; 『임화문학예술전집 3』, 소명출판, 2009, 44면.
59 임화, 「위대한 낭만적 정신」, 『임화문학예술전집 3』, 소명출판, 2009, 36면.

의 결핍"으로 말미암아 소기의 성과를 이루지 못했다고 지적하면서, 프로문학 작품에 형상성이 부족했던 이유는 프로작가가 진실로 충분히 몽상하지 않았기 때문이라고 진단한다. 비슷한 진단을 내렸던 팔봉이 문제제기에 그쳤다면 임화는 이에 답하고자 애썼다는 점에서 그로부터 훨씬 더 나아갔다.

그렇다면 임화의 입장에서 프로작가는 무엇을 더 많이 꿈꿔야 했을까. 그것은 바로 마르크스주의라는 이상·이념이다. 창작 이전에 작품의 주제나 사상을 확정하는 작가는 아무도 없다. 그리고 사상을 확정한 후 이 사상을 형상 속에서 표현하는 작가도 없을 것이다. 예술가에게는 예술적 형상 자체가 일종의 의식 형태이기 때문이다.[60] 형상이야말로 내용 서술의 '유일한 본질적 모멘트'라는 임화의 발언은 이런 맥락에서 나온 것이다. 그렇다면 프로문학 속에 풍부한 인간적 형상이 부족했다는 것은 무엇을 의미하는가. 형상 지체가 예술가의 의식 형태와 수준을 말해주는 것이라면, 프로문학에 결핍되었던 것은 다름 아닌 마르크스주의 이념 자체였다고 할 수밖에 없다. 임화는 마르크스주의를 충분히 '꿈꾸지' 않았다는 데에 프로문학의 과오가 있었다고 말한다. 프로문학의 도식성은 마르크스주의의 과잉이 아닌 결핍에서 나왔다는 것이다.

카프 해산 이후, 카프의 실패가 도식주의에 있었다는 데 이의를

---

60 장공양, 앞의 책, 65면.

제기할 사람은 아무도 없었다. 이념에 얽매인 기계적 창작방법, 이념은 있으되 예술은 없었던 데서 오는 도식주의를 패인으로 손꼽을 수밖에 없는 상황이었다. 그런데 임화는 거꾸로, 카프에게 부족했던 것은 바로 그 이념이었다고 주장하는 것이다. 이념만 있고 예술은 없었던 것이 아니라, 마르크스주의라는 이념 자체가 부족했던 것이라고 임화는 말한다. 그에 따르면, 마르크스의 과학적 저작의 수준과 어깨를 나란히 할 "문학적 몽상의 기념비"[61]가 세워지지 않은 것은 "경향 작가들이 몽상에서 모방으로 후퇴"했기 때문이다. 마르크스주의를 충분히 꿈꾸었던들 프로문학은 소기의 성과를 거두었을 터이나 그렇지 못했던 것이 프로문학의 한계라는 말이다.

이상에의 적합을 향하여 현실을 개조하는 행위, 즉 이미 존재한 것을 가지고 존재하지 않은, 그러나 존재할 수 있고, 또 반드시 존재할 세계를 창조하는 그것이 문학의 기본적 성질이다. 그러므로 문학은 꿈 없이는 존재하지 않는다.[62]

형상론을 전개하면서 임화의 글에 유독 자주 등장하는 것이 '『카피탈』의 저자가 말하길' '포이에르바하론의 저자가 말하길' 등과 같

---

61 임화, 「위대한 낭만적 정신」, 『임화문학예술전집 3』, 소명출판, 2009, 34면.
62 위의 글, 33면.

은 대목이라는 점은 따라서 시사하는 바가 크다. 임화가 몸소 자신의 비평적 실천 행위를 마르크스주의라는 꿈과 함께 하기 시작했음을 암시하기 때문이다. 임화는, 김남천과 마찬가지로,[63] 아이러니컬하게도 카프가 해체된 이후에야 비로소 마르크스의 저작을 통해 마르크스주의를 '꿈꾸는' 마르크스주의 비평가로 거듭날 수 있었다.

그렇다면, 팔봉은 뒤늦게 임화라는 우군을 만나 논쟁 당시에는 말해보지 못했던 것들, 즉 프로문학이야말로 풍부한 육체적 형상성을 지녀야 한다는 것, 무에서 유를 창조하려는 시도는 '미치광이 같은 일'에 불과하다는 것을 임화의 입을 통해 비로소 제대로 얘기할 수 있게 된 것은 아닐까.

문학이 본래 언어적 형상을 통한 감정이나 정서의 전달이기 때문이 그 감정 정서를 생생한 힘으로 남에게 전하려면 그러한 감정 내지 정서를 일으키지 아니치 못한 일정한 상태의 사실적 형상을 제시하지 않고는 불가능하다. (…중략…) 즉 리얼리즘의 이상은 자연이나 현실 생활을 있는 그대로 재현하는 것이 아니라, 인간이 이해하는 범위에서 최대한의 실감을 주게 하는 방법, 그것을 말하는 데 지나지 않는다.[64]

---

63 김남천이 마르크스 엥겔스의 문학론을 텍스트의 차원에서 접하기 시작한 것이 1935년경이라는 김동식의 지적을 참조한 것이다. 이는, 『경제학 철학 수고』나 『독일 이데올로기』 같은 주요 텍스트들이 1932~33년경에 비로소 발굴 혹은 간행되기 시작했다는 서구의 사정과 관련된다. 김동식, 「텍스트로서의 주체와 '리얼리즘의 승리' ─ 김남천 비평에 관한 몇 개의 주석」, 『한국현대문학연구』 34, 2011.8, 203~205면.

나는 〈철야〉 일편에서 명진이의 성격도 포착하지 못하고 주인집에서 쫓겨나서 그의 친구 A라는 사람에게 가서 밤중에 괴로움을 끼쳤다는 사건에 대하여 조금도 **실재감**을 맛보지 못하였다. (…중략…) 다음에 〈지옥순례〉 역시 소설이 요구하는 요건을 구비하지 못한 실패한 작품이다. (…중략…) 즉 바꾸어 말하면 2, 3일을 굶고 지내온 진달이 그 범죄성을 감추어가지고 있는 기갈에 대한 **실감의 고조**가 이 소설의 가장 큰 요건인데 작자는 그 요건을 무시하였다. (…중략…) 묘사의 공과는 실감을 줌에 있다. [65]

임화가 도달한 리얼리즘의 이상이 팔봉의 꿈과 크게 다르지 않을 진대 팔봉과 임화는 왜 대중화논쟁 이후 한 번도 만나지 않았다고 여겨지는 것일까. 팔봉이 진정으로 우리 문학사의 '씨 뿌리는 사람'이었다면 위 인용문이 그 씨앗 하나를 보여준 셈이다. 형상으로 개화한 형식의 씨앗 말이다.

---

64 임화, 「낭만적 정신의 현실적 구조」, 『조선일보』, 1934. 4. 14~25; 『임화문학예술전집 3』, 소명출판, 2009, 22~23면.
65 김기진, 「문예월평」, 『조선지광』, 1926. 12; 『전집 I』, 270~271면.

임화와 박영희
얻은 것과 잃은 것

이명원

1. 박영희의 아포리즘

"다만 얻은 것은 이데올로기며 상실한 것은 예술 자신이었다"(「최근 문예이론의 신전개와 그 경향」, 『동아일보』, 1934. 1. 2~11)는 박영희의 진술만큼 한국 근대문예비평사에서 날카로운 아포리즘으로 남아있는 발언도 흔치 않다. 아마도 이런 아포리즘에 필적할 만한 발언으로는 문학비평가 고(故) 김현의 "문학은 억압하지 않고 억압에 대해 생각하게 만든다." 정도가 있지 않을까.

임화에 대한 글을 준비하기 위해 책상에 앉았을 때, 필자의 뇌리 속에 가장 먼저 떠오른 것은 박영희의 바로 저 발언이었다. 그리고 나서 자연스럽게 이런 질문도 떠올랐다. 그렇게 말한 박영희가 이 발언을 통해서 얻은 것과 잃은 것은 무엇이었을까. 갈수록 어두워가는 시국의 심각함 속에서 안절부절하지 못했던 스스로의 안위에 대한 홀가분이었을까. 아니면 과거의 자신과 카프(KAPF)를 청산하는 데서 오는 거의 체념에 가까운 절망과 부끄러움이었을까. 그것도 아니라면 이 발언이야말로 당시의 역사적 정세에 대한 가장 객관적인 표현이라고 생각했던 것일까.

반면, 임화 편에서 보았을 때 박영희의 저 발언은 어떻게 들렸을까. 비록 짧은 기간이긴 했지만 데카당한 문청시절로부터 명백한 좌파비평가로 이행하던 시기의 임화에게 인간적으로나 이론적으로나 가장 친밀한 영향을 주었던 비평가는 역시 박영희가 아니었던가. 또 임화 자신이 문학적 볼셰비키 노선을 노골화하면서 카프의 중심부로 진입해 왔을 때에도, 어쨌든 팔봉과 회월과 같은 선배 문인들의 건재함과 문학적 실천의 치열함이야말로, 그들의 대척점에 있는 부르주아 문학에 대한 좌파문학의 우위를 확신하게 만든 것이 아니었던가. 그런 임화에게 카프의 문학적 전통 및 조직의 해소를 강력하게 연상시키는 저 발언은 어떻게 인식되었을까. 선배이자 스승이랄 수도 있는 박영희의 저 발언이 임화의 귀청을 때렸을 때, 임화는 그의 짧은 문학적 역정 속에서 무엇을 얻었고 또 잃었다고 생각한 것일까.

그렇다면 임화나 박영희를 포괄하여, 문학사적 견지에서 볼 때 우리가 얻은 것은 무엇이고 잃은 것은 무엇일까. 오늘의 문학사적 상황 속에서도 여전한 울림이 가시지 않는 박영희의 발언에 대한 임화의 비평적 대응을 고려해 보면서 생각해 보고자 하는 것은 이것이다. 박영희의 저 발언은 일제말기 조선문학이 저항과 협력으로 나아가는 분기점을 이루는 문학사적 사건이자 이후 임화나 박영희 모두가 조선의 신문학을 체계적으로 이해하고 검토하고자 하는 문학사적 실천의 도래를 실천하게 만든 계기를 이룬 사건으로 이해될 수 있다.

본고에서는 박영희의 전향선언이 촉발한 임화의 비평적 실천의 궤적을 중심으로 논의를 전개하고자 한다. 이러한 과정을 통해서 박영희라는 유력한 문학적 타자가 어떻게 임화라는 한 개성적인 비평가의 문학사적 실천을 이끌어냈는지도 아울러 해명될 수 있다면 좋겠다.

2. 박영희의 전향논리

박영희와 김팔봉을 중심으로 한 구 카프계의 문인들 대신, 임화, 김남천, 안막 등의 소장파들이 동경에서 귀국하여 카프의 조직을 실질적으로 장악한 것은 1931년이었다. 이른바 카프의 2차방향전환기라 볼 수 있는 이 시기의 특징은 문학의 볼셰비키화로 특징된다.

그런데 임화 등이 문학의 볼세비키 노선을 천명하고, 그것을 사회주의 혁명 등과 같은 체제변혁과 연결시킬 당시의 조선의 시국상황은 오히려 경색되는 국면에 있었다. 1931년의 만주사변 이후 일본은 이후 '15년 전쟁'[1]으로 명명되는 강력한 제국주의-파시즘의 광풍에 휩쓸리게 되고, 이 와중에 식민지 조선에서의 사상탄압은 더욱 강력해진다.

박영희 자신이 1차방향전환 당시에 문학의 목적의식화를 강력하게 촉구한 것은 사실이었지만, 그것은 1919년 3.1운동 이후 진작된 조선의 민족주의 사회운동의 확산과 신간회 결성 등을 포함한 상승하는 운동적 정세에 힘입은 바 크다. 그러나 임화 등의 젊은 문인들이 공산주의 지하당 운동을 불사하는 전위주의적 노선을 공식화하고, 조선의 객관적 정세가 갈수록 출구를 찾을 수 없는 일제의 탄압으로 귀결되는 것이 명백해지자 박영희는 소장파의 급진화에 우려를 표명하게 된다.

이는 박영희 그 자신도 피검된 바 있는 제1차 카프검거사건이 한 계기가 되었을 것이다. 이 사건은 '조선공산주의자협의회 사건'으로도 불리는데, 일제에 의해 해체된 ML당을 지하에서 재건하려는 운동에 소장문인들이 연루되어 있어 치안유지법 등의 이유로 카프맹

---

1   쓰루미 슌스케(鶴見俊輔)가 『전향 : 전시기 일본정신사 강의 1931~1945』(최영호 역, 논형, 2005)에서 제시한 조어(造語)이다.

원 등을 대거 검거한 사건을 일컫는다. 당시에 박영희는 민족단일당인 신간회의 경성지부 해소위원장으로 있었는데, 신간회의 해소가 공산당의 재건과 관련을 맺고 있다는 혐의로 피검되었던 것이다. 박영희는 이 시기를 다음과 같이 회고하고 있다.

1931년 신간회 해소 이후 우리의 해방운동에 대하여 일본 경찰의 탄압은 더욱 심하게 되어, 어떠한 단체이든 조선사람이 모인 곳은 일체로 집회금지가 되어 있을 뿐만 아니라 뒤를 이어 조금 팔팔한 사람을 모조리 체포하여갔었다.

이러한 정세에서 집회는 못하나 문장을 가지고 그래도 단체의 활동을 대신하였던 것은 당시 카프뿐이었다. 그런데 이것도 카프 사건 후로는 그나마 활동이 정지 상태에 이르고 말았다. 1932년 일본이 만주를 침략한 후로는 그 탄압이 일층 가혹해졌다. 새로이 치안유지법이 생기게 됨에 따라 사상단체로 자진 해체하지 않는 단체는 어느 것이나 다 공산당의 외곽 단체로 취급한다는 법령이 공포되었었다. 그동안 공각(空殼)이 되어 있는 카프는 임화 군에게 위임한 채로 그냥 침체되어 있다가 이러한 위기를 당하게 되고 말았다. 이러한 일이 있기 전에도 작가들은 카프를 다 떠났으며 그것에 관심을 갖지 아니하였다. 그것은 카프는 극단으로 정치화하려 하여 문학의 정당한 발전을 정돈 상태에 빠뜨리려고 하였던 까닭이다. 몇몇 간부가 당과 연락하려는 의도를 가졌던 까닭이었다.

이러한 시기에 있어서 카프작가들은 두 가지의 위험한 상태에 빠지게 되었었다. 하나는 문학상으로 작가가 가져야 할 자유를 잃어버리게 되어 그 진로가 막히게 된 것이고, 둘째로는 공산당원도 아닌 사람이 당원으로 취급되어서 이유도 모르게 일본경찰에 체포되어야 할 그것이었다.[2]

물론, 위에서의 박영희의 진술은 회고록 자체가 갖고 있는 자기합리화의 수사학적 특성상 상당한 과장을 내포하고 있다. 가령 일제의 사상탄압이 자행되기 이전에 이미 "작가들은 카프를 다 떠났으며 그것에 관심을 갖지 아니 하였다"는 진술이 그러하다. 가령 1933년에 전개된 김남천의 단편 「물」과 이기영의 「서화」를 둘러싼 논쟁의 가열함을 상기해 본다면,[3] 또 1930년대 중반 내내 전개된 카프의 창작방법과 세계관의 관계에 대한 논쟁만 보아도, 위의 진술은 박영희가 자신의 주장을 합리화하기 위한 명백한 과장에 해당하는 것이다.

반대로 위의 진술에서 박영희가 강조하고 있는 두 가지 주장을 그 자신의 내적 위기상황에 대한 우회적 고백이라고 간주하면 이는 어느 정도 납득할 만하다. 1931년 당시에 이미 '조직체'로서의 카프는 정지되어 있었다는 진술이나, 임화를 포함한 소장 카프 맹원들이 공산당과 연계됨으로써 카프 전체가 경찰의 탄압에 직면하게 되었는데, 그 위험이 자신에게도 미쳤다는 주장 등이 그러하다. 요컨대

---

2 박영희, 「초창기 문단측면사」, 임규찬 편, 『현대조선문학사 외』, 범우사, 2008, 351면.
3 이명원, 「카프 해산기 김남천 비평에서의 '실천'의 의미」, 『연옥에서 고고학자처럼』(새움, 2005)에서 이 논의의 비평사적 의미가 검토된 바 있다.

박영희의 입장을 십분 이해해 보자면 카프의 문학적 실체가 이미 쇠락했음에도 불구하고 불필요한 탄압에 자신이 계속해서 직면할 이유가 없고, 그러니 카프를 해체해야 된다는 생각을 할 수밖에 없었다는 것이다.

나는 임군을 만나 카프의 정식 해체를 권고하였다. 카프의 해체는 외계의 탄압 때문이 아니라 카프의 사상적 발전에서 당에 소속하려는 작가와 당을 거부하는 작가로 나누게 된 까닭에 비당파 작가들이 탈회하고 성명서를 발표하면 족할 것이었지만 그렇게 되면 임군 일파의 처지가 곤란할 것을 생각하고 할 수 있으면 원만하게 해결할 것을 생각한 나는 여러 가지로 사실을 들어 카프의 해체를 역설하였다. 그러나 임군은 나의 말에 반대하였다. 임군의 의향을 알게 된 나는 할 수 없이 개인행동으로 옮기지 않을 수 없었다. 나는 신간회 해소 때에도 나 자신이 해소에 찬성도 아니 하면서 휩쓸려 그 와중에 들어가 고배를 맛 본 까닭에 이번에는 그러한 어리석은 일이 되지 않도록 주의하려고 하였다. 이번에도 조금 부주의하면 공산당원도 아니면서 애매하게 그물에 걸리게 될지도 모르는 까닭이었다.[4]

이러한 박영희의 태도에 대해 김윤식은 "감옥가기 두려운 비당원

---

[4]　박영희, 앞의 글, 351~352면.

이자 한갓 서울의 중산층 소시민 출신"[5]이라는 기질에서 찾고 있고, 박영희의 초기 카프활동 역시 ML당원이었던 김팔봉의 형 김복진의 종이호랑이 역할에 불과했다고 규정하고 있지만, 필자의 판단에는 꼭 그렇게 볼 만한 일은 아니다.

물론 박영희의 소시민성을 지적하는 것은 간단하다. 그러나 소시민 작가 일반이 박영희 식의 공개적 전향을 하는 것은 아니며, 실제로 박영희의 전향선언문을 읽어보면 그 나름의 '전향의 진정성'도 일정하게 내포되어 있고, 무엇보다도 사상전향에 대한 그 나름의 내적 논리가 뚜렷하다는 점을 확인할 수 있기 때문이다. 박영희의 주장에 동의하거나 비판하는 것과는 별도로, 문인들의 사상전향의 특이성은 상황논리가 아닌 담론화된 '내적 논리'의 개진을 통해 나타나야 하며, 또한 그것이 문학이 다른 예술양식과는 다른 언어라는 질료의 특이성이라고 할 때,[6] 적어도 박영희에게는 문사로서의 최소한의 진정성이 있다는 점을 우리가 군이 부정할 필요는 없다.

그렇다면, 그의 전향선언문 격에 해당되는 「최근 문예이론의 신전개와 그 경향」에서 두드러진 특징은 무엇인가.

첫째, 카프의 지도이론과 창작 사이의 괴리가 심각한데, 이는 문학과 정치의 특수성에 대한 이해부족에서 나타난다는 것이다. 이 말을

---

5   김윤식, 『임화 연구』, 문학사상사, 1996, 529면.
6   김재용, 『협력과 저항』, 소명출판, 2004, 3면.

54   임화문학연구 3

바꿔 말하면 문학과 예술의 특수성에 대한 박영희 식의 카프에 대한 불만인 셈인데, 1930년대를 경과하면서 카프의 작가와 비평가들은 '정치=문학'이라는 과격한 일원론에 함몰되었다는 것을 의미한다.

둘째, 비평계와 창작계 일각에서도 카프의 엄숙주의적 지도비평에 대한 비판이 제기되고 있다는 점을 들고 있다. 가령 신유인의 창작의 고정화에 대한 비판, 백철의 인간묘사론에 대한 주장, 김남천의 모랄론, 그리고 이른바 부르주아 민족주의 작가들의 카프에 대한 비난 등을 종합해 보면 여전히 카프문학은 '선전삐라' 수준에 멈춰 있는 게 아니냐는 것이다.

셋째, 정치와 예술과의 기계적 연관관계를 지양하고 인간의 제반 활동을 생활의 복잡성이라는 측면에서 광범위하게 반영하자는 주장이다. 다시 말하자면 그간 간과되었던 부르주아 문학에 대한 재인식이 필요하다는 것이다.

넷째, 역사와 문학사의 '비대칭성'에 대한 정확한 분별이 필요하며, 문학사의 특수성과 개별성을 자각할 필요가 있다는 주장이다. 조선문학사의 연속성에 대한 인식에 있어서, 후대의 프로문학은 결국 전대의 부르주아 문학의 계승자라는 것을 이해하자는 것이다.

위에서의 박영희의 주장을 간략히 정리하면, 문학과 정치(사회)의 이원론(문학의 특수성)에 대한 옹호에서 출발해, 궁극적으로는 조선신문학사의 특수성에 대한 체계적인 탐구가 필요하다는 것으로 귀결된다. 사실 이러한 박영희의 주장 자체만을 놓고 보면, 그가 카프 탈퇴의 이유로 들고 있는 진단들이 일거에 부정될 만큼 허약한 논리는 아니다. 물론 정치와 문학의 이원론에 대해서 새삼 강조하고 있는 박영희가 그것을 곧바로 카프조직의 해소로 연결시키는 장면에서는, 정작 그 자신이 신경향파로부터 목적 의식기 카프의 제1차 방향전환을 촉구했던 논자라는 점에서 모순이 없지 않다. 더 나아가 자신이 공산당원도 아닌데 임박할 것이 분명한 공안사건에 연루되어 체포될 것을 염려하는 식의 고백은 김윤식의 말처럼 박영희의 인간적 심약함이 사실일지도 모른다는 비문학적인 유추에 귀를 솔깃하게 만든다.

그러나 박영희가 위에서 제기하고 있는 지도비평에 대한 비판과 창작의 부진, 신문학사의 전개과정에서 카프문학이 가진 문학사적 성격에 대한 문제제기는 분명 탐구될 만한 가치가 있는 것이었고,[7] 이는 박영희가 직접적으로 거론하고 있는 임화에게도 필사적으로 문예학적 탐구를 지속하게 했던 핵심적인 문제제기였음은 부정하기 힘들다.

7　해방 직후에 쓰여진 것으로 보이는 박영희의 『현대조선문학사』와 『초창기의 문단측면사』는 자신의 전향논리를 사후적 회고를 통해 합리화하려는 시각도 짙지만, 임규찬의 지적처럼 그의 문학사가 "문단의 형성과 시대에 따른 그 중추적 흐름이란 견지에서 큰 체계를 편성하고, 그 속에서 창작계와 비평계의 성과를 유기적으로 한데 아우르는 서술방식으로 나름의 치밀한 편성을 보이고 있다"는 점은 존중될 만하다. 임규찬, 「재평가되어야 할 회월의 문학사 연구」, 임규찬 편, 『현대조선문학사 외』(범우사, 2008) 해설 참조.

3. 임화의 비평적 응답

오늘의 관점에서 박영희와 임화의 문학사적 논전을 지켜보다 보면, 임화에게 박영희는 마치 복음서의 세례요한처럼 '사라지는 매개자'(철학자 슬라보예 지첵의 조어다)의 역할을 한 것처럼도 느껴진다. 세례요한이 광야에서 또 갈릴리에서 예수에게 세례한 후 죽음을 맞은 것과 꼭 동일한 것은 아니지만, 문학사의 진전 역시 씨를 뿌리는 자와 수확을 하는 자가 다를 때가 종종 있는 것이다. 임화에 대한 위에서의 박영희의 전반적인 진술태도를 생각해 보면, 그것은 많은 경우 '어른이 아이를 보는 듯한' 여유가 느껴진다. 박영희가 임화를 시종 "임 군"이라고 지칭하는 것이 그렇고, 카프를 임화에게 맡겨두었다는 식의 진술이 그러하며, 더 나아가 "임군을 만나 카프의 정식 해체를 권고"했다는 당당한 고백적 진술이 그러하다.

그렇다면 박영희에게 임화는 대저 무엇이었는가. 당시의 임화가 카프의 서기장이든 말든, 박영희의 의식과 무의식 저변에는 임화가 여전히 옛 시절의 "임 군"에 머물러 있었던 것은 아니었을까. 그도 그럴 것이, 임화에게 신경향파와 프로문학의 열정을 심어준 인식론적·개인사적 기원은 분명 박영희였고, 위의 글이 쓰여졌던 1934년 당시의 임화를 만들어낸 것 역시 박영희 그 자신이었다고 생각했기 때문이다.

가령 김팔봉의 회고록에 나타난 1929년 박영희와 임화의 관계는 이러한 박영희의 태도를 비교적 추체험할 수 있게 해준다.

　　임은 박에게 퍽 가까이 찾아다니는 것 같았는데 몇 달 후에 박은 나를
보고 "임 때문에 요 사이에 내가 아주 죽겠다"고 하소연하는 것이었다.
　　이야기인즉은 임이 박의 집에 와서 먹고 자며 가지 않으면서 일본에나
갔으면 하는데 무슨 수로 일본엘 보내겠느냐는 것이 박의 걱정이었다.
그러더니 며칠 후 박이 나를 보고 임이 도쿄까지 노자만 만들어주면 일본
으로 건너가겠다고 해서 돈을 약간 만들어줄 수 없느냐고 청하기에 나는
7원을 박에게 보내주었다. 이 돈으로 임은 비로소 일본으로 건너갔다.[8]

　　그렇다면, 도일 이후의 임화에게 박영희는 무엇이었는가. 박영희
는 임화를 이른바 동경의 급진소장파 그룹인 '제3전선파'로 규정하고
있지만, 사실 '제3전선파'의 핵심은 이후 임화의 손위 처남이 된 소설
가 이북만이었다. 이북만이야말로 동경에서 기관지 『무산자』를 출
간하고 일본의 프로예맹(NAPF)과도 연결돼 있었고, 임화보다 먼저 박
영희와 김팔봉 등의 카프 구세대를 공박하면서, 카프의 방향전환을
급진적으로 촉구했던 주인공이었다.
　　그런데 기이하게도 '제3전선파'의 리더인 이북만이 아니라 청년
임화가 귀국 후 카프 서기장에 올랐다. 이것은 어떤 이유 때문이었

8　『김팔봉 전집』 제2권, 528면. 김윤식, 『임화 연구』, 145면 재인용.

을까. 한 연구자의 주장에 의하면 임화는 1929년이라는 비교적 늦은 시기에 도일(渡日)했다. 이는 시기상 나프 및 카프의 제1차 방향 전환론의 근거가 되었던 맹동적 후쿠모토주의(福本主義)를 상대화할 수 있는 시기였다. 뒤늦은 우연이 희비극적으로 이후의 필연을 불러온 셈이 되는데, 이를 김용직은 다음과 같이 설명하고 있다.

한편 임화를 주축으로 한 소장파가 제3전선파까지도 뒷전으로 돌리고 카프의 주도권을 장악한 데는 상당히 미묘한 사정이 개재해 있었다. 박영희나 김기진이 그랬던 것처럼 제3전선파 역시 계급문예이론의 상당부분을 일본 쪽에서 익힌 경우였다. 그들은 모두가 동경유학생 출신이었고 또한 나프에 관계하면서 갖가지 투쟁경험도 얻은 사람들이다. 그런데 이들의 나프 체험은 1927년 무렵에 끝난다. 이 시기는 제3전선파의 문예이론 형성에 매우 중요한 구실을 한다. 이무렵까지 나프의 행동이론은 복본주의(福本主義)에서 도출된 것이었다.

그런데 이 복본화부(후쿠모토 가즈오, 福本和夫)가 국제 공산당의 호된 비판을 받음으로써 사태가 돌변해 버렸다. 구체적으로 그는 1927년 5월 코민테른의 초청형식으로 모스크바에 소환된다. 그리고는 유물변증법을 관념적으로 해석한 자로 낙인 찍혀 공산당의 책임비서직을 박탈당해 버리는 것이다. 이 시기는 제3전선파의 귀국 무렵과 때를 같이 한다. 그러나 당시 일본과 같이 공산당 활동이 불법화된 상태에서는 그런 사실이 본국(조선―인용자)에 알려지기에 상당한 시간이 걸렸던 것이다. 그

러니까 이북만 등의 복본(福本) 인용은 그런 사정에 맹목인 가운데 빚어

진 것이다. 그러니까 임화 등의 소장파는 그 후에 일본에 체재한 사람들

이다. 그리하여 그들은 제3전선파를 비판, 배제할 유리한 교두보를 지

니고 귀국했다. 이런 이론적 기반 위에서 그들의 카프 주도권 장악이 이

루어진 것이다. [9]

만일 위에서의 박영희의 진술과 문단적 상황을 신뢰할 수 있다면,

박영희는 여전히 임화를 "임 군"으로 기억하고 있으나, 1920년대 후

반의 임화에게는 이미 박영희도 또 하나의 스승인 이북만도 더 이상

비평적 거인으로 보이지는 않았을 수도 있다. 반대로 임화는 박영

희나 이북만이 사유해 본 적 없는 뉴욕 발 세계대공황과, 그것의 충

격파인 일본 경제의 히스테릭한 요동을 맑스의 『자본론』과 루카치

의 『역사와 계급의식』을 읽어가면서, 이해하고 분석할 수 있었던

것이다. 임화는 그렇게 비평적으로 성숙해 있었다.

때문에 임화가 접한 1934년의 박영희의 전향선언은 문청시절

『백조』의 유미주의자였던 박영희가 다시 탕자가 돌아오듯 원점으

로 회귀하는 귀향서사와 같은 것으로 인식되었을 확률이 높다. 일

찍이 임화는 논쟁과정에서 박영희와 동급의 선배비평가인 김팔봉

조차 "김 군"으로 버릇없이 호명한 바가 있고, 박영희를 일컬어 "박

---

9   김용직, 『임화문학연구』, 세계사, 1991, 24~25면.

영희류"로 지칭할 만큼 정세적으로나 문단의 역학구도에서나 이미 프로 문학의 반항적 기린아로 성장해 있었던 것이다.

그런 임화였기에, 또 그런 임화였음에도 불구하고, 박영희의 「최근 문예이론의 신전개와 그 경향」은 결코 무시할 수 없는 중압으로 그의 비평적 실천의 전환을 촉구하게 만들었던 것이다. 이러한 사실을 확인할 수 있는 두 개의 평문은 "을해(乙亥) 10월 마산 병석에서"라고 서명되어 있는 「조선신문학사론 서설」(『조선중앙일보』, 1935.10.9~11.3)과 일제 말기에 쓰여진 「『백조』의 문학사적 의의」(『춘추』 22호, 1942.11)라고 판단된다.

이 두 편의 평문은 시간적 편차가 있음에도 불구하고 박영희 식 전향선언에 대한 임화의 비평적 응답임과 동시에 한 때의 스승이었던 박영희에 대한 끊을 수 없는 임화의 존경과 경멸의 양가감정이 대위법적으로 표출된 고백인 것이다.

먼저 「조선신문학사론 서설」을 검토해 보기로 하자. 이 글이 쓰여진 1935년 10월의 임화는 두 번째 부인인 지하련(본명 이현욱)의 친정인 마산 합포에서 요양 중이었는데, 놀라운 것은 1935년에서 1938년까지의 이 시기가 어찌 보면 비평가 임화가 가장 정력적으로 활동하던 시점이었다는 것이다. 사실 1935년 당시는 5월에 카프가 해체되고 6월에 전주사건으로 카프의 맹원들이 대거 검거된 반면, 임화 자신은 폐결핵이라는 이유로 신설동 탑골공원에서 가료 하다가 마산으로 내려간 혼란의 시간대였다.

그렇다면 마산에서 임화는 무엇을 했던가. 필자의 판단에 그는 두 방향에서 자신의 삶을 바꿔나갔던 것으로 보인다.

첫째, 첫 부인인 이귀례와의 이혼, 카프의 해체, 전주사건의 충격으로 이어지는 일련의 혼돈 속의 항해를 마무리하는 한편, 지하련과의 만남을 통해 회복된 실존적 자신감을 새로운 문학적 모색으로 연결시켰던 것으로 보인다. 둘째, 그는 박영희로 상징되는 카프의 구세대는 물론 지난 10년간의 카프문학운동을 떠나보내면서, 거시적인 차원에서의 조선신문학의 경과를 정리하고 시대적 패색 상황에서 조선문학의 역사적 전망에 대해 고민한 것으로 보인다.

첫 번째 관점에서 보면, 임화는 1936년 한 해 동안 무려 10편에 가까운 시와 20편을 상회하는 비평을 발표했다. 1930년대 후반까지를 고려하면 무려 100여 편의 비평이 이 시기에 쓰여진 셈이며, 시집 『현해탄』(1938)에 수록된 작품 역시 이 시기에 대거 창작된 것으로 판단된다. 물론 조직의 해체로 또 폐결핵으로 방황하던 임화의 이러한 문학적 신진대사의 마술적인 건강함의 근거는 작가에 대한 치밀한 전기사적 연구에 의해 이후 보강될 필요가 있겠다.

두 번째 관점이 본고의 논의에서 핵심적인데, 이 시기를 기점으로 임화는 문학사적 연구와 문예학적 탐구를 체계적으로 탐구해 나갔을 뿐만 아니라, 김남천과 김기림 등과의 이른바 '기교주의' 논쟁 등을 통해 조선 신문학이 당면한 위기에 대한 총체적인 전망을 체계화하고자 하는 의욕을 드러냈다. 「조선신문학사론 서설」에서 출발하여 「소설문학의 20년」, 『개설 신문학사』 등의 일련의 문학사적 작업이나, 세계관과 창작방법론에 대한 치열한 이론적 개입, 그리고 이른바 '기교주의' 논쟁을 통한 근대문학의 미래전망에 대한 탐구 등은 명실상부한 임화비평의 정점인 것이다.

4. 카프문학과 부르주아 문학의 상관성

　다시 박영희에게로 돌아와 보면, 임화는 박영희의 전향선언에서 다음과 같은 두 가지 문제에 대한 해명이 있어야 한다고 생각했던 듯하다.

　먼저, 박영희가 제기하고 있는 문학과 정치의 이원론이 주류화될 경우, 그것은 지금까지의 가프문학운동의 역사적 의미를 뿌리로부터 부정하는 청산론으로 발전할 수 있다는 사실에 대한 인식과 이에 대한 반박이다. 둘째, 카프문학이 부르주아 문학의 계승적 위치에 있다는 박영희의 주장에 대한 비판적 해체가 그것이다. 이는 필연적으로 임화로 하여금 문학사적 탐구로 나아가게 했고, 1936년 당시까지의 문학사적 흐름을 카프문학에로의 도달을 향한 도정으로 이해하게끔 하는 논리의 구성을 요구하였다.

　이러한 두 가지 문제의식에서 출발한, 호흡이 길면서도 치밀하고 그러면서도 장쾌한 논리적 구상이 돋보이는 평문이 「조선신문학사론 서설」이다. 임화는 이 평문의 도입부에서 다음과 같이 그 집필의 도를 분명히 표명한다.

이 글은 신경향파문학의 역사에 대한 전혀 부당한 수삼의 논문을 비판의 대상으로 하는 국한된 목적으로 기초된 것이 의외의 방면으로 벌어지고 길어져서 전혀 발표 사정에 의하여 불손한 제목을 붙이게 된 것이다.[10]

위에서 언급된 "수삼의 논문"이란 박영희, 이형림, 신남철 등이 제기한 일련의 카프 해소론에 해당하는 것으로, 직접적으로 임화가 이 글을 쓰게 된 원인은 역시 박영희의 「최근 문예이론의 신전개와 그 경향」에 있었다. 이 평문을 읽어보면 알겠지만, 임화는 시종일관 박영희를 언급할 때 "박영희적 이론" "박영희, 이형림을 두목으로 하는" 등과 같이 그 적개심을 노골화하고 있다. 박영희가 문학적 인생의 마지막 국면까지 임화를 "임화군"으로 불렀다면, 이 시기에 이르러 임화는 박영희를 스승으로서도 또 카프의 동지로서도 인정할 만한 개전의 정이 없는 배신자로 규탄하고 있는 셈인 것이다.

---

10 임화, 「조선신문학사론 서설」, 임규찬 편, 『임화문학예술전집 2-시』, 소명출판, 2009, 373면.

그러나 이 글이 박영희와 임화 사이의 착잡한 감정선을 드러내고 있는 것이 사실이라 하더라도 그것은 핵심이 아니다. 앞에서 언급했듯 임화에게는 전향자 박영희 류의 문학과 정치의 이원론을 봉쇄하고, 카프문학의 역사적 의미를 체계화할 필요가 있었던 것이다. 실로 이 평문은 그런 의욕을 십분 성취한 논의로 주목되는데, 먼저 문학과 정치의 이원론에 대한 임화 비판의 핵심적인 논의를 경청해 보도록 하자.

신경향파의 사상적 본질만을 평가하고 그 예술적 진화달성을 방기하는 모든 이론은 무엇보다도 최서해의 문학에 대하여 정당한 평가를 내릴 술 모르는 편안지(片眼者)들이다.

이것은 프로문학의 고난에 찬 십년을 통하여 한설야, 김남천, 송영, 윤기정, 조명희 등의 제 작가를 지나 『고향』의 작자 이기영에 와서 프로문학의 본래적 달성의 최고의 수준을 보인 것이다.

일반으로 보아 신경향파의 문학은 조선의 신흥계급이 계급 그 자신으로부터 그 자신을 위한 계급으로 성장할 자각적인 과도기의 예술적 반응이었다.

그러므로 신경향파문학은 그 예술성에서가 아니라 그 사상 내용에서만 과거의 문학에 대하여 우월하였다는 이원적인 모든 평가는 완전히 사실과 부합하지 않는 한 개 추상적 허상이며 이러한 평가는 곧 김기진 씨에 있어서와 같이 프로문학의 예술적 발전을 비역사적인 것으로 설명하기 쉬운 것이다.

즉 프로문학은 과거의 전 문학의 발전이라고 설명하지 않고 일면적으로 프로문학 자신의 '미미하나마 발전'을 인정하여 겨우 박영희적 이원론에 대립하고 만다. 신남철, 이종수 씨 등의 신경향파의 이원론적 평가는 직접적으로 '프로문학'의 예술적 진화를 부정하는 견지로서 "얻은 것은 이데올로기요 잃은 것은 예술이다!"라는 박영희적 멘셰비즘과 동일한 결론에 도달하는 것이다.[11]

과연, 박영희의 말처럼 카프문학이 이데올로기만 번창했고 예술은 없었는가 하는 점에 대한 반박이 위의 진술에는 뚜렷하다. 이기영의 『고향』을 보라. 이 작품이야말로 정치와 문학이 가장 높은 수준에서 결합된 걸작이 아니겠는가 하는 것이 임화의 판단이다. 그러니까 임화로서는 박영희 식의 아포리즘을 전도시켜 "카프문학은 이데올로기와 예술 모두를 얻었다"고 강변하고 있는 셈이다. 물론 카프문학은 부르주아 문학이라는 전제가 있어 가능했다는 점을 인정하고 있기는 하다. 그러나 이때의 부르주아 문학이란 궁극적으로 프로문학의 질적 비약을 통해 지양될 운명에 처한 과도기라는 식의 발상법이 위의 주장에는 잘 녹아있다.

이를 증명하기 위해서 임화는 카프문학의 역사적 의미를 문학사

---

11 위의 글, 436~7면.

적 관점에서 논리화하는데, 이것이 이후의 『개설신문학사』의 기초가 되는 시각이다. 임화는 이광수로부터 이기영에 이르기까지의 조선신문학사의 전개과정을 다음과 같이 명료하게 계기적 발전의 연속으로 기술하고 있는데, 그 핵심적 발언을 추출하면 다음과 같다.

춘원으로부터 자연주의 문학에, 자연주의로부터 낭만주의 문학에로 근소한 일맥을 보전해 내려온 현실의 역사적 유동에 한 성실성과 진보적 정신은 한 개 비약적 계기를 통과한 것이다.

그러므로 춘원으로부터 낭만파에 이르기까지의 각 시대의 제경향이 전대의 단순한 대립표로서 일면적으로 이것을 계승하였다면 신경향파 문학은 그 모든 것의 전면적 종합적 계승표(繼承表)이었다.

이것은 신경향파문학이 의존하는 바 사회적 계급의 역사적 지위의 전체성, 종합적 통일성에 유래하는 것이나 문학적 발전에 있어 그것은 심히 명확한 형태로 표시되어 있다. 물론 이곳에는 많은 사가와 논객, 학도들이 모순, 혼란, 무질서로 이해할 만큼 정치, 사회사에서 보는 것 같은 그런 소박한 직선을 그을 수는 없다.

문화와 예술사의 발전에는 원칙적으로는 토대적인 것에 제역을 수(受)하면서 일응 그것과는 구별되는 관념형태 그것이 갖는 고유의 객관적 법칙성을 갖는 것이다.

신경향파 문학은 국초, 춘원에서 출발하여 자연주의에서 대체의 개화를 본 정신과 동일하게 국초, 춘원으로부터 발생하여 자연주의의 부정적 반항을 통과한 뒤 낭만파에 와서 고민하고 새로운 천공으로의 역의 비상을 열망하던 진보적 정신의 종합적 통일자로 계승된 것을 무한의 발전의 대해로 인도할 역사적 운명을 가지고 탄생한 자이다.[12]

골드만(L. Goldman)이 읽었다면 임화 식의 '발생론적 구조주의'나 '감싸기 이론'이라고 해도 과언이 아닌 위의 총괄에서, 우리들이 확인할 수 있는 것은 카프문학의 주도성에 대한 임화의 문학사적 자부심이다. 그것이 헛되지 않은 것은 당시의 임화에게 이기영의 『고향』의 존재란 내용과 형식, 정치와 예술의 이원론을 돌파할 수 있는 확실한 명작이자 비평적 근거로서 보였기 때문이다. 동시에 위의 진술에서 임화는 문학과 사회의 어쩔 수 없는 비대칭성을 논의하는 한편, 그럼에도 불구하고 계기적으로 또는 단속(斷續)적으로 상호 침투하는 공진화(co-evolution)의 특이성을 논구하고 있다. 문학과 사회는 균질적으로 진화하지 않는다. 그럼에도 불구하고 결과적으로 발전의 템포는 구조적으로 조응(correspondence)한다는 시각이 이것이다. 이는 문학과 사회에 대한 총체론적 또는 구조주의적 인식론에 해당된다.

이런 문학사 인식은 임화가 공박하고 있는 『현대조선문학사』의 저자인 박영희가 조선신문학사의 성격이 외래사조의 쉼 없는 침투

---

12 위의 글, 419면.

와 잡거(雜居)에 기인한 분망(奔忙)한 성장으로 보는 시각과는 상이한 것이다.[13] 위에서의 임화의 논의는 프로문학이 결국 부르주아 문학의 계승자이기 때문에, 이제 다시 부르주아 문학으로 귀환하자는 박영희의 주장에 대한 탈구축 또는 이론적 해체에 해당한다. 임화의 시각을 단순화하면, 박영희 당신의 말대로 프롤레타리아 문학은 부르주아 문학의 유산 속에서 탄생했다. 그러나 프로문학이야말로 결과적으로 부르주아 문학의 항해가 목표로 한 궁극적인 귀착지였다는 점을 부정하면 안 된다는 식의 논의가 된다.

비유적으로 말하면, 임화는 박영희 류의 청산론을 역방향으로 회전시켜 그 특유의 문학사의 논리와 방법을 개진할 수 있었던 셈이 된다.

5. 그들이 얻은 것과 잃은 것

그렇다면 이러한 논전 이후 박영희는 무엇이 되었는가. 왕년의 문학주의자답게 『회월시초』(1937)를 낸 직후, 결국 수렁과도 같은

---

13 "그러므로 현대 조선문학의 과정에는 한 시대를 대표할 만한 문학적 난숙기(爛熟期)를 갖지 못한 대신, 늘 새로운 시대와 그 사조의 많은 계간이 주마등과 같이 있었던 것이다. 말하자면 어느 때나 분망한 성장을 하여온 것이다." 박영희, 『현대조선문학사』, 임규찬 편, 『현대조선문학사 외』, 범우, 2008, 27면.

대일협력의 길로 들어섰다. '시국대응·전국위원회' '시국대응 전조(全朝) 사상보국연맹'에 참여하여 경성지부 간사가 된다(1938). '황국위문작가단'과 같은 친일단체의 일원으로 중국의 화북지방을 다녀와『전선기행』을 출간하고 시국영화「지원병」의 원작을 쓰고, 조선문인협회의 간사가 된다(1939). 일제의 방침에 따라 '芳村香道'로 창씨개명을 한다(1940). 이렇게 해방직전까지 시국에 적극 협력한다.

일제 말기의 박영희가 얻은 것은 무엇이고 잃은 것은 과연 무엇인가. 사후적으로 평가해 보자면, 그는「최근 문예이론의 신전개와 그 경향」을 쓴 직후 문인으로서는 거의 모든 것을 잃었다고 판단된다. 사실상 그는 이데올로기도 없이 또 예술도 없이 대일협력을 한 셈인데, 이런 박영희의 면모를 지켜보았던 왕년의 후배 임화에게 그것이 어떻게 보였을까. 박영희야말로 카프 조직을 배신하고 급기야 와해시킨 장본인이었기에, 그런 훼절의 길을 당연한 귀결이라 생각했을까. 아니면 그러한 사태 앞에서 침통한 회한에 잠겼을까. 필자의 판단에는 아마도 후자 쪽이었을 확률이 높다.

박영희와 결별하면서, 임화는 "박영희류"의 폐해를 직정적으로 비판했지만, 생각해 보면 박영희란 존재야말로 오늘의 임화를 있게 한 스승이자 동료였고 또 유력한 문학적 타자가 아니었던가. 그런 타자를 간단히 잊는 것은 쉽지 않을뿐더러, 이는 스스로의 기원을 부정하는 일이기 십상이다. 이런 까닭인지 몰라도, 임화는 박영희에 대한 노스탤지어를 문학적으로 회상하기도 한다. 그것이「『백조』의 문학사적 의의」(『춘추』 22호, 1942. 11)이다. 왜 임화는 1942년의 국면에서 돌출적으로 동인지 『백조』에 대한 회고적 시선에 잠기게 되었는가. 타당한 이유는 일련의 문학사적 연구의 과정 속에서 자연스럽게 신문학 형성기의 계기적 과정을 검토하는 과정에서 『백조』를 피해갈 수 없으리라고 생각했을 확률이 높다. 『창조』나 『폐허』와 달리 동인지 『백조』야말로 카프문학을 배태시킨 원천인 것은 부정할 수 없는 사실이었다.

그러한 사실 말고도 왕년의 스승이었던 박영희에 대한 임화의 현재적 안타까움이 박영희가 가장 활력 있게 활동했으며, 그 자신과 인연을 맺게 했던 황금시대로 그의 펜촉을 움직이게 했다고 유추하는 것도 터무니없는 일은 아닐 것이다. 임화의 육성을 들어보기로 하자.

초기시민문학의 황혼을 장식하던 『백조』는 제3호로 자기의 운명을 끝마치고 대정 14년 2월에 회월 박영희 씨에 의하여 정식으로 명명되어 자기의 역사를 시작한 문학의 형성기에 이르러 『백조』는 그 요람과 더불어 동인을 완전히 와해해버렸다. 팔봉과 회월이 새로운 입장에서 비평과 문학의 창시자가 된 것은 『백조』의 명예일 뿐만 아니라, 퇴폐의 시인 이상화가 「빼앗긴 들에도 봄은 오는가」로 새로운 시의 건설자로 등장한 사실이라든가, 석영이 또한 새 예술집단의 창립자의 일인이 된 사실 등은 『백조』가 새로운 시대를 매개한 혁혁한 전형기의 집단이었다는 사실을 웅변으로 증명하는 것이다.

(…중략…) 이렇게 『백조』는 흘러갔으나 그 동인들은 제 각기 성장하여 빙허는 드디어 자연주의의 일방의 작가로, 눈물 많던 도향은 조선의 심리주의적 소설의 수립자로, 상화는 전형기의 거대한 시인으로, 팔봉 회월은 새 시대의 개척자로, 모두 감상과 낭만의 시절을 이별하고, 노작은 영영 침묵하고, 월탄은 오래인 칩거 속에서 역사소설에서 자기의 길을 다시 열었다.

일언으로 결어를 짓자면 『백조』는 실로 커다란 전환기의 문학이었다.[14]

신문학기의 동인지 『백조』, 아니 박영희는 임화에게 무엇이었는가. 한때는 "새로운 시대를 매개한 혁혁한 전형기의" 인물이었고, "실로 커다란 전환기의 문학"을 이끌던 문학사의 상징이었을 것이다. 그런 박영희였기에 임화는 환등기를 돌려 과거 편을 향해 펜을 굴렸던 것은 아니었을까. 아마도 임화에게는 문학의 유년시절이었던 그 때가 이제는 전락해버린 박영희의 황금시대로 보였을 것이고, 이런 임화의 비평을 읽으며 박영희는 자신을 "박영희류"로 불렀던 후배 문인과의 멀어진 거리에 대해 회억하게 만들지 않았을까.

박영희와 동인지 『백조』에 대한 임화의 고평은 왜 이다지도 과장

---

14 임화, 「『백조』의 문학사적 의의」, 임규찬 편, 『임화문학예술전집 2─문학사』, 소명출판, 2009, 486~7면.

되게 발성된 것이었을까. 임화 역시 박영희와 마찬가지로 대일협력의 수렁에 빠질 수도 있었다. 그 압력은 다른 문인들과 같이 강력했을 터이지만, 임화는 지혜롭게 그 수렁을 가까스로 빠져나왔다. 그런 임화 편에서 보자면, 1936년의 전향선언을 하고 있는 박영희보다 오히려 1942년의 박영희가 경멸스러워 보였을 것이지만, 그는 박영희를 이해하기보다는 추억하고 있다. 어찌 보면 1942년의 단계에서 임화는 조선신문학의 "아름다운 청춘의 최후"에 대한 서글픈 송가를 부르는 것처럼도 보여진다. 그가 『백조』에 수록된 홍사용의 시를 그의 평문에 굳이 인용한 이유는 그 때문이 아니었을까.

> 시냇물이 흐르며 노래하기를
> 외로운 그림자 물에 뜬 나뭇잎
> 나그네 근심이 끝이 없어서
> 빨래하는 처녀를 울리었도다
>
> 돌아서는 님의 손 잡아다리며
> 그러지 마셔요 갈길은 육십리
> 철 없는 이 눈이 물에 이리어
> 당신의 옷소매를 적시었어요
>
> 두고 가는 긴 시름 쥐어 뜯어서

여기도 내 고향 저기도 내 고향

젖으나 마르나 가는 이 설움

혼자 울 오늘밤도 머지 않고나[15]

　왜 임화는 『백조』와 박영희를 상기하는 마당에서 저토록 처연하게 처녀의 눈물과 설움을 서글픈 복화술사처럼 읊조리고 있는가. 노작의 시에 가탁한 임화의 비애는 어디서 오는가. 님도 떠나고 남은 것은 "혼자울 오늘밤"밖에 없다고 하는데, 임화가 얻은 것은 무엇이고 잃은 것은 무엇인가. 박영희를 잃은 대신 임화는 그가 상실할 뻔도 했던 좌파적 신념과 실천의 정당성을 확인했던 것은 아닌가. 그렇다면 박영희가 얻은 것은 무엇이고 잃은 것은 무엇일까. 오직 추억만 남아 과거를 회상하는 것만이 그의 인생에 남아있던 것은 아닌가. 조선신문학사를 회고하고, 그가 교유했던 문사들을 회고하는 것으로 그의 문학이 종결된 것은 이런 까닭이 아닌가.

　얻을 것도 없고 잃을 것도 없다고 생각했던 과거야말로 "청춘의 폭풍" 혹은 문학적 질풍노도의 시기였을 터인데, 1942년의 임화에겐 눈물과 설움으로 범벅된 박영희에 대한 회상만 남아, 이렇게 쓸쓸하게 그와 작별을 고하고 있다. 문청시절에 접한 『백조』는 아름답고 찬연한 것이었는데, 이제는 진창과도 같은 현실 속에서, 박영희나 임화

15　위의 글, 486면.

자신이나 경망스러운 오리처럼 시대 앞에서 부끄럽기 짝이 없는 비평적 몸부림을 하고 있다고 생각하니, 임화도 그가 추억했던 박영희도 세월이 흘러 너무 많은 것을 잃었다고 생각되었을 것이다.

그렇다면 박영희와 임화를 조망하면서 깨닫게 되는 오늘의 문학이 잃은 것은 무엇이고 얻은 것은 무엇인가. 늦은 밤 이런 질문이 필자의 뇌리를 떠나지 않고 있다.

일제 말기 임화와 애도

한설야와의 관련성을 중심으로

이경재

1. 들어가는 말

1930년대 후반은 사회주의 문학인들이 정체성과 문학적 방향에 대하여 심각한 혼란에 빠진 시기이다. 이 시기를 결정 짓는 사건으로는 1935년의 카프 해산과 1937년의 중일전쟁을 들 수 있다. 카프 해산이 운동으로서의 문학을 불가능하게 했다면, 중일전쟁은 파시즘과의 관계설정이 문인으로서의 존재방식에까지 심각한 영향을 미치게 만들었다. 카프 해산이 마르크시즘적 주체의 상징적인 죽음을 의미한다면, 1937년 이후의 황민화 정책은 마르크시즘적 주체의 실제적인 죽음을 의미한다. 중일전쟁 이후 일제는 노동력의 국가적 통제 및 황민화 정책을 노골적으로 시행했고, 세계적인 차원에서 파시즘의 위세는 대단했다. 이러한 상황에서 문인들은 중일전쟁 이전과는 다른 방식으로 현실과 문학을 바라볼 수밖에 없었고, 그 결과 사상 전향이 횡행하고 신체제론에 편승한 친일 문인들이 생겨났다.[1]

이처럼 사회주의 이념과의 결별을 강제당한 일제 말기는 각각의 문학적 주체에게 애도라는 문제를 가장 중요한 정체성의 계기로 만들었다고 해도 과언이 아니다. 애도의 상황을 낳는 상실의 대상에는 연인뿐만 아니라 이념이나 정치적 자유 등도 해당한다.[2] 애도에 대한 가장 고전적인 정의는 프로이드에 의해 이루어진다. 프로이드는 애도와 우울증을 구분하는데, 애도는 현실성 검사를 통해 사랑하는 대상이 더 이상 존재하지 않는다는 것을 깨닫고, 대상에 부여했던 리비도를 철회하여 다른 대상에 부여하는 것이다. 이에 반해 우울증은 자아를 포기된 대상과 동일시하고, 이 때 대상상실은 자아상실로 전환된다. 자아와 대상 사이의 갈등은 자아의 비판적 활동과

---

1 하정일, 「'사실' 논쟁과 1930년대 후반 문학의 성격」, 『임화문학의 재인식』, 소명출판, 2004, 236~237면. 중일전쟁 이후는 "계몽의 전통이 붕괴의 위기에 빠진 것, 이념적 지표를 상실한 것, 진리와 비진리의 경계에 대한 판단을 정지한 것, 문학의 현실 연관성을 포기한 것 등"(237)으로 '환멸의 시대'라 규정되기도 한다.

2 애도란 "사랑한 사람의 상실, 혹은 사랑하는 사람의 자리에 대신 들어선 어떤 추상적인 것, 즉 조국, 자유, 어떤 이상 등의 상실에 대한 반응"(프로이트, 윤희기 옮김, 「슬픔과 우울증」, 『무의식에 관하여』, 열린책들, 1997, 248면)이다.

동일시에 의해 변형된 자아 사이의 분열로 바뀌는 것이다.[3]

　프로이드가 말한 고전적인 의미의 애도에 가장 적합한 사례로는 박영희와 백철을 들 수 있다. 박영희는 「최근 문예이론의 신전개와 그 경향」(『동아일보』, 1934.1.27~2.6)에서 카프가 정치적 성격을 강하게 지니게 되어 더 이상 감당할 수 없는 지경에 이르러 전향하게 되었다고 말한다. 그리고는 손쉽게 기독교와 일본주의를 향해 나아간다. 백철 역시 감옥에서 집행유예로 나오자마자 「출감소감─비애의 성사」(『동아일보』, 1935.12.22~27)를 발표하며 과거 사회주의 문학과의 결별을 간단히 선언해 버린다. 이후 「시대적 우연의 수리」(『조선일보』, 1938.12) 등의 글을 통해 현실 순응의 길을 걷는 백철은 파시즘의 강화, 일제의 군국주의화, 중일전쟁 등을 시대적 우연으로 명명한 후, 이러한 시대적 우연을 엄연한 사실로 인정하자고 제안한다. 파시즘에 맞서 싸우지 말고, 그것에 적극 호응함으로써 문화 발전을 도모하자는 것이다. 이것은 마르크시즘의 자리에 사실의 논리, 즉 파시즘을 대체한 것이라 할 수 있다. 이것은 프로이드가 말한 애도, 즉 '대상에 부여했던 리비도를 철회하여 다른 대상에 부여하는 것'에 대응하는 행위이다.

　그런데 주지하다시피 이러한 행위는 윤리적이라고 볼 수 없다. 이러한 행위는 상실된 대상에 대한 추모의 행위일 수는 없기 때문이

3　위의 논문, 243~270면.

다. 오히려 이것은 쉽게 잊어버리고 떠나버리는 하나의 요식행위에 불과하다. 보다 본질적인 문제는 이러한 애도를 행하는 과정에서는 상실된 대상에 대한 왜곡과 변형, 즉 자의적으로 의미를 부여하는 상징화 과정이 나타난다는 점이다.[4] 박영희의 경우도 마찬가지이다. 특히 박영희는 유명한 말 '얻은 것은 이데올로기이며 상실한 것은 예술 자신'이라는 구절처럼, 자신이 적극적으로 가담한 카프를 일종의 정치단체로 격하시킨다. 세부적으로도 1932년도에서 1933년까지 카프 진영내에서 이루어진 창작방법론(신유인, 임화, 김남천, 박승극, 백철, 추백, 안막 등)이 모두 예술성의 강화를 주장했지만 이것이 받아들여지지 않았다는 식의 왜곡을 하고 있다. 이 때의 애도란 너무나도 간편하지만 이것이 진정한 애도인지는 생각해볼 문제이다.

---

4 데리다가 보기에 프로이드가 말한 애도는 본질적으로 타자를 상징적 · 이상적으로 내면화하는 것, 곧 타자를 자아의 상징 구조 안으로 동일화하는 것을 의미한다. 이런 측면에서 본다면 소위 정상적 애도, 성공적인 애도는 타자의 타자성을 제거한다는 의미에서 타자에 대한 심각한 (상징적) 폭력을 함축하고 있다. 따라서 데리다가 보기에 애도가 타자에 대한 존중, 타자에 대한 충실한 기억을 목표로 하는 이상, 정상적 애도는 실패한 애도일 수밖에 없다.(자크 데리다, 진태원 역, 『마르크스의 유령들』, 이제이북스, 2007, 389면)

2. 실패한 애도의 정치성 – 한설야의 경우

위에서 살펴본 박영희나 백철과 정반대의 모습을 보이는 문인이 바로 한설야이다. 한설야는 1930년대 후반에 프로이드적인 의미의 애도에 철저하게 실패한 모습을 보여준다. 그럼으로써 그는 우울증적 주체가 된다. 이것은 한설야의 산문 「지하실의 수기—어리석은 자의 독백」(『조선일보』, 1938.7.8)에 직접적으로 나타나 있다. 이 글에서 한설야는 지금의 시대가 "시속에 눈이 밝은 지자와 지레 약은 인간을 무수히 남조"한다고 주장한다. 동시에 "이 영리한 인간들은 하룻밤의 철리로서 세기의 인생관과 세계관을 바꾸어 놓을 수도 있고 한 마디의 말과 성명으로서 자기의 인생행로를 역사의 그것으로부터 대담히 공화의 속으로 옮겨갈 수도 있는 것"이라고 비판한다. 그러면서 이처럼 과거와 쉽게 단절하고 새로운 길을 걷는 삶과는 달리 "관뚜껑을 닫는 날까지 한 길을 꾸준히 걸어"가는 삶을 이상적으로 제시한다. 이 글의 곳곳에는 과거에 대한 고집스러운 때로는 강박적이기까지 한 집착이 나타나 있다.

변화된 현실 앞에서 과거의 이상을 맹목적으로 고집하는 이러한 태도는 일제 말기 한설야 소설을 각종 병리의 백과로 만든다. 주요 인물들이 연출하는 병리는 사회주의라는 대상을 상실한 데서 비롯된다. 이 시기 한설야 소설의 인물들은 임화가 반복해서 사용하는 '울발(鬱勃)'한 기분에 빠져 있다.[5] 프로이드가 말한 우울의 핵심은 자아와 대상의 동일시이다. 대상이 떠난 후에도 나는 자아를 대상으로 잡아 애증의 드라마를 연출하는 것이다. 우울증에서 공격받고 빈곤해지고 위험해지는 것은 바로 자기 자신이며, 궁극적으로 그것은 죽음충동으로까지 이어진다.[6]

「이녕」(『문장』, 1939.5), 「모색」(『인문평론』, 1940.3), 「파도」(『신세기』, 1940.11), 「두견」(『문장』, 1941.4)에는 죽음충동이 직접적으로 드러나고 있다. 「이녕」의 민우는 길에서 예전에는 자신과 비슷한 길을 걸었지만 이제는 도청 사회과에 취직한 박의선을 만나고 다음과 같은 생각을 한다.

그는 또 뜻하지 않고 관속에 가로 누은 자기를 생각하였다. 그 관뚜께 우에먹으로만 쓴 글씨―민우의 약력이 나타난다. 그담에는 주묵글씨 또 그담에는 백묵글씨…… 이렇게 수없이 바뀌어진다. 그리다가 이 가지가지 빛갈 글씨가 얼룩덜룩 섞여 씨인 것이 보인다. 그는 또 한번 몸소름을 친다. 차라리 관뚜게에 아무것도 씨워지지 않기를 바란다.[7]

"관속에 가로누은 자기를 생각"하고, 관뚜껑 위에 아무것도 쓰여

---

5 임화는 한설야에 대하여 언급한 마지막 평론인 「문예시평―여실한 것과 진실한 것」(『삼천리』, 1941.3)에서도 한설야의 「아들」에는 「이녕」부터 지속되는 울발한 기분과 답답증이 가득하다고 말한다.

6 프로이드, 앞의 논문.

7 『문장』, 1939.5, 27면.

지지 않기를 바라는 욕망이란 완전한 무로 돌아감을 욕망하는 죽음 충동이라고 하지 않을 수 없다. 「모색」에서도 남식의 죽음충동이 "그는 또 어떤 때는 아주 장엄하게 죽는 자기를 상상하는 일도 있다. 가슴 복판에서 자기황같은 것이 탁 튀여서 새캄한 공중에 날아올라 가 찬란한 화화(火花)와같이 터지는 공상을 하고 또 어떤 때는 다캄 한 고층건축(高等建築)의 지붕위에서부터 땅바닥에까지 내려붙은 길다란 면도칼날에 제배를 붙이고 미끄러 떨어지는 것을 생각하는 일도 있다"[8]와 같은 부분을 통해 직접적으로 드러나고 있다.

「파도」의 명수는 안해에게 "그리게 나도 내가 미워서 죽겠소. 제 발 나를 돌루 점 때려주구려"[9]라고 말한다. 또한 아내의 죽어버리겠 다는 말에 "사는 것보다 몇 갑절 안락한 주검이란 것을 그렇게 쉽사 리 가저낼 줄 아느냐, 팔자 늘어진 소리를 하지두말아, 사람놈들은 날마다 그 달콤한 주검이란 놈을 잡으랴다가 되려 '삶'이라는 심술 막난이 한테 덜미를 짚여 오군하더라"[10]라고 말한다. 명수에게 죽음 이란 "사는 것보다 몇 갑절 안락한" 혹은 "그 달콤한"이라는 수식어 를 거느리는 매력적인 것으로 인식되고 있는 것이다.

「두견」에서도 세형이 자아이상으로 생각하는 안민 선생은 자살 한다. 디군다나 이 작품에는 상세하게 죽음의 과정과 그 모습이 기

---

8 『인문평론』, 1940.3, 113~114면.
9 『신세기』, 1940.11, 93면.
10 위의 책, 94면.

술되어 있다. 이 작품에서 안민은 자신의 목에 상처를 내서는 사발에 그 피를 받아놓고 죽은 것으로 그려진다. 그리고 세형이 "고인이 제손으로 자결하지 않으면 안 될 이유가 ─ 그것이 무엇인지는 알 수 없으면서도 연성 제몸을 엄습하는 것 같"[11]음을 느끼는 것에서 보여지듯이, 안민을 죽음으로 이끈 충동은 이 작품의 초점화자인 세형에게도 그대로 전해진다.

이것은 백철이나 박영희 등이 리비도를 투자했던 대상, 즉 사회주의 이념을 멋대로 상징화하여 결별한 것과는 정반대의 메커니즘이 한설야에게 일어난 결과이다. 한설야는 자기 내부에 상실된 대상을 그 자체로 충실하게 보존한 상태라고 할 수 있다. 한설야 소설의 주인공들은 전향한 주의자들로서 과거와의 결별을 전혀 받아들이지 못한다. 이로 인해 발생하는 현실과의 낙차는 온갖 병리적 행동으로 발현되고 있는 것이다. 이것은 프로이트적인 의미에서는 일종의 우울증적인 태도라고 말할 수 있으며, 동시에 '정치적 올바름'의 태도라고 말할 수도 있다.[12] 버틀러는 상실한 대상을 애도할 수

---

11 『문장』, 1941.4, 168면.
12 지젝은 동성애에서 탈식민주의 담론에 이르기까지 다양한 변형태들로 우울증 뒤에는 '정치적 올바름'이라는 든든한 지배적 통념이 버티고 있다고 주장한다. 그 지배적인 통념이란 다음과 같다. "프로이트는 정상적인 애도(상실을 성공적으로 받아들이는 것)과 병적인 우울증(여기서 주체는 상실한 대상과의 나르시시즘적 동일시에 고집스레 머물러 있다)을 대립시키고 있다. 우리는 프로이트에 반대하여 우울증의 개념적인 그리고 윤리적인 우선권을 주장해야만 한다. 상실의 과정 속에는 애도 작업을 통해 통합될 수 없는 잔여들이 항상 남아 있기 마련이며, 가장 궁극적인 충절이란 바로 이 잔여에 대한 충절이다. 애도란 일

없을 때 주체는 그 대상을 자신과 일치시키고 그 대상이 이루려고 했던 이상을 실현하는 일에 집중하며, 이로써 애도를 불가능하게 했던 권력을 해체하는 정치적 결과를 낳을 수 있다고 말한다. 애도의 금지는 애도를 금지하는 권력에 대한 저항을 낳는다는 것, 이것이 바로 버틀러가 주장하는 우울증적 주체의 정치성이다.[13]

한설야 소설의 우울증이 보이는 정치적 효과는 비교적 뚜렷하다. 일제 말기 소설에 빈번하게 등장하는 병리성은 정상으로 보이는 사회의 비정상성을 보이기 위한 반어적 표상으로 기능한다. 즉 대상과 자아, 과거와 현재, 사회주의와 현실의 뚜렷한 이분법을 가능케 하는 것이다. 「모색」의 남식은 여러 차례에 걸쳐 미친 사람과 자기를 비교해 본다. 이 작품에서 광기는 "그리고 또 더 우스운 것은 싱싱하게 앞으로 걸어가는 사람들이 돌지에 모걸음을 치는 것으로 보이고 또 이어 뒷걸음을 치는 것으로 보이여 정작 그런가하고 때기 보면 볼수록 그런 법해서 멀거니 오고가는 사람을 바라본다. 그러면 참말 더욱 그런 것 같애진다"[14]에서 알 수 있듯이 새롭게 의미부여 된다. 남식에게는 자신이 뒤로 가는 것이 아니라 세상이 뒷걸음을 치고 있는 것으로 보이는 것이다. 즉 남식이 비정상이고, 세상이

종의 배신이며 (상실한) 그 대상을 "두 번 죽이는" 짓이다. 이에 반해 우울증의 주체는 상실한 대상에 대한 자신의 애착을 포기하기를 거부하면서 그 곁을 충실하게 지킨다."(슬라보예 지젝, 「우울증과 행동」, 한보희 역, 『전체주의가 어쨌다구?』, 새물결, 2008, 218면)

13 주디스 버틀러, 양효실 역, 『불확실한 삶—애도와 폭력의 권력들』, 경성대 출판부, 2008.

14 『인문평론』, 1940.3, 124면.

정상인 것이 아니라 '남식이 정상이고, 세상이 비정상'이 되어 버리는 것이다.

「두견」에서도 이와 같은 맥락에서 안민이 보이는 광기에 대한 의미부여가 이루어지고 있다. 안민은 S여학교를 나온 이후 학회일을 하며 서울에 머문다. 이 때 안민은 광증에 이르는데, 이러한 광증에 대하여 이 소설의 초점화자인 세형은 '안민은 정상이고, 세상이 비정상'이라는 인식을 내보인다. 학회마저 "부득의한 사정으로 마침내 간판을 떼"[15]게 된 후부터 모진 신경쇠약에 걸려 오래도록 고생한 안민은 그전 학회집으로 찾아가서 목을 매려는 이상행동을 보인다. 이에 대해 세형은 "골선비를 보고 미친사람이라고 부르는 속인들의 실없은 말인게지"라고 생각하며, 세속을 향하여 "왼통 미친놈들같으니라구는"[16]이라고 생각한다. 세형이 보기에 세상일을 "가만히 볼라치면 제 정신이 똑똑한 사람의 일같지 않은 일뿐인 것"[17]이다.

위에서 살펴본 인물들은 모두 달라진 현실에 맞게 대상을 의미화하지 않고, 있는 그대로의 모습으로 간직하고자 한다. 과거의 대상을 온전하게 간직한 그들이 현실과 부딪칠 때, 그것은 각종 병리현상으로 나타나게 되는 것이다.[18] 그러나 한 가지 생각해 보아야 할

---

15 『문장』, 1941.4, 163면.
16 위의 책, 164면.
17 위의 책, 179면.
18 이 시기 한설야 소설의 병리성으로는 죽음충동 이외에도 상상계적 이자관계, 구순기적 격분과 질투심, 근원적 모성성에 대한 열망, 자아이상과의 동일시 등을 들 수 있다.(이경재,

문제는 이러한 심리적 메커니즘 속에서 대상(과거)은 자아(현재)로부터 아무런 관련도 맺지 못하며, 이로 인해 분리된 채 존재할 수밖에 없다는 것이다.[19] 즉 주인공들이 그토록 집착하는 과거의 이념은 현실로부터 철저히 배제된다. 이 점에서 이러한 우울증 역시 실패한 애도라고 부를 수 있다.

그러나 이러한 우울증적 상상력은 나름의 정치적 의미를 지닐 수 있다. 애도적 상상력은 대상의 상실이라는 현실을 수용함으로써 상징계적 질서 안에서 자신의 자리를 안전하게 유지해 나가는 상상력이고, 우울증적 상상력은 그러한 현실에 저항함으로써 대상에 대한

『한설야와 이데올로기의 서사학』, 소명출판, 2010, 288~303면)

19 데리다의 관점과 가장 가까운 정신분석학을 선보인 니콜라스 아브라함과 마리아 토록은 프로이트를 비롯한 대부분의 정신 분석가들이 동일시했던 입사(introjection)와 합체 (incorporation)라는 개념을 구분하고 이를 정상적인 애도 작업과 실패한 애도 작업, 또는 납골과 각각 결부시켰다. 아브라함과 토록에 따르면 입사는 적절한 상징화 과정을 통해 부재, 간극의 장애를 극복하고 이를 통해 자아를 강화하고 확장하는 데 있으며, 따라서 이는 정상적인 애도 작업과 결부되어 있다. 반면 근원적으로 환상적인 성격을 지니는 합체는 대상의 부재를 상징화 과정을 통해 은유화하지 못하고 이 내상을 탈은유화해서 자아 안으로 삼켜 버리며, 이 합체된 대상과 스스로를 동일화시킨다. 데리다가 보기에 애도 작업은 본질적으로 타자를 상징적, 이상적으로 내면화하는 것, 곧 타자를 자아의 상징 구조 안으로 동일화하는 것을 의미한다. 이런 측면에서 본다면 소위 정상적 애도, 성공적인 애도는 타자의 타자성을 제거한다는 의미에서 타자에 대한 심각한 (상징적) 폭력을 함축하고 있다. 그렇다면 납골로서의 실패한 애도, 합체는 타자의 온전한 보존이라는 측면에서 볼 때는 성공한 애도, 충실한 애도라고 볼 수 있지 않을까? 데리다는 이 역시 충실한 애도일 수 없다고 본다. 자아 내부에 타자가 타자 그 자체로서 충실하게 보존되면 될수록 이 타자는 자아로부터 분리된 채 자아와 아무런 연관성 없이 존재하게 되며, 따라서 어떤 의미에서는 입사에서보다 더 폭력적으로 타자는 자아와의 관계에서 배제되기 때문이다. (자크 데리다, 진태원 역, 『마르크스의 유령들』, 이제이북스, 2007, 388~389면, Jacques Derrida, *Memories : for Paul de Man*, trans. Cecile Lindsay, Jonathan Culler, and Eduardo Cadava, Columbia University Press, 1989, p.35)

열망, 실재에 대한 유혹을 계속 간직해 나가는 상상력이기 때문이다. 애도적 상상력이 과잉에 대한 제한으로서 법적 실정성(positivity)에 집착한다면, 우울증적 상상력은 부정성(negativity)과 함께 머물며 그러한 한계에 대한 자기패배적인 도전을 감행하는 것이다.[20]

3. 과정으로서 존재하는 애도–임화의 경우

1) 불가능하지만 불가피한 혹은 불가피하지만 불가능한 애도

프로이드가 말한 성공한 애도는 타자를 자기 식으로 상징화하여 기억의 공간에 편입시킨다는 점에서 일종의 폭력이다. 이것은 백철과 박영희가 과거의 프로문학을 대하는 방식이라고 할 수 있다. 그렇다고 우울증에 빠지는 것 역시 지금의 지배적인 통념과는 달리 과거의 대상을 철저히 배제시킨다는 점에서 결코 성공한 것일 수 없다. 정상적 애도라는 관념이 전제하는 타자로부터의 분리는 타자를 내 식대로 만드는 것이며, 실패한 애도라는 관념이 전제하는 타자와의 합체는 타자를 나와는 무관한 온전한 타자로 만드는 것이다.[21]

---

20 이현우, 『애도와 우울증』, 그린비, 2011, 119~120면.

데리다의 입장에서 볼 때, 애도는 필연성과 불가능성을 동시에 지니는 역설 또는 이중구속을 의미한다. 따라서 진정한 애도란 진행형으로서만 존재하게 된다. 즉 애도는 대상이 지닌 현실성의 상실을 통해서 그 관념상의 본질을 획득하는 지양(Aufhebung)의 구조를 통해서만 가능한 것이다. 이 때 애도는 '불가능하지만 불가피한' 혹은 '불가피하지만 불가능한' 하나의 과정으로 남게 된다. 임화는 사회주의와 프로문학의 상실 앞에서 여기에 가장 가까운 애도의 모습을 보여준다.

1930년대 전반까지 임화는 선명하게 유물변증법과 사회주의 리얼리즘의 입장을 견지한다. 그것은 1933년에 발표된 「진실과 당파성―나의 문학에 대한 태도」(『동아일보』, 1933.10.13)이라는 글을 통해서도 확인된다. 이 글에서 임화는 "오늘날에 있어 문학적 진실과 그 객관성은 오로지 부르주아 세계에 대한 완전히 비판적인 의식성만이 이것을 가능케 할 것이며 또 이 당파적인 비판적 태도만이 문학예술의 완성을 위한 문학적 진실의 양양한 길을 타개하는 유일한 열쇠이다"[22]라고 힘주어 말한다.[23] 1935년 무렵에 이루어진 문학사

---

21 데리다, 앞의 책, 390면.
22 『임화문학예술전집 4』, 소명출판, 2009, 292~293면.
23 카프가 당파성 문제를 우선적으로 제기한 것은 그것이야말로 프로문학을 프로문학답게 만들어주는 핵심원리였기 때문이다. 당과의 이데올로기적, 조직적 결합을 의미하는 당파성은 사실상 마르크스-레닌주의적 원칙과 동의어이며, 이 당파성, 곧 '프롤레타리아 전위의 눈'이야말로 프롤레타리아 리얼리즘의 성취를 가능케 해주는 미학적 원리였다.(하정일, 「프

서술의 문학사관과 서술 방법에는 여전히 토대 결정론적 사고와 주관주의적 편향이 미묘하게 결합되어 있다. 비슷한 시기 그가 주장한 낭만정신론에서도 현실(객체)의 반영과 주체의 정신이 통합되는 주도적 계기를 주체의 원리, 즉 낭만적 정신에서 찾는다는 점에서 기존의 문제의식을 넘어서지 못하고 있다.[24] 그는 여전히 위대한 낭만적 정신과 당파성을 내걸 수 있었다.

그러나 중일전쟁 이후부터 이러한 임화의 입장은 크게 변한다. 임화는 유물변증법과 사회주의 리얼리즘과 결별할 수밖에 없는 상황을 절실하게 인식한다. 그는 「세태소설론」(『동아일보』, 1938.4.1~4.6)에서 '그리려는 것과 말하려는 것의 분열'을 이야기하는데, 이것은 이상과 현실의 거리가 메울 수 없을 정도로 단절되었다는 고백에 다름 아

로문학의 탈식민 기획과 근대극복론」, 『한국근대문학연구』 22호, 2010, 427~430면) 루카치, 코르쉬, 그람시 등의 헤겔주의적 마르크스주의는 "주객 상호작용으로 파악된 사회적 실천"(알렉스 캘리니코스, 정남영 역, 『현대 철학의 두 가지 전통과 마르크스주의』, 갈무리, 1995, 116면)을 마르크시즘 이론의 핵심으로 파악했다. 루카치는 『역사와 계급의식』에서 마르크스주의와 부르주아 사상의 결정적 차이를 총체성의 유무에서 찾았다. 그에게 있어 총체성은 과학에 있어서 혁명 원리의 담지자였고, 프롤레타리아트가 이 총체적 주체의 역할, 즉 사회적 역사적 진화 과정에서의 주객동일성의 역할을 떠맡았다. 루카치는 "프롤레타리아트의 자기인식은 동시에 사회의 본질의 객관적 인식"(루카치, 박정호 · 조만영 역, 『역사와 계급의식』, 거름, 1986, 238면)임을 천명했다. 이러한 맥락에서 프롤레타리아 당파성 획득이 해방운동을 위한 가장 핵심적인 요건으로 부상한다. 볼세비키화론은 이러한 당파성 논리를 바탕으로 하고 있다.

24 이현식, 「주체 재건을 향한 도정과 실천으로서의 리얼리즘」, 『임화문학의 재인식』, 소명출판, 2004, 265~266면. 1935년에 발표된 「조선적 비평의 정신」(『조선중앙일보』, 1935.6.25~29)까지 "마르크스주의에 입각한 임화의 비평관"(권성우, 「임화의 메타비평 연구」, 『상허학보』 19집, 2007.2, 418면)은 그대로 유지된다.

니다. 1937년까지만 해도 프로문학의 가능성을 인정했던 임화는 이 시기에 이르러 그것이 더 이상 불가능함을 가슴 아프게 인정한다.

이 때 임화가 유물변증법과 사회주의 리얼리즘을 대신하여 주장하는 것은 새로운 리얼리즘론과 생활이다. 그의 리얼리즘론은 주체 재건의 방법론적 의미가 강하다. 임화의 리얼리즘론에서 상정된 주체는 현실 속에서 발전하고 운동하는 존재이며, 현실도 주체에 의해 변화될 수 있는 것이다. 그리고 현실과 주체를 매개하고 연결하는 것은 다름 아닌 실천이다.[25] 이 때의 실천은 정치적 실천이 아닌 예술적 실천을 말한다. 리얼리즘 정신에 입각한 작품 창작행위를 통해, 작가의 세계관이 형성되고 그로부터 주체 재건이 가능하다는 것이다.

그러나 이러한 리얼리즘론에는 여전히 세계관 유일주의와 주관주의적 편향이 공존한다. 「주제의 재선과 문학의 세계」(『동아일보』, 1937.11.11~16)에서는 "이것이 우리가 현실의 객관성 앞에 자기 해체를 완료하고 과학적 세계관으로 주체를 재건하는 노선이며 우리의 문학이 협애한 현재 수준에서 역사적 지평선 상으로 나아가는 구체적 과정이다"[26]라고 하여 구체적 현실에 대한 천착을 세계관보다 우선시하는 논지를 펼친다. 그러나 같은 글에서 임화는 곧바로 세계관이야말로 "자기 재건의 길인 동시에 예술적 완성의 유력한 보

---

25 이현식, 앞의 논문, 282면.
26 『임화문학예술전집 3』, 소명출판, 2009, 62면.

장"[27]이라는 반대되는 입장을 펼치기도 한다.

이후에도 이러한 공존은 지속된다. 「의도와 작품의 낙차와 비평」 (『비판, 1938.4)에서도 임화는 "변증법적 유물론에 입각한 과학적 비평 체계를 수립하기 위해 일관되게 배제(해야)했던 문학의 어떤 부분"[28]인 잉여야말로 비평의 진정한 대상이라고 말하면서, 잉여의 세계에서는 작가의 주체가 와해되는 것조차 두려워하지 말아야 한다고 주장한다. 그러나 이러한 잉여의 비평관은 과거의 입장과 완전한 결별을 의미하지 않는다. "작품의 외부는 현실세계이고 비평의 외부는 작품이나, 잉여의 세계의 원천인 현실 가운데서 다같이 제 세계를 창조하게 된다 할 수 있다"[29]는 말처럼, 임화의 현실 변혁 의지는 흔들림이 없다. 이에 대해 김수이는 "창조적 원천으로서만 아니라, 비평적 원천으로서의 현실의 재음미가 필요한 이곳, 이 자리는 임화가 사상의 수준으로 앙양해야 한다고까지 주장한 잉여의 비평관이 현실 변혁의 리얼리즘의 세계관과 다시 접속하는 지점이라고 말할 수 있다"[30]고 정리한 바 있다. 이처럼 공존할 수 없는 것들

---

27 『임화문학예술전집 3』, 소명출판, 2009, 62면.

28 김수이, 「임화의 시비평에 나타난 시차들」, 임화문학연구회 편, 『임화문학연구 2』, 소명출판, 2011, 23면.

29 『임화문학예술전집 3』, 소명출판, 2009, 569면.

30 김수이, 앞의 논문, 33면. 허정은 더욱 적극적으로 과거 맑스주의적 지향을 읽어낸다. 새 세계는 맑스주의를 통해 지향해나가야 할 계급해방의 사회를, 잉여물은 시대 상황으로 인해 당대 상황에서 전망해내기 어려웠던 새 세계의 징후를 의미한다는 것이다. 이와 관련해 "새 세계와 잉여물은 흔히 오해하듯이 임화가 지향해왔던 세계와 상이한 것을 뜻하는

의 공존, 혹은 대립되는 것들 사이의 위태로운 긴장[31]은 일제 말기 임화 비평의 특징이다. 임화는 과거 프로문학과의 결별을 가슴 아프게 인정한다. 그럼에도 백철식의 사실수리론으로 전락하지 않는 이유는 그가 맑스주의에 대한 리비도를 온전하게 철회하지 않은 것과 긴밀한 관련을 맺고 있다. 이로 인해 임화는 주체 재건과 현실 변혁의 기본 원칙은 신실하게 견지해 나갈 수 있었던 것이다.

애도라는 측면에서 볼 때, 백철이나 박영희식의 애도는 대상의 타자성을 제거하고 상징적 폭력을 가한다는 점에서 진정한 애도일 수 없다. 거기에는 타자에 대한 배려나 추모의 마음 따위는 존재하지 않는다. 한설야의 경우는 타자의 온전한 보존이라는 측면에서 정치적인 정당성을 주장할 수도 있다. 그러나 자아의 내부에 대상이 충실하게 보존될수록 그것은 오히려 자아와 현재로부터 분리된다는 것을 확인할 수 있다. 따라서 진정한 애도란 하나의 아포리아로서 존재할 수밖에 없다. 그것은 과거의 대상을 자신과 분리시키

것이 아니라, 그것과 동일한 것을 일컫는 것이다. 역사의 방향성을 찾기 힘들었던 당시 잉여물은 징후의 차원에서 흐릿하게 감지될 뿐이지만, 임화는 이것을 계급해방사회(맑스주의에서 제시된 역사발전 단계론의 종점)를 향한 진보적 도정을 향해 자신을 이끌어줄 단초로 파악하였다"(허정, 「작가에서 비평가로」, 임화문학연구회 편, 『임화문학연구 2』, 소명출판, 2011, 379면)고 주장한다.

31 권성우는 임화의 일제 말기 비평 텍스트에는 "투철한 마르크스주의비평가의 모습과 표현과 독창성을 중시하는 섬세한 예술가의 모습이 절묘하게 착종되어 있다"(권성우, 앞의 논문, 434면)고 주장한다. 김예림 또한 "일제 말기에 임화가 남긴 여러 논의들은 사실상 매우 비균질적이며, 서로 다른 방향의 사유들이 동시에 혼재하는 복잡한 균열의 양상을 보인다"(『1930년대 후반 근대인식의 틀과 미의식』, 소명출판, 2004, 224면)고 말한 바 있다.

려 하는 동시에 자신 안에 보존하려는 불가피하지만 불가능한 시도
로서만 존재할 수 있는 것이다. 일제 말기 임화 비평에 나타난 상호
모순되는 것들의 공존은 이러한 애도의 과정이라는 측면에서도 이
해할 수 있다.

2) 한설야 읽기에 나타난 애도의 힘

임화가 행한 역설로서의 애도가 실제 비평에서 가장 선명하게 나
타나는 경우는 바로 한설야에 대해 논할 때이다.[32] 임화가 일제 말
기 한설야에게 초점을 맞추는 것은 카프 시절의 공식적인 문학적 태
도로부터의 변화와 관련해서이다. 임화의 비평에서 한설야가 처음
언급되는 것은 1933년 프로문학계를 총평하고 있는 「현대문학의
제 경향—프로문학의 제 성과」(『우리들』, 1934.3)에서이다. 이 글에서
임화는 한설야가 희곡 〈저수지〉와 소설 「추수 후」에서 "적극적인

---

[32] 기본적으로 임화에게 한설야는 주목을 요하는 일급의 작가이다. 「그 뒤의 창작적 노선」(『비
판』, 1936.4)에서는 현실에 대한 단순한 재현적 리얼리즘에의 방향과 암담한 비관적 낭만
주의를 최근 작품의 문제점으로 지적하면서, "민촌의 〈인간수업〉, 설야의 〈황혼〉 그것 둘
은 우리 잔류 작가들의 옹졸함을 비웃듯 탄탄한 세계를 개척"(『전집 4권』, 626면)한다며
고평한다. 「문예시평—창작 기술에 관련하는 소감」(『사해공론』, 1936.4)에서는 최근 작
가들이 창작기술의 연마를 기도하고 있으며, 이러한 사례의 모범적인 선례로서 서해, 송
영, 민촌과 더불어 한설야를 언급하고 있다. 「10월 창작평」(『동아일보』, 1938.9.20~9.28)
에서는 설야, 남천, 무영, 현민의 문장은 현대 인텔리겐차의 어법을 가지고 만들어진 문장
이며, "현대 조선 문장이 이런 이들의 글을 중심으로 만들어져야 할 그런 문장"(『전집 5권』,
72면)이라고 고평한다.

주제에 대한 명확한 태도는 볼 수 있으면서, 생활 현실의 풍부한 향기 대신에 추상적 슬로건의 냄새가 강"[33]하다고 비판한다.

「사실주의의 재인식─새로운 문학적 탐구에 기하여」(『동아일보』, 1937.10.8~14)에서는 변화 없는 한설야 소설 경향에 대한 강력한 비판을 가한다. 다음의 인용문에서처럼 한설야는 과거 카프 시대로 퇴행한 작품들을 발표한다는 것이다.

> 이러한 퇴화, 정체는 설야 씨의 소설 〈태양〉, 〈임금〉, 〈후미끼리〉 등 일련의 작품에서도 인정할 수 있는 것으로 새로운 관조주의와 아울러 낡은 공식주의의 잔재가 혼합되어 있다. 예하면 소설 〈후미끼리〉, 〈임금〉 등에선 노동에 대한 무원칙적 찬미라는 낡은 사상과 아울러 명백히 소시민화하고 있는 주인공의 생활과정이, 그가 인민적 성실을 다시 찾고 인간의 생활 속에로 들어간다는 외형만이 전사회운동자의 전형적 갱생 과정처럼 취급되어 있는 데서 적례를 볼 수 있다.
>
> 이 소설은 우리의 주관이 양심과 성실과를 잃지 않았다고 자부함에 불구하고 객관적으론 알지 못하게 나락의 구렁으로 이끌려가는 과정이 반대의 관점에서 형상화되어, 작품은 전체로 전도된 모티브 위에 구성되어 있다.
>
> 이 전도 가운데 작자의 양심적 주관은 공식주의로서 나타나고 작품에 그려진 온갖 사실을 표면적으로 긍정하는 데서 작자는 명백히 관조주의

---

33 『임화문학예술전집 4』, 소명출판, 2009, 447면.

자이었다.[34]

「한설야론」(『동아일보』, 1938.2.22~2.24)에서도 위의 주장은 반복된다. 한설야의 1930년대 후반 소설은 "인물과 환경과의 괴리"를 보이며, 인간들이 죽어가야 할 환경 가운데서 설야는 인간들을 살려가려고 애를"[35] 쓴다고 비판한다. 「철로교차점」 등의 작품에서 사회운동자였던 주인공들이 몰락해가는 모습을 그리는 대신, "그들의 재생(시민적이 아닌!)"[36]을 그리고 있다는 것이다. 이러한 입장에서 임화가 노동자들의 세계를 그린 「황혼」보다 소시민적 세계에 바탕한 「청춘기」를 고평하는 것은 당연하다. 임화는 「청춘기」 속에서 "인물과 환경의 모순이 조화될 새로운 맹아를 발견"[37]하였기 때문이다.[38]

임화는 한설야가 카프 시기의 입장을 고수할 때 부정적으로 평가함을 알 수 있다. 이와 같은 맥락에서 임화는 한설야가 카프 시기와는

---

34 『임화문학예술전집 3』, 소명출판, 2009, 74면.
35 위의 책, 444면.
36 위의 책, 444면.
37 위의 책, 445면.
38 임화는 「청춘기」의 세계가 "우수와 암담과 희망 적은 세계였고, 그곳의 시민들은 무위와 피곤과 변설의 인간들이었다"(『전집 3』, 445면)고 평가한다. 「방황하는 문학정신―정축 문단의 회고」(『동아일보』, 1937.12.12~15)에서도 「청춘기」에서는 루진적 분위기가 드러난다고 말한다. "당분간 루진 같은 남녀 인물, 정신적 분위기는 무력화한 인텔리겐차의 심리적 기념물로 꽤 오래 작품 위를 떠돌지도 모른다"(『전집 3권』, 207면)는 것이다. 그러나 「청춘기」는 철수라는 인물을 중심에 둔 연애서사를 통하여 변치 않는 작가의 이념적 지조를 선명하게 보여준다.

다른 새로운 모습을 보일 때 고평한다. 「소화 13년 창작계 개관」(『소화십사년판 조선문예연감—조선작품연감 별권』, 인문사, 1939.3)에서는 한설야의 「산촌」을 경향문학의 중진으로서의 관록을 보이는 가작으로 고평하는데, 이유는 이 작품이 "낡은 공식주의를 해탈하는 일보 전야의 작"[39]이기 때문이다. 「현대소설의 귀추」(『조선일보』, 1939.7.19~7.28)에서는 한설야의 소설을 높게 평가하고 있다. 이유는 「술집」에 나타난 "그 준열한 현대성"[40] 때문이다. 이 작품에는 일상적인 혼탁한 생활에서 벗어나고 싶지만 벗어날 수 없는, 오히려 그러한 의식이 한없는 부담이 된 현대 청년의 고민이 제대로 드러나 있다는 것이다. 즉 "「이녕」에서 시작하여 작자는 생활의 명석한 관찰자로서 혹은 일상성의 현명한 이해자로서 일찍이 마차 말처럼 앞으로만 내닫던 정신을 달래어 하나의 지혜로운 의지로 훈련시기는 사업에 종사"[41]하고 있다. 즉 현실의 변혁을 추구하는 과거로부터 벗어나려는 정신과 지금의 현실이 조화를 이룬 작품으로 평가하고 있는 것이다. 「창작계의 1년」(『조광』, 1939.12)에서도 「이녕」, 「술집」, 「종두」 등의 제재나 제작 태도가 새롭지 않다는 비평에도 불구하고, 자신은 그 작품들에 대해 가볍지 않은 평가를 한다고 말한다. 특히 「이녕」이 "현대의 오예 가운데서 전시대의 인간의 비참할 만치 무력한 자태를 그린 가작의 하

---

39 『임화문학예술전집 3』, 소명출판, 2009, 253면.
40 위의 책, 345면.
41 위의 책, 346면.

나"⁴²라고 고평하고 있다.

즉 임화는 일제 말기 한설야의 소설들을 평가하는 데 하나의 기준을 보여주고 있다. 그것은 한설야가 카프 시기의 창작경향을 보일 때는 비판을 아끼지 않으며, 반대로 변화된 현실과 그에 바탕한 새로운 정신을 드러낼 때는 긍정적으로 평가한다는 것이다. 그리하여 임화는 한설야 평론에 있어서만큼은 과거 프로 시절과 완전한 결별을 행하고 있는 것처럼 보인다.

그러나 실상은 그렇게 간단하지 않다. 임화는 첫 번째 기준과는 반대되는 이유 때문에 한설야를 계속해서 언급하기 때문이다. 즉 다른 작가들이 맹목적으로 현실을 추수하는데 반해 한설야는 과거의 원칙을 손쉽게 내려놓지 않는다는 점에서 관심의 대상이 된다. 앞에서 살펴본 「현대문학의 제 성향」에서 임화는 '생활 현실의 풍부한 향기 대신에 추상적 슬로건의 냄새가 강하다'고 비판하지만, 이러한 비판은 당대 카프 작가들에 대한 비판과 공존한다. 임화는 지금의 카프 작가들이 "현실의 전형적 요소와 표주적 성격의 반영으로부터 점차로 객관적 현실과 계급생활의 지엽적인 부분으로 주의를 돌리고 있다"⁴³고 강력하게 비판한 후에, 그와 다른 경향의 소설로 한설야를 언급하고 있는 것이다. 여기에서도 긍정과 부정의 묘한 착종을

---

42 『임화문학예술전집 5』, 소명출판, 2009, 170면.
43 『임화문학예술전집 4』, 소명출판, 2009, 445면.

확인할 수 있다. 이러한 특성은 이후의 평론들에서도 발견된다.

「현대소설의 주인공」(『문장』, 1939.9)에서 임화는 "소설이란 것은 부단히 구성되려 하고, 환경과 인물이 단일한 메커니즘 가운데 결부하려 하는 것"[44]임에도 불구하고, 최근 소설에는 인물이 부재하다고 말한다. 더군다나 사회운동의 과거를 가진 인물들을 찾아볼 수 없다는 것이다. 그럼에도 한설야의 「이녕」에는 과거를 가진 인물이 등장하여 생활에 적응하는 과정이 그려진다고 고평한다. "그 울발한 기분, 풀 곳 없는 정열, 오래 은닉되었던 가족에 대한 애정, 이런 것을 그리어낸 「이녕」은 아름다운 작품"[45]이라는 것이다. 그러나 비판 역시 빼놓지 않는다. 주인공이 상징적인 방식으로나마 현실과의 대결의지를 드러낸 족제비 사건 이후를 묻고 있는 것이다. 즉 실제 주인공은 생활과의 만남을 어떻게 헤쳐 나갈 수 있겠느냐는 것이다. 이러한 질문 후에 임화는 "결국 소설 「이녕」의 주인공은 인물이라기보다, 작자의 기분이 자리를 잡고 앉은 공석에 불과할지도 모른다"[46]라는 평가를 한다. 즉 작가의 세계관이 과도하게 투사되었다고 비판하고 있는 것이다.

「중견 작가 13인론」(『문장』, 1939.12)에서는 임화의 착종된 심리가 단적으로 나타나 있다. 그는 다른 작가들의 작품에서 "외부적 인간

---

44 『임화문학예술전집 3』, 소명출판, 2009, 329면.
45 위의 책, 335면.
46 위의 책, 336면.

이 작가의 정신에 의하여 그려지는 대신 작가의 정신이 외부적 인간에게 끌려가고 있다. 사상으로서의, 정신으로서의 문학을 재고해야 할 것이다"[47]라고 비판한다. 이러한 비판의 준거로 제시되는 것이 한설야의 「이녕」이다. "여기에 비하면 한설야 씨의 문학은 완고하고 낡은 듯하고 노둔하면서도, 제목을 추종하는 문학이 근본적으로 자기를 재건하려면 일차는 반드시 회귀할 기본 지점에 확고히 서있다"[48]고 고평한다. 즉 임화는 작가의 정신이 굳건히 서야 하며, 동시에 그것은 당대의 현실에 깊이 뿌리박아야 함을 말하고 있는 것이다. 여기에서는 세계관을 우선시하는 과거의 경향과 현실과 작품을 우선시하는 현재의 입장이 공존함을 확인할 수 있다. 임화는 한설야를 평가함에 있어서도 '불가피하지만 불가능한' 혹은 '불가능하지만 불가피한', 즉 과정으로서만 존재하는 애도를 행하고 있는 것이다.[49]

---

47 위의 책, 259면.

48 위의 책, 259면.

49 일제 말기 한설야가 임화에 대해 논한 것은 임화의 평론집인 『문학의 논리』에 대한 짧은 서평 하나를 발견할 수 있다. 『문학의 논리』를 "朝鮮文壇의 縮圖요 里程標"(「林和 著『文學의 論理』新刊評」, 『인문평론』, 1941.4, 143면)라고 정리하며, 임화는 "朝鮮新文學이 참말 新文學으로서 發足하든 가장모뉴멘탈한 時期에나온 詩人, 評論家요 今日에이르기까지 그는 가장 文學的, 思想的으로 밀도가 높은時代를 詩와散文文學全般에對한 높은理解와批判力을가지고 肉身과精神으로 同居同勞해온 사람"(143면)이라고 고평한다. 나아가 "主觀的또는甚하면 自家辯護를爲한 그런 類의評論과는 嚴格히 區別되는것이며 그래서 讀者인 우리들이 氏의論文을 가장愛讀하는것이오 또 얻는바가 많은 것이다"(143면)라고 평가한다.

임화와 김남천

동지, 우정, 고독

권성우

1. 두 사람이 함께 책상 들기 : 임화와 김남천

　이 글은 비평가이자 시인이었으며 문학사가였던 임화(1908~1953)
와 그의 평생 동안의 동지이자 문우였던 소설가이자 비평가 김남천
(1911~1953)의 글쓰기를 서로의 관계 속에서 겹쳐서 바라보고자 하는
시도이다. 임화와 김남천의 문학적 이력이나 행보에는 흥미로운 동
일성과 차이가 존재한다. 그들은 상호 비판과 대화, 논쟁, 제휴, 연
대(連帶), 차이를 통해, 즉 서로의 존재에 의해, 스스로를 성장시킬
수 있었던 관계였다. 그리고 두 사람의 텍스트에서 상대방 이름이

각기 수십 차례나 등장한다는 점, 임화가 김남천에게 보내는 편지 형식을 대신하는 평문을 두 편이나 발표했으며,[1] 김남천 역시 임화를 대상으로 한 평문을 발표했다는 사실[2]도 주목할 필요가 있다.

이 둘이 모두 식민지시대의 가장 영향력 있는 비평가였다는 점, 한때 동경유학 생활을 통해 함께 카프 동경지부 기관지『무산자』에 참여했으며 진보적 문학이념과 조직운동을 공부하고 체험했다는 점, KAPF의 맹원이었으며 KAPF 문학적 이념의 전파를 위해서 누구보다도 이 두 명의 비평가가 선도적인 비평적 투쟁을 수행해왔다는 사실, 1935년 김팔봉 등과의 협의를 통해 카프 해산계를 함께 경기도 경찰국에 제출했다는 사실, 식민지시대 문화산업이나 출판자본의 문제점을 예리하게 비판하면서 비판적 문학의 확대를 위해 분투했다는 사실, 1930년대 후반 이후 상당수의 사회주의자나 카프 출신 문인들이 전향하거나 친일 활동에 적극적으로 참여할 때, 협력과 저항의 경계선에서 소극적인 저항과 소극적 협력의 행보, 경우에 따라서는 침묵에 가까운 입장을 보여주었다는 점, 해방 직후 '조선문학가동맹' 등의 단체를 통해 함께 동지적인 관계에서 진보적인 문학운동에 매진했다는 사실, 1947년 함께 월북하여 해주인쇄소에서 근

---

1   임화, 「비평에 있어 작가와 그 실천의 문제—N에게 주는 편지를 대신하여」,『동아일보』, 1933.12.19~21; 임화, 「작가의 '눈'과 문학의 세계 : '남매'의 작자에게 보내는 편지를 대신하여」,『조선문학』, 1937.6.

2   김남천, 「임화에 관하여—그에 대한 수감(隨感)의 이 토막 저 토막」,『조선일보』, 1933.7.22~7.25.

무하면서『문학』지 편집에 주도적으로 참여했다는 사실, 1950년 한
국 전쟁 때 서울을 거쳐 낙동강 전선까지 함께 종군활동을 수행했다
는 점, 1953년 북한 김일성 정권이 박헌영 일파를 숙청하는 과정에
서 '미제의 스파이'라는 죄목으로 사형당했다는 사실[3] 등을 임화와
김남천의 공통점이나 연대의 기록들로 열거할 수 있겠다.

　이렇게 본다면 임화와 김남천은 그야말로 평생을 문학적·이념
적 동지로 살아왔다고도 말할 수 있을 것이다. 임화와 김남천의 관
계는 그 이후 한국 현대비평사를 수놓은 유종호-김우창, 백낙청-염
무웅, 김현-김치수 등의 각별한 우정의 관계, 혹은 연대적·동지적
관계의 역사적 기원이라 할만하다. 이렇게 본다면 이 둘의 관계는
뤼시엥 골드만이 언급했던 '두 사람이 함께 책상 들기'라는 방법론
으로 조망하기에 더할 나위 없이 적합한 내상이라고 할 수 있다.[4]

　그러나 당연하게도 임화와 김남천 사이에는 수많은 공통점 못지않

---

3 임화의 사형은 1953년 8월 6일 집행되었다. 김남천의 경우는 아직 정확한 사망 날짜가 밝
　혀져 있지 않지만, 1953년으로 보는 것이 정설이다.

4 김윤식은 1989년에 출간된『임화 연구』(문학사상사)에서 뤼시엥 골드만의 '두 사람이 함
　께 책상 들기' 방법론에 의거하여 임화가 맺은 다양한 문학적 인간관계의 맥락에서 임화
　연구를 수행한 바 있다. 그 중 김남천과 연관된 대목은 제11장「김남천, 물논쟁, 논리적 대
　결의식」에서 이루어졌다. 김윤식은 주로 '물논쟁'을 중심으로 임화와 김남천의 대결구도
　하에 둘의 관계에 대해 탐구한다. 그러므로 임화와 김남천의 전체적인 관계에 대해서는
　제한적인 접근이 이루어졌다. 김윤식은 임화와 김남천의 관계에 대해 "두 사람은 1927년
　7월 어느 저녁 서울역 대합실에서 안막(필승)과 더불어 처음 만났던 때로부터 죽음에 이
　르기까지 일연탁생적(一蓮托生的)이라 해도 과언이 아닐 만큼 운명적으로 연결되어 있었
　던 것으로 보인다"(『임화 연구』, 337~338면)고 지적한 바 있다. 여기서 '1927년 7월'은
　1929년 7월의 오기일 것이다.

게 커다란 차이도 존재했다. 예를 들어, 김남천은 식민지시대의 대표적인 소설가였으며 임화는 시인이었다는 사실, 둘 사이의 '물 논쟁'에서도 여실히 드러나듯이 임화가 원칙적 이상과 이념을 강조하는 격정적이며 낭만적인 기질이 승했던 데 비해서 김남천은 현실에 대한 관찰, 구체적인 실천을 강조하는 꼼꼼한 현실주의자 기질이 강했다는 점, 서울 낙산에서 태어난 임화가 도회적이며 모더니스트 취향을 지니고 있었음에 비해, 평안남도 성천 태생의 김남천은 끊임없이 고향을 그리워하는 농촌정서를 간직하고 있었다는 사실 등을 보면, 둘 사이에는 공통점만큼이나 간과하지 못할 수많은 차이점이 존재했다.

그렇다면 이 둘은 각기 상대방에 대해 어떻게 생각했던 것일까? 단지 신뢰하는 동지였을까? 당겨 말하자면 이 둘은 물론 기본적으로 서로 신뢰하는 운명적인 동지이기도 했지만, 동시에 단지 동지라는 관계로 포착할 수 없는 갈등과 균열의 지점들, 감각과 기질의 차이, 문단적 지위의 차이에서 연유하는 권력관계가 둘 사이에 존재했다. 이러한 둘의 차이는 1940년을 전후한 시기에 일본 제국주의 파시즘에 대한 대응, 협력과 저항의 경계선에서 보여준 태도의 차이로 현상되기도 했다.

이 글은 임화와 김남천의 이와 같은 문제적 관계에 주목하여, 이 둘의 첫 만남부터 시작하여 서로 상대방의 문학과 비평에 대해서 어떠한 입장을 지니고 있었는가에 대해 살펴볼 것이다. 이를 위해 이 글은 임화의 텍스트에 투영된 김남천의 면모와 김남천의 텍스트에 나타난 임화의 면모에 대해 구체적으로 탐사하게 될 것이다. 아울러 이 글은 1940년을 전후한 시기에 이 두 명의 비평가가 당시의 문학장과 문화산업에 대해 지녔던 문제의식에 대해 검토하고 협력과 저항 사이에 두 사람이 어떤 행보를 보여주었는가에 대해 몇몇 텍스트를 통해 고찰해보고자 한다. 이와 같은 과정은 궁극적으로 임화와 김남천, 이 둘의 운명적 관계에 대한 해석과 진단으로 귀결될 것이다. 그것은 이념적인 동지에 해당하는 두 명의 문인을 통해 누구보다 신뢰하는 동지를 온전히 이해하고 함께 대화한다는 것이 얼마나 가능한 것인가에 대해 근원적으로 질문하는 과정이기도 할 것이다.

아울러 이 글은 관행적으로 이루어졌던 한 사람의 문인에 대한 집중적인 탐색(이를 '주체 중심주의'라고 부를 수 있겠다)에서 더 나아가, 그 주체가 마주했던 타자와의 관계에 대한 담구로 확장될 때, 기존의 연구에서 온전히 드러나지 않았던 새로운 지평과 만날 수 있다는 방법론적 문제의식을 지니고 있다는 점을 밝혀두고자 한다.

2. 비판과 연대 사이 : 임화가 바라본 김남천

『임화문학예술전집』과 기타자료들을 통독해 보면, 임화가 김남천을 언급한 대목은 삼십 여 차례 이상 등장한다. 그 대다수는 김남천이 쓴 소설에 대한 작품론, 작가론에 해당한다. 그 외에, '물논쟁' 과정에서 작성된 김남천에 대한 논의와 김남천의 비평에 대한 언급이 있다.

김남천에 대한 임화의 최초의 언급은 「1931년간의 카프예술운동의 정황」(『조선중앙일보』)에서 시작된다. 임화는 카프문학을 언급하는 자리에서 "그리고 또 하나 우리들 카프문학전선의 1년간의 최대의 수확의 하나는 동지 김남천의 「공장신문」이었다"[5]면서 김남천의 문제작을 '동지'라는 입장에서 고평하고 있다.

이 둘의 관계의 출발은 무엇보다 '동지'라는 차원에서 시작되었다. 그러나 '물논쟁'을 거치면서 이러한 동지적 관계에는 모종의 균열과 의견차가 생성된다. 임화는 '물논쟁'을 야기한 김남천의 「물」에 대해서 "가느다란 실망을 준 작품"(「6월 중의 창작」)으로 평가하고 있다. 그 근거는 "인간의 계급적 차이는 조금도 '살아' 있지 않다.", "전편을 흐르고 있는 소극성은 비속적인 '침후(沈厚)한 경험주의', '심각한 생물학적 심리주의'의 부양물이다"라는 표현으로 구체화된다.

김남천의 소설 「물」에 대한 이러한 임화의 비판에 대해 김남천은 「임화적 창작평과 자기비판」(『조선일보』 1933.7.29~8.4)을 통해 반론을 제기한다. 그 반론의 요지는 작가를 결정하는 것은 그 당자의 실천이며 작품을 논평하는 기준은 비평가의 실천에 두어야 한다는 것,

---

5   임화, 「1931년간의 카프예술운동의 정황」, 『임화문학예술전집 4』, 소명출판, 2009, 181면.

「물」에 대한 비평과정에서 임화가 다분히 흥분하여 그 비평적 정당성을 상실했다는 것, 임화가 이기영의 「서화」를 지나치게 고평하고 있다는 것 등이다. 이에 대해 임화는 「비평의 객관성의 문제」(『동아일보』, 1933.11.9~10)와 「비평에 있어 작가와 그 실천의 문제—N에게 주는 편지를 대신하여」(『동아일보』, 1933.12.19~21)를 통해 재반론을 제기한다.

「비평의 객관성의 문제」에서 임화는 김남천의 반론에 대해서 다음과 같이 일갈하고 있다.

그런데 지난 번 나의 시험한 6월 창작평에 대하여 그 비평의 희생당한 작가로서 한 개의 항의를 제출한 동지 김남천 군에 있어서는 비평의 객관성에 대한 이 상식이 이해되지 않았거나 혹은 심히 불명료하게 밖에 알리어지지 않은 것 같다. 동지 김군은 부르주아 작가들이 맑스주의 비평에 대하여 '너무 주관적이다', '비평가적 냉정을 잃고 흥분되어서는 예술을 정당히 평가할 수 없다' 하면서 손을 내두르고 비난하는 소리를 그대로 흉내내려는가? 그들이 비평가에게 요구하는 냉정과 또 그들의 비평가가 부르주아 작가에 대한 냉정이, 프롤레타리아 작품을 대할 제는 급격한 속악적 열정으로 변하는 것을 동지 김군은 잊었는가?[6]

---

6   임화, 「비평의 객관성의 문제」, 『임화문학예술전집 4』, 소명출판, 2009, 298~299면.

임화는 무엇보다 '동지'인 김남천이 자신의 비판의 진의를 제대로 인식하지 못하고 있다는 점을 지적하고 있다. '물논쟁' 과정에서 임화가 보여준 태도는 '비평의 객관성'이라는 잣대로 경험주의적 작품 세계를 보여준 김남천에 대한 동지적 비판에 가깝다.

「비평에 있어 작가와 그 실천의 문제—N에게 주는 편지를 대신하여」에서 임화가 김남천에게 주는 편지를 대신하여 이 글을 발표한다는 의미를 제목에서 밝히는 것은 이 둘의 관계와 연관하여 의미심장한 대목이다. 실제로 비평에 가까운 글을 쓰면서 '편지를 대신하여'라는 부제를 붙인 임화의 마음은 무엇인가. 비평에 비해 편지는 상대방에 대한 대화와 공감, 상호이해의 가능성이 조금이라도 존재할 때 비로소 씌여질 수 있다. 임화가 김남천에 대한 비평이 아니라 '편지'를 선택한 사실은 적어도 이때까지는 그가 김남천에게 동지로서의 정서적 친밀감과 강한 유대감을 지니고 있음을 표상한다. 임화는 이 글에서도 '동지 김남천'이라는 표현을 구사하면서 다음과 같이 지적하고 있다.

특히 '실천' 그것의 이해에 있어서 남천은 심히 문제를 일반화 단순화하여, 프롤레타리아문학 운동의 조류 가운데 선 예술가의 실천을 그 구체적인 제 조건으로부터 따로 떼어다가 인간적 실천 일반 가운데 해소해버리고, 주로 베이컨 F. Bacon류의 경험주의적 개념으로 바꾸어놓은 것이다.[7]

따라서 예술작품과 그 작가의 생활적 실천의 우위성이란 것이 결코 구체적인 모든 조건으로부터 독립적인 예술가의 개인적 실천이 아니라, 그와는 반대로 작가 개인의 대(對) 문학운동 전체의, 문학운동 그것에 대한 계급운동 전반의 실천의 명확한 우위성을 구별하는 것이 맑스주의적 비평에 있어서의 실천의 문제의 유일한 정당한 파악의 방법이다.[8]

이러한 임화의 김남천 비판 과정에서, 비판의 규준은 마르크스주의 비평에 있어서의 실천의 문제이다. 임화가 보기에 김남천은 그 규준에서 벗어나서 작가 개인의 실천을 강조했기에 동지 김남천을 비판할 수밖에 없었던 것이다. 결론적으로 임화는 "남천이 생각하는 것과 같이 훌륭한 실천─일반적인─만 있으면 조선의 프로문학은 저절로 전진할 수는 없는 것이다"[9]라고 말하고 있는데, 이러한 비판과정에서 판단의 궁극적 준거가 되는 것은 남천 개인의 실천이 아니라 조선 프로문학 전체의 진전이라는 의미이다. 이때까지 임화의 김남천 비판은 철저하게 동지적 비판이라는 차원에서 전개된다. 한마디로 이때까지 수행된 임화의 김남천 비판은 동일한 해석 공동체에 소속된 논자 사이의 '대화적 논쟁'에 가깝다.

7   임화, 「비평에 있어 작가와 그 실천의 문제─N에게 주는 편지를 대신하여」, 『임화문학예술전집 4』, 소명출판, 2009, 324면.
8   위의 글, 326면.
9   위의 글, 328면.

「작가의 '눈'과 문학의 세계 : '남매'의 작자에게 보내는 편지를 대신하여」(『조선문학』, 1937.6) 역시 '편지' 형식을 동반한 글이다. 이 평문에서 임화는 우선 "지금 「남매」라는 조그만 소설에 대하여 소감을 피력함은 좋든 나쁘든 그 가운데 빛나는 작가의 산 '눈'을 발견한 때문이다"라면서 김남천의 「남매」가 지닌 소설적 의의를 인정하면서, "「남매」는 최근 발표된 누구의 작품보다도 문학을 통하여 독자의 면전에 인간고(人間苦)의 근원을 고발하려는 고매한 정신으로 불타고 있는 작품이다"고 고평하고 있다. 평문의 후반부에서 임화는 이 작품의 한계에 대해서도 몇 가지를 언급한다. "악으로서의 빈궁이 어느 곳에서 원인하였는가의 문제는 충분히 제기되지 않았다", "봉근의 운명이 그 감명의 강도에 비하여 현실적 내용성이 부족한 것이다", "「남매」의 작자가 창조해낸 세계상은 과연 금일의 산 현실과 동일한, 혹은 그것을 집약할 만한 높이에 도달하였느냐 하면 그렇다고 긍정해버리기에 곤란한 점이 있다" 등의 비판이 제기된다. 결론적으로 임화는 「남매」에 대해서 다음과 같이 평가하고 있다.

그러므로 이 소설을 일괄하면, 작자는 가족 내부를 상당히 현실적으로 그리고 형상화하기에 성공한 반면, 가족과 외계와를 연결하는 사건 묘사에 있어서나 인물의 형상화에 있어나 모두 덜 현실적이었고 성공치 못하였다.[10]

위의 비평문에서 인상적으로 확인할 수 있는 것은 김남천의 「남매」를 비평하는 임화의 균형 감각이다. 임화는 단편소설 「남매」에 대해 장문의 비평을 통해, 이 작품의 장점과 한계에 대해 대단히 세밀하고 구체적으로 논의하고 있다. 당시의 비평적 관행에서 볼 때 한 작품에 대한 이러한 장문의 비평은 이례적인 시도라고 볼 수 있다. 소설가 김남천에 대한 임화의 깊은 관심과 애정이 느껴지는 대목이다.

그러나 1930년대 후반부터 임화가 김남천의 소설을 평가하는 태도는 현저하게 부정적인 쪽으로 변모한다. 문학적 동일자와 해석적 공동체에 속했던 두 사람의 관점 사이에 심각한 균열이 생성되기 시작하는 것이다.

가령 임화는 김남천의 소설 「문예구락부」에 대해서는 "풍부한 생활의 뉘앙스로부터 인물들이 고립되어 있어 인물들과 사건이 생산적인 관계=도정(道程)에서 그려지지 않고 (…중략…) 서클적으로 국한되었다", "이러한 제점(諸點)은 이 작품을 마치 30년대의 '뼈다귀시'에도 비할 만큼―물론 지나친 비교나―줄거리 중심의 빈약한 것으로 만들고 있다" 등의 신랄한 비판을 수행하고 있다. 또한 김남천의 소설 「T일보사」를 언급하면서 임화는 "출발 정신 운운할 때부터

<hr>

10 임화, 「작가의 '눈'과 문학의 세계 : '남매'의 작자에게 보내는 편지를 대신하여」, 『임화문학예술전집 3』, 소명출판, 2009, 244면.

여러 가지 테마를 세워 작품으로 혹은 평론으로 이야기해 오는 남천씨의 창작태도에서 온갖 것을 돌아보지 않고, 오직 '신(新)! 신(新)!' 하고 새것만을 추구하는 유행문학의 편린을 발견함은 단순히 나의 기우에 머무르지는 않으리라"(「창작계의 일년」, 『조광』, 1939.12)[11]고 혹독하게 비판하고 있다.

임화의 김남천에 대한 비판은 전향소설의 평판작이라고 할 수 있는 「맥(麥)」과 「등불」에서 그 정점에 달한다. 임화는 「문예시평—여실한 것과 진실한 것」(『삼천리』, 1941.3)에서 「맥」을 논하면서 "그의 소설에는 예술성과 통속성이 혼돈되어 버린다. 그의 소설이 여실치 아니한 많은 부분을 가지고 있는 것은 또한 이 여실한 것의 경시에서만 오는 것이 아니다. 관념의 비진리성에서도 유래한다. (…중략…) 요컨대 그가 관념의 작가일 수밖에 없다는 약점은 현재에 있어 그가 사로잡힌 진리일 수 없는 관념과 더불어 그의 소설에 이중으로 언짢은 결과를 나타내고 있다"고 혹평하고 있다. 결론적으로 임화는 「맥」에 대해 "「맥」과 같은 작품은 그의 전작 「경영」과 더불어 그로 하여금 사려 있는 작가로서의 성장을 방해하고 있다"고 말한다. 후에 연구자들에게 의해 전향소설의 백미로 일컬어지며 "전향을 사상 선택 및 포기의 차원에서 가장 깊이 다룬"[12] 작품으로 평가받는 「맥」과 「경영」

---

11 임화, 「창작계의 1년」, 『임화문학예술전집 5』, 소명출판, 2009, 172~173면.
12 정호웅, 『김남천 작품집』, 지만지 고전선집 해설, 2008, 14면.

에 대한 임화의 이러한 혹평은 당시 임화의 비평관이 지나치게 교조적이며 주관적이라는 점을 일러준다. 김남천의 소설에 대한 임화의 이러한 태도는 당시 일제 군국주의 파시즘이 발호하는 시기에 김남천의 소설이 당대의 역사적 정황, 즉 파시즘에 대한 효과적인 응전이나 대응을 하지 못한 채 현실을 추수하는 세태소설에 머물러 있다는 진단에서 연유하는 것이다.

「소설의 인상」(『춘추』, 1943.1)에서, 「등불」에 대해 언급하면서 임화는 "이러한 자부심과 긍지를 가진 사람은 「등불」의 주인공과 같이 비굴해서는 아니 된다. (…중략…) 이것은 인생에 대한 주인공의 깊은 오해의 소산이거나 작자의 명백한 허위로밖에 보이지 않는다"고 비판한 후에 "「등불」 가운데서 작자는 예술의 정신을 완전히 내어버린 것이다. (…중략…) 대체 예술의 정신이 이처럼 저하해간다면 장차 어느 곳까지 전락해야 할 것인가"라고 일갈하고 있다. 이런 정도의 혹독한 비판은 논쟁과 비판에 능한 임화의 비평을 감안하더라도 이례적인 차원의 것이다.

이와 같은 김남천에 대한 신랄한 혹평은 비슷한 시기나 동일한 지면에 임화가 백석, 서정주, 이태준 등 당시 문학적 입장이 달랐던 문인들을 높이 평가하는 태도와 현격하게 대비된다.

백석 씨는 분명히 아름다운 감각과 정서를 가진 시인이다. 더욱이 이 시인의 방언에 대한 고려와 그 시적 구사는 전인미답의 것이라 해도 과

언은 아니니라.[13]

　이 시인(서정주를 의미함 : 인용자)의 비밀은 우리 현대시의 가장 의의 깊은 곳에 얽매어 있는 것은 사실이다. 동시에 많은 신인들의 기도(企圖)가 공허히 돌아간다 하더라도 이 시인이 현대에서 모든 안일을 거부했다는 의의만으로도 충분히 한 가치를 이룰 것이다.[14]

　「사냥」은 금년의 단편 중 으뜸가는 작품일 뿐 아니라 근자의 문단에서 뛰어난 예술이다.[15]

　물론 임화가 소설가 김남천을 전면적으로 부인하는 것은 아니다. 임화는 소설 「대하」에 대해 "최근 조선소설 가운데 그 중 구성적인 작품이다. 이 소설의 장점은 작자가 처음부터 끝까지 강고히 구성력을 이완치 아니하겠다고 고투한 데 구할 수가 있다"[16]고 언급하기도 한다. 그러나 그 직후에 임화는 "그럼에도 불구하고 주인공과 환경은 작가가 의도한 만큼 작품의 메커니즘 가운데, 용해, 조화되어 있지 아니하다"는 내용을 덧붙였다. 전반적으로 임화는 김남천의

13　임화, 「문학상의 지방주의 문제」, 『임화문학예술전집 4』, 소명출판, 2009, 720면.
14　임화, 「현대의 서정정신」, 『신세기』, 1941.1; 『임화문학예술전집 5』, 소명출판, 2009, 295면.
15　임화, 「소설의 인상」, 『춘추』, 1943.1; 『임화문학예술전집 5』, 소명출판, 2009, 345면.
16　「현대소설의 주인공」, 『문장』, 1939.9 : 『임화문학예술전집 3 – 문학의 논리』, 328면.

소설이 조선신문학사에 중요한 역할을 차지한다는 점은 인정했지만, 김남천이 1930년대 후반 이후 발표한 실제작품에 대한 평은 대단히 인색했다고 할 수 있다.

김남천의 후기소설에 대한 임화의 신랄한 혹평은 이 둘의 관계에 대한 좀 더 복합적인 탐색의 여지로 이끈다. 물론 임화의 김남천 후기소설 비판은 '전향'을 형상화한 김남천의 소설들이 당시의 시대적 정황에 제대로 대처하지 못하면서 예술성도 상실해가고 있다는 나름의 엄정한 판단에서도 비롯되는 것이다. 임화의 김남천 전향소설 비판은 당시 시국에 대한 임화의 비판적, 저항적 태도를 간접적으로 보여주는 문학적 징표라고 해석될 수 있다. 동시에 임화와 김남천 사이의 특수한 관계에 대해서도 감안할 필요가 있다. 둘은 물론 문학적 동지라는 차원에서 볼 수 있지만, 좀 더 사적인 맥락에서 보면 임화에게 김남천은 기본적으로 신뢰하지만 다소 만만한 후배에 가까운 존재였다. 그 후배가 잘못된 길을 선택했을 때 누구보다도 냉철한 비판을 수행할 수 있는 선배의 존재가 임화였다. 임화는 김남천의 소중한 역할을 인지하고 있었지만, 김남천이 1940년을 전후한 시기에 발표한 몇몇 전향소설들의 의미와 가치에 대해서는 근본적으로 회의하고 있었다고 판단된다. 김남천의 입장에서 바라본 임화의 모습을 살펴보면 이 둘의 이러한 관계가 한층 투명하게 드러난다.

3. 시인에 대한 존경과 애정 —김남천이 바라본 임화

1929년 동경에서 귀국한 김남천이 안막과 함께 경성역에서 임화를 만난 첫 만남 이후, 김남천이 임화에 대해 구체적으로 언급한 대표적인 글로는 「임화에 관하여—그에 대한 수감(隨感)의 이 토막 저 토막」(『조선일보』, 1933.7.22~7.25)이 있다. 이 글의 서두에서 김남천은 "내 여태껏 세상에 나서 어떤 개인! 혹은 임화에 대하여 처음 드는 붓을 어찌 무책임한 의의 없는 몰문(沒文)으로서 소비할 수 있을 것이냐!"라고 말하거니와, 이 대목은 김남천이 임화에 대해 느끼는 각별한 마음을 잘 보여주고 있다. 이 글 전반을 통해 김남천은 "동지 임화"라고 표현하면서 임화에 대한 진한 유대감을 견지하고 있다. 다음 대목에서 이를 확인할 수 있다.

> 나는 그가 몸맵시를 내면 소격동(昭格洞)을 넘나들던 그의 중학시대를 모르고 있으며 그가 쓴 다다시 미술론 그리고 스크린 속의 그의 얼굴까지를 한번도 본적이 없는 것이다. 오직 임화와 내가 한 대오(隊伍) 속에서 굴러가게 된 1929년으로부터 그의 이야기를 써나가는 것이 가장 적당치 않을까 생각한다. (…중략…) 『조선문예』와 『조선지광』 등에 수많은 독자에게 귀염을 받은 아름다운 시를 발표하던 1929년 7월 어느 저녁때 경성역 대합실에서 안막(安漠)과 내가 임화를 만난 그 후부터 나와 임화는 항상 여러 가지 일을 중심 두고 한 가지 대오 속에서 생활하게 된

것이다. 이때로부터 이후의 그의 계급생활과 및 사생활에 있어서는 내가 가장 그의 근접자라고 볼 수 있을 것이다.[17]

이와 같은 김남천의 발언을 통해 첫 만남 이후, 단일한 대오 속에서 동지 관계를 형성해가던 둘의 관계를 미루어 짐작할 수 있다. 그들은 '계급생활'로 표현되는 카프조직원으로서의 공적인 차원뿐만 아니라 '사생활'에 있어서도 가장 가까운 관계였다는 사실이 이와 같은 김남천의 회고에서 잘 드러난다. 그러나 이 둘의 관계를 단지 서로 신뢰하는 동지라는 관계 속에서만 파악하는 것은 단견일 수 있다.

김남천에게 임화는 과연 어떤 존재였을까? 김남천은 「십 년 전」이라는 제목의 수필에서 임화와 처음 만났던 순간에 대해 다음과 같이 회고하고 있다. 이 글은 1933년의 기억과는 조금 다른 성격을 띠고 있다.

그날 임씨는 불그레한 헌팅을 쓰고 비로도 저고리에 회색 바지를 입고 앞이 뾰족한 구두를 신었었다. 언뜻 보아 모양은 내려는 편인데, 요즘의 임화 씨처럼 세련된 신사풍보다도 배우식인 데가 많았던 것 같다. 그는 안막 씨하고 몇 마디 수직하고, 나하고는 통성만을 나누었을 뿐이

---

17 김남천, 「임화에 관하여」, 『조선일보』, 1933.7.22; 정호웅 · 손정수 편, 『김남천 전집 I 』, 박이정, 2000, 36~37면.

었다.[18]

　위 구절은 1929년 동경유학 중이던 김남천이 카프 동경지부 소속 극단의 조선 공연에 동행하게 되어, 안막과 함께 서울역에서 임화를 처음 만나던 순간을 회고하는 대목이다. "안막 씨하고 몇 마디 수작하고, 나하고는 통성만을 나누었을 뿐이었다"는 김남천의 묘사에서 이 둘의 첫 만남이 김남천의 기대만큼 살갑게 이루어지지 않았다는 점을 알 수 있다. 당시 임화와 김남천은 문화적 이력 면에서 볼 때 결코 대등한 관계가 아니었다. 1929년 당시 임화는 이미 몇 편의 영화에 주연배우로 출연한 영화배우이기도 했으며, 「우리 오빠와 화로」라는 문제적인 단편서사시로 시인으로서의 문명(文名)을 드날리고 있었다. 그에 비해 김남천은 그 자신의 표현에 따르면 동경에서 갓 돌아온 "일개의 소년학생"일 따름이었다. 김남천은 「스승 무용기」(『조광』, 1939.10)에서 "그 뒤 박영희, 이기영, 송영, 임화 등 제씨도 선배이니까 족히 스승이 될 것이었으나 당시의 정세의 덕분으로 씨 등과는 사제의 정이 맺어지기 전에 우인의 정이 먼저 맺어지고 말았다"고 언급한 바 있는데, 이를 통해 임화와 김남천은 당시 정황에 따라 스승-제자의 관계가 되더라도 전혀 이상한 일이 아니었다

18　김남천, 「십 년 전」, 『박문』, 1939.10; 정호웅 · 손정수 편, 『김남천 전집 II』, 박이정, 2000, 169면.

는 점을 알 수 있다.

이러한 두 사람의 첫 만남을 둘러싼 권력관계는 그 후 평생 동안 두 사람의 관계에 지속적으로 작용하게 되거니와, '물논쟁'을 비롯한 두 사람 사이의 비평적 대화도 이 점을 고려해야 그 맥락과 진의를 제대로 파악할 수 있다.

어쨌든 그 역사적인 첫 만남 이후, 김남천이 임화에 대한 신뢰와 호감을 느끼면서 임화라는 존재를 굳건한 동지이자 정신적인 스승, 혹은 롤 모델의 입장에서 바라보았던 것은 분명하다. 다음 대목들은 임화에 대한 김남천의 뜨거운 신뢰와 애정의 마음을 전해주고 있다.

이 시에 대하여는 나는 누구보다도 말하고 싶은 수많은 이야기를 가지고 있다. 1930년 봄 평양에서 개최된 신간회 강연 막간에 내가 이 시를 낭독하였을 때 신간회 중앙 간부들의 애매한 연설에 불만(不滿)한 군중이 수차의 재청(再請)을 가지고 임화의 「양말 속의 편지」를 환영한 것은 나로서는 영원히 잊을 수 없는 감격의 장면이었다.[19]

두 달의 신음을 지내고 내가 1931년 9월 중순에 혼자 서울 속에 남아 있어서 임화의 출감을 들었을 때에는 그를 신뢰하는 탓에 '카프'의 앞에 안심

---

[19] 김남천, 「임화에 관하여」, 『조선일보』, 1933.7.23; 정호웅 · 손정수 편, 『김남천 전집 I 』, 박이정, 2000, 39면.

과 낙관을 가지고 홀로 떨어진 나 자신을 위안하면서 있었다. (…중략…)
임화의 맹장염의 돌발에 의한 위독의 보(報)를 접할 때마다 나의 머리는
항상 빛을 잃고 있었던 것이다. 나는 면회 오는 처를 붙들고 몇 번인가 임
화의 위독의 보(報)에 수심 지었으며 그가 기적으로 쾌도(快度)를 전힐 때
에는 한종일 눈물을 흘리도록 가슴의 고동을 억제하지 못하였던 것이
다.[20]

　앞의 예문은 김남천이 신간회 강연 때 임화의 시 「양말 속의 편
지」를 낭송했을 때 청중이 보인 뜨거운 반응에 감격하는 대목인데,
소설가가 동료 시인의 시를 직접 낭송한다는 사실 자체도 드문 일이
거니와, 이 장면을 통해서 당시 김남천이 임화에 대해 얼마나 신뢰
와 존경의 마음을 지니고 있는지를 여실히 알 수 있다. 두 번째 예문
을 통해서는, 임화의 건강을 걱정하면서 한종일 눈물을 흘리도록 임
화라는 존재를 깊게 마음에 새긴 김남천의 인간적이며 감상적인 면
모를 인상적으로 엿볼 수 있다.
　물론 김남천의 임화에 대한 이러한 태도는 '물논쟁'이 시작되면서
다소 변모한다. 그러나 '물논쟁'에서 김남천이 임화를 비판하는 과
정에서 구사한 '담론의 전략'은 논쟁 당사자 임화에 대한 곡진한 이
해를 동반한 차원에서 수행되었다. 이를테면 김남천의 임화 비판은

20　위의 글, 41면.

「임화의 창작평과 자기비판」(『조선일보』, 1933.7.29~8.4)에서, "임화적 창작평은 수많은 좋은 점을 가지고 있음에도 불구하고", "나는 여기서 작품 「물」이 한 개의 예술문학이 아니며 그것은 가장 위험한 경향에 합류하여 있다는 임군의 비평을 조금도 부인하고자 하는 것이 아니다." 등의 임화에 비판에 대한 기본적인 인정을 전제하면서 이루어진다. 그 후에 전개된 임화에 대한 몇몇 비판들도 이러한 '그럼에도 불구하고'의 제한적인 비판 담론의 형식을 통해 이루어졌다는 점을 주목할 필요가 있다.

여기서 김남천의 임화에 대한 태도와 연관하여 각별하게 주목해야 할 사실은 한 사람의 비평가 혹은 문인으로서의 김남천은 당대의 그 누구보다도 임화의 시에 대해 커다란 호감과 애정을 지니고 있었다는 점이다. 예컨대 「사(死)와 시(詩)」(『조선중앙일보』, 1935.7.4)에서 시인 임화에 대한 김남천의 진한 애정을 간취할 수 있다. 김남천은 임화의 시 「주리라 네 탐내는 모든 것을」(『중앙』, 1935.7, 『현해탄』 수록)에 대해 다음과 같이 언급히고 있다.

시가 한 개의 적은 애상에서 방황하거나 혹은 언어의 괴이한 착각의 향락을 거부하고 그 속에 선 굵은 무게 있는 사상을 담고 자기를 두드리고 대지를 무찌르는 격투적인 열정을 담으려고 한 것이 있다면 그것의 유일의 것으로 나는 『중앙』 7월호의 쌍수대인(雙樹臺人)의 시를 가리킬 것이다. 이것은 두 개의 '죽음'을 노래한 것인데 시인은 미칠 듯한 열정과 창일하는 불같은 의욕을 양손에 들고 '죽음'의 어머니인 대지를 물어뜯고 있다.

이러한 김남천의 발언은 같은 해에 "『신동아』『중앙』『조선중앙』
『조광』 등을 통하여 임화 혹은 쌍수대인(雙樹台人)의 이름으로 발표
된 임화 씨의 시가 금년도 최대의 수확이라고 생각합니다"(『신동아』,
1935.12)라는 발언과 겹쳐진다. 1935년에 임화가 발표한 시편들 중에
는 「다시 네거리에서」가 포함되어 있다. 그런데 김남천이 고평하는
임화의 시 「주리라 네 탐내는 모든 것을」은 임화의 대표작이 아닐뿐
더러 지나친 격정과 파토스로 인해 시적 언어의 절제와 균형미를 상
실한 작품에 가깝다는 점을 참조할 필요가 있겠다. 물론 당시의 역사
적 정황과 동지이자 스승에 가까운 임화에 대한 뜨거운 애정이 자연
스럽게 이 작품에 대한 다소 맹목적인 찬사로 이어졌을 것이다.

김남천은 첫 만남부터 죽음에 이르기까지, '물논쟁'을 비롯한 소
소한 의견 차이를 겪기는 했지만 기본적으로 임화에 대한 신뢰와 존
경, 그리고 임화의 시와 비평에 대한 각별한 애정을 유지해왔다고
할 수 있다. 김남천의 임화에 대한 태도는 단순한 호의라기보다는
깊은 신뢰에서 우러나왔다고 할 수 있다. 호의는 사적 감정이지만
'신뢰'는 사회적 가치를 지니고 있다.[21] 적어도 김남천에게 한정해

---

21 호의와 신뢰의 차이에 대해서는 김영민의 『동무론—인문연대의 미래형식』(한겨레출판,

서 말하자면, 임화는 누구보다도 신뢰하고 존경하는 선배이자 스승에 가까운 존재였다. 이러한 둘의 불균등한 관계는 이 두 명의 문제적인 비평가, 혹은 한 사람의 시인과 한 사람의 소설가가 서로의 존재에 의해 함께 성장하는데 긍정적으로만 작용한 것은 아니었다고 판단된다. 말하자면 이 둘의 관계는 깊은 우정에 기초한 동등한 지성의 교류라고는 부르기 힘들다. 이를 우리는 '미달된 우정의 형식'으로 부르고자 한다.

4. 문화산업과 문단시스템에 대한 투철한 비판

임화와 김남천은 1930년대 후반에 당대 문단의 모순과 출판자본의 득세, 사회성을 잃어버린 문학 등에 대해 예리한 비판을 전개하고 있다는 전에서 공통점이 있다. 아래와 같은 김남천의 지적을 세심하게 검토할 필요가 있다.

막연하여 잡을래야 잡을 수 없고 그러타고 완전히 거부해 버릴 수도 없는 이 문단이란 수상한 술어는 사실인즉 예술 지상주의자들의 생각과 같

─────────

2008) 25~31면을 참조할 것.

이 고상한 순수한 상아탑도 아무 것도 아니고 한 번 그 공기에 부딪히면 적지 않게 취기가 코를 찌르는 상업적 시장일는지도 알 수 없다. 아닌게 아니라 문단속에 있어서의 출판자본의 엄연한 세력과 출판기관 당사자들의 이 속에 있어서의 모종의 힘은 이런 것으로밖에 이해할 길이 없나. 평론가와 작가가 타방에 있어서는 문필노동자인 한, 이러한 관계는 理의 당연한 바라 할 수 있으며 이에 대항하는 작가나 평론가의 직업적 기관이 없는 이상 출판자본에의 문단의 종속도 모면할 수 없는 필연사일 것이다.[22]

문화를 위한 사업이 타방에 있어서는 가일층 상업적 영합주의로 기울어지는 것은 이 또한 기업화의 과정을 밟고 있다. 이 곳의 경제사태로 보아 당연한 일이겠다. 희생적인 각오 밑에서 기획된다는 모든 문화활동이 점점 기업의 지배하에 선다. 영화열이 상당하다고 하나 지금 제작되는 영화로서 예술적 기대를 붙일 만한 것이 하나도 없음은 단적으로 발견할 수 있는 눈에 띄는 현상이며 출판기관 전체가 상업적 영합주의로 기울어지는 속도를 일층 급히 하고 있는 것은 맹안자에게도 뚜렷하게 되어졌다. 문화는 이미 장사 이외에 다른 것이 아니었다.[23]

이러한 김남천의 지적이 오늘날 출판자본과 비평의 관계에도 별

---

22 김남천, 「동인지의 임무와 그 동향」, 『동아일보』, 1937. 9. 28; 『김남천 전집 II』, 박이정, 2000, 266면.
23 김남천, 「일반문화」, 『비판』, 1938. 6; 『김남천 전집 II』, 박이정, 2000, 83~84면.

다른 유보 없이 해당되는 근원적이며 예리한 지적이라는 사실을 지적하기로 하자. 앞의 예문을 통해 김남천은 당시 이미 '출판자본'에 종속된 문단의 상황에 대해 적시하고 있으며, 다음 예문에서는 영화와 출판을 비롯한 문화판이 상품화되면서 기업에 종속되는 정황을 언급하고 있다.

김남천은 또한 "여하한 문학도 그것이 출판을 통한 표현 보도 현상인 이상 저널리즘과 무연(無緣)인 것은 없기 때문이다"(「풍속수감(風俗隨感)」, 『조선일보』, 1940.5.29)라고 언급한 대목에서 인식할 수 있듯이 당시에 이미 출판과 문학장 사이에 존재하는 권력의 속성을 정확하게 간파하고 있었으며 문학장과 저널리즘의 관계에 대한 구조적인 이해에 도달하고 있었다.

임화 역시 비슷한 시기에 「문학과 저널리즘의 교섭」(『사해공론』, 1938.6), 「잡지문화론」(『비판』, 1938.5), 「문화기업론」(『청색지』, 1938.6), 「문단적인 문학의 시대」(『조선일보』, 1938.7.17~23) 등의 평문을 통해, 문학장에 작용하는 문학미디어의 권력적 역할, 상품미학에 종속된 문화산업의 그늘에 대한 비판적 성찰을 전개하고 있으며, 사회성을 상실하고 문단 내부에 갇힌 당대문학에 대한 투철하면서도 근본적인 문제의식을 표출한 바 있다.[24]

---

24 이에 대한 구체적인 논의로는 권성우의 「문학미디어 비판과 문화산업에 대한 성찰 : 임화의 경우」(『횡단과 경계』, 소명출판, 2008)를 들 수 있다.

1938년을 전후한 유사한 시기에 임화와 김남천이 당대 문단과 문화산업에 대해 유사한 비판적 성찰을 수행했다는 점은 이 둘이 당시의 경색된 문단과 시국을 돌파하기 위해서 몇몇 주요 어젠더를 공유하는 모종의 '우정의 연대'를 맺고 있었다는 사실을 의미한다. 다만 여기서 임화의 언론과 문화산업, 매너리즘에 빠진 문단에 대한 문제의식이 김남천의 그것보다 한층 예리하고 구조적인 통찰력을 담보하고 있었다는 점을 지적할 필요가 있겠다. 이 둘 사이를 영향관계라는 측면에서 보자면, 그 기류는 분명 임화로부터 김남천에게로 흘러갔다고 할 수 있다.

물론 임화와 김남천의 문화산업 비판이나 출판 상업주의와 언론에 대한 문제제기는 유독 그들만이 보여준 문제의식은 아닐 것이다. 그러나 여기서 문제적인 것은 임화와 김남천은 카프의 실세였으며, 당대 문단의 총아였다는 사실이다. 그들은 『동아일보』, 『조선일보』는 물론이거니와, 『비판』 등의 진보적인 매체부터 총독부 기관지 『매일신보』나 『국민문학』에 이르는 친일잡지까지 다양한 지면에 자신의 글을 수록하는 등, 어떤 면에서는 당대문단의 최대수혜자이며 주류이기도 했다. 여기서 각별하게 기억되어야할 사실은 그런 입장의 그들이 당대 문단과 평단에 대해 어떤 문인이나 비평가보다도 근본적이며 투철한 비판을 감행하고 있다는 점이다.

비판 정신의 상실이니, 문학 정신의 저하니 하는 소리가 운위되고 있는 시기에 타방에 있어 일종의 권위주의, 내지는 권위에의 아첨(阿諂)이 진정한 문학 비평의 대용품으로 횡행하고 있는 것은 결코 괴이한 현상이 아닐 것이다. (…중략…) 권위주의란 본시 학문에 있어서의 관료주의에 불과한 것으로 학문의 자주성이 있는 곳에는 발생하지 못한다. 수공업 시대적 사제 관계, 문학과 비평의 자주성의 상실과 합리성의 거세, 레토릭의 공허한 부활, 추악한 문단정치, 이것은 비평이 자기의 고유의 성격을 망각하고 권위에의 아유(阿諛)로 달아나고 있을 때 필연적으로 발생될 제 현상이다. 과거에의 그릇된 기식(寄食)을 선동하고 권위의 비판과 무자비한 유산의 비평적 섭취를 거부하는 곳에 새로운 문학의 창조도 있을 리 없고, 진정한 학문의 발전도 있을 턱이 없다. 창조란 항상 고정성의 부정과 권위의 비판을 의미한다.[25]

이러한 김남천의 평단과 문단에 대한 신랄하고 투철한 비판은 임화의 평문에게도 거의 유사하게 나타난다. 이런 점이 의미하는 것은 무엇일까? 임화와 김남천은 자신의 문화적 위상이나 명망을 단지 권력적으로 활용한 정치적 비평가는 분명 아니었다. "창조란 항상 고정성의 부정과 권위의 비판을 의미한다"는 구절에서 엿볼 수있듯이, 그들은 권위주의와는 거리가 멀었다. 그들은 항상 현실과 제도의 본질을 투시했으며 투철한 비판정신으로 충만한 비평가였

---

25 김남천, 「권위에의 아첨」, 『동아일보』, 1939.6.24; 『김남천 전집 II』, 296~297면.

다. 임화와 김남천은 늘 문단이나 조직의 중심에 있으면서도, 외부자의 입장에서 그 중심의 문제점과 지배이데올로기에 대해 항상 비판적으로 자각한 비평가였다.[26] 그들은, 특히 임화는 해방 직후까지도 진보적 문학이나 식민지시대의 카프문학의 한계에 대해서도 성찰한 비평가였다.[27]

생각해보면, 어떤 면에서도 결코 기회주의자가 될 수 없었던 그들의 이러한 면모가 결과적으로 그들의 죽음을 가져온 한 요인이 아닌가 생각되어 숙연한 마음이 들기도 한다.

5. 저항과 협력의 길목에서

논자와 관점에 따라서는 임화와 김남천의 일제 말 행적에서 일제에 협력한 기회주의자의 면모를 발견할는지도 모른다. 실제로 임화와 김남천은 1940년을 전후한 일제 군국주의 파시즘 시기에 협력과 저항 사이의 경계선에서 절묘하게 줄을 타면서 독특한 입지를 보여주었다

---

26 임화의 비판이 지닌 의미와 맥락에 대해서는 권성우의 「시대에 대한 성찰, 혹은 두 가지 저항의 방식 : 임화와 김기림」(『근대의 안과 밖―탄생 100주년 문학인 기념문학제 논문집』, 민음사, 2008)에서 좀 더 구체적으로 다루어져 있다.

27 특히 임화의 「조선 민족문학 건설의 기본과제에 관한 일반보고」(『건설기의 조선문학』, 백양당, 1946.6)에서 지난 시대 프로문학의 한계에 대한 성찰이 인상적으로 서술되고 있다.

는 점에서 공통점이 있다. 임화의 경우 그가 남긴 대일 협력의 흔적이라고 의심되는 자료 중에서 가장 문제적인 것은 1941년 1월 15일에 이루어진 당시 총력연맹문화부장 야나베 에이사부로(失鍋永三郎)와 진행한 대담(「失鍋 林和 對談」, 『조광』, 1941.3)과 1942년 1월에 『국민문학』에서 주최한 좌담회 「문예동원을 말한다」(『국민문학』, 1942.1)에 참석한 임화의 발언이다. 야나베 에이사부로와 임화의 대담을 꼼꼼히 분석해 보면 "표면적인 협력의 논리 속에 임화는 마치 송곳처럼 식민주의를 돌파하는 타자성의 논리와 혼종성을 활용한 저항의 지평을 숨겨 두고 있"다는 점을 인식할 수 있다.[28] 따라서 이 대담을 임화의 대일 협력의 근거로 몰아세우는 것은 텍스트 이면의 섬세한 정치학과 당시에 가능했던 다양한 내적 저항의 지평을 염두에 두지 않은 다소 원칙적이며 서친 논리에 해당된다. 좀 더 문제적인 것은 후자이다.

임화는 「문예동원을 말한다」에서 이렇게 말하고 있다.

내지문단과 조선문단, 특히 조선문단에서 최근 4,5년간 시국적인 색채를 지닌 문학작품도 있었지만, 유감스럽게도 좋은 작품을 써내지 못했습니다. 결국 좋은 문학을 만들지 못했다는 것은 이런 좋은 작품, 즉 광범한 의미의 국민문학을 만들어 내기 위해 물론 작가의 자기수양도 있어야 하고, 또 일반

---

28 권성우, 「시대에 대한 성찰, 혹은 두 가지 저항의 방식 : 임화와 김기림」, 『근대의 안과 밖 ─탄생 100주년 문학인 기념문학제 논문집』, 민음사, 2008 참조.

국민의 충실한 생활도 필요하다는 것을 의미합니다. 그러나 가장 중요한 것은, 지금보다는 더욱 새로운 국책에 근접할 어떤 길을 생각해야 한다는 점입니다. 그것은 옆에서 보면 빈둥빈둥 놀고 있다는 오해를 받기 쉬운 점도 꽤 있습니다. 실제로는 그런 한가한 일은 아닙니다. 그런 의미에서 효과도 있으면서 지금 가능한 방법은, 앞서도 여러 이야기가 나왔던 것처럼, 작가를 파견하는 것입니다. (…중략…) 자발적으로 협력하게 하기 위해서 어떠한 계기를 만들어야만 하지 않을까요?[29] (강조―인용자)

위의 발언은 임화가 남긴 대일 협력의 기록이라고 의심되는 자료 중에서 가장 구체적인 차원의 내용을 담고 있다. 여기서 임화는 좀 더 좋은, 말하자면 예술적 가치가 있는 국민문학이 요청되며 이를 위해 작가들의 파견이 필요하다고 말하고 있다. 말하자면 임화의 표현 그대로 자발적 협력의 계기가 필요하다는 것이다. 이러한 임화의 발언은 어떻게 해석하더라도 내적인 저항보다는, 당시 일제 군국주의 파시즘 이데올로기에로의 수동적 함몰에 가깝다.

다만 이 좌담을 해석할 때, 무수한 『국민문학』 좌담회에 임화는 단 한번 등장한다는 점, 박영희, 백철, 김팔봉, 김용제, 곽종원, 안함광, 조연현, 최재서 등과는 달리 『국민문학』에 비평을 투고하지 않

---

29 좌담회 「문예동원을 말한다」, 『국민문학』, 1942. 1; 문경연 외 역, 『좌담회로 읽는 '국민문학'』, 소명출판, 2010, 105~106면.

았다는 사실, 그리고 「문예동원을 말한다」의 참석자 14명[30] 중에서 임화의 발언은 "자발적으로 협력하기 위해서 어떠한 계기를 만들어야만 하지 않을까요?"라는 부연 발언을 제외하면 단 한 번에 그친다는 점 등을 염두에 둘 필요가 있다. 임화가 이 좌담에 주도적으로 참여하여, 문예동원에 대한 담론을 적극적으로 표출했다고 볼 수는 없다. 그 즈음 식민지 조선의 문단과 지식사회에서 자신이 처하고 있던 사회적, 문단적 위상으로 인해, 몇몇 단체에 이름을 올리고 최소한의 협력의 포즈를 보이는 것은 임화로서는 불가피한 일로 다가왔을 것이다. 보다 근본적으로 이러한 점은 당시 합법적인 테두리에서 식민지의 저명한 문화인이 마주할 수밖에 없었던 근원적인 실존적 조건이었을지도 모른다.

그럼에도 불구하고 당시 임화의 정신 한 대목에 자발적인 협력의 의사가 전혀 없었다고 말하기는 힘들 것이다. 단 한번이라고 할지라도, 그리고 그것이 소극적 협력의 차원이라고 할지라도 임화가 「문예동원을 말한다」라는 좌담회를 통해 표면적인 협력의 의사를 개진했다는 사실은 한국 근대비평사의 아픈 상처로 분명히 기억되어야 한다. 특히나 김사량이나 김태준의 망명, 그리고 문단에서의

---

30 그 중에는 일본인 11명과 조선인 3명(백철, 최재서, 임화)이 포함되어 있다. 주요 일본인 참석자로는 당시 녹기연맹 주간 쓰다 쓰요시, 총독부 보안과장 후루카와 가네히데, 경성 일보 학예부장 데라다 아키라, 총력연맹 문화부장 야나베 에이자부로, 경성제대 법문학부 교수 가라시마 다케시 등을 들 수 있다.

지위를 포기하고 낙향하거나 붓을 꺾은 문인들의 선택을 기억한다면 임화의 발언은 비판적으로 해석되고 기억될 필요가 있다.

인화에 비해 김남천은 당시 시국과 한 발 떨어져 있는 입장에서 그 특유의 관찰자 정신을 통해 그 엄혹한 파시즘의 시대를 묵묵히 견디면서 보냈다. 임화의 대일 협력으로 해석될 수 있는 몇 가지 기록과 흔적에 비추어볼 때, 김남천은 상대적인 맥락에서 '협력'이라는 견지에서 해석될 수 있는 기록이 거의 없다. 다만 그가 1943년 1월 친일잡지 『국민문학』에 수록한 일본어소설 「感る朝」(「어떤 아침」)은 해방 전에 발표된 최후의 소설작품으로 대일협력이라는 측면과 연관하여 문제적 해석을 산출하고 있기에 각별하게 주목할 만한 텍스트이다. 물론 『국민문학』지에 발표되었다는 사실만으로 이 소설을 일본의 정책에 협력한 소설이라고는 단순하게 판단할 수는 없다. 그러나 그렇다고 해서 이 작품을 비협력 저항 소설에 포함시키는 관점[31]이 타당하다고 볼 수도 없을 것이다.

김남천의 자전적 기록에 가까운 이 소설은 다섯 번째 아이가 태어난 날의 하루를 몇 가지 삽화와 기억으로 재구성한 단편소설이다. 이 작품의 주제는 끝부분에 있다. 이론적으로는 남녀평등론자라고

---

[31] 김재용 · 김미란 · 노혜경 편역, 『식민주의와 비협력의 저항─일제 말 전시기 일본어 소설선 2』(역락, 2003)에 김남천의 「어떤아침」이 한설야, 임순득, 김사량의 소설들과 함께 "식민주의 파시즘에 협력하지 않고 저항하였던 작가들의 작품"으로 긍정적으로 평가되면서 수록되어 있다. 그러나 이러한 평가의 근거는 이 단행본에서 전혀 밝혀져 있지 않다. 오히려 이 소설은 소극적인 협력을 보여주고 있는 소설에 가깝다.

생각하는 화자가 아내가 사내아이를 순산하는 장면을 기쁜 마음으로 목도한 연후에 늦게 출근하는 길에 조우한 장면이다.

마침 초등학교 앞을 지나갈 때 교문에서, 이학년쯤 되었을까, 네다섯 명 선생님의 훈도를 받으면서 소풍 가는 학생들의 행렬이 이열 종대로 재잘재잘 떠들면서 지나가는 것을 보았다. 작은 배낭을 메고 두 명씩 손을 잡고 나오는, 그것은 얼마나 밝고 힘찬 행렬인가.

나는 시간이 흐르는 것도 잊고, 먼지를 피우며 시내 쪽으로 흘러가는 이 구불구불한 소국민의 행렬을 마지막까지 지켜보았다. 그리고 문득 나의 다섯 아이들도 그 안에 섞여 있는 듯한 착각을 느끼며, 혹시 그 S선생의 막내도 K씨의 손자도 그 행렬 속에 끼어 있는 것은 아닐까라고, 그런 것들을 두서없이 생각하고 있었다.[32]

S선생의 손자도 K씨의 손자도 나의 다섯 아이들도 모두 소국민의 행렬에 포함되어 있는 것은 아닐까라고 생각하는 화자의 태도는 이 작품이 수록된 지면, 즉 『국민문학』의 정책적 이념인 '국민 만들기 기획'에 정확하게 부합된다. S선생과 K씨는 과연 누구인가? 소설 내용에 따르면, S선생은 지금은 폐간된 『개벽』을 주재하던 문제적 인물이며, K씨는 도쿄에서 경시총감 M씨를 만난 일을 얘기하기도 하는

---

[32] 「어떤 아침」, 윤대석 편, 『김남천 · 유진오 단편선』, 현대문학, 2011, 254면

당시 유명인사이다. 말하자면 한때 일본제국주의에 비판적이며 저항적인 잡지 『개벽』을 만들던 S선생이나 일제에 적극적으로 협력하는 유명인사 K씨나, 제약회사에 근무하는 소시민 주인공이나 관계없이 그들의 자식과 손자는 동일한 국민의 대열에 편입되리라는 상상을 하고 있는 것이 이 소설의 마지막 장면인 것이다. 무엇보다도 국민학교 학생들의 행렬, 즉 소국민의 행렬에 대해 "그것은 얼마나 밝고 힘찬 행렬인가"라고 흐뭇하게 바라보는 것이 소설 화자의 관점이다.

물론 이 소설은 대일 협력의 메시지를 노골적으로 담고 있는 본격적인 의미의 친일소설과는 거리가 있다. 그렇지만 이 소설이 당시 일본 제국주의의 국민 만들기 프로젝트에 호의적인 내용을 담고 있다는 점은 분명하다. 이렇게 본다면, 「어떤 아침」은 오히려 김남천의 정신 한 구석에 당시 시국에 호응하는 마음이 조금이라도 자리 잡고 있었다는 사실을 보여주는 실례로 수용되어야 할 것이다.

김남천은 대일 협력의 흔적도 임화에 비해 상대적으로 미미하지만 동시에 임화에 비해 당시 일제 군국주의 파시즘에 대한 소극적인 저항이나 비동일화의 태도도 뚜렷하게 보여주지 않았다. 다만 임화가 그러했듯이 1940년을 전후한 시기에 예술의 자율성과 문학적 형식에 대한 강조를 통해, 군국주의에 동원되는 어용문학에 대한 거리감을 간접적인 방식으로 드러낸 바 있다.[33] 김남천은 1942년에 발

---

[33] 김남천 비평에 나타난 예술적 자율성에 대한 강조는 권성우의 「김남천, 에세이, 허무주의」

표된 「두 의사(醫師)의 소설」(『매일신보』, 1942.10.20)의 끝부분을 "다시금 문학의 세계에서는 무엇보다도 형식이 사상을 결정한다는 상식이 되풀이되어야 하는 것이다"라는 문장으로 맺고 있다. 임화와 김남천은 1930년대 후반부터 공히 '예술의 자율성'과 문학적 장인정신, 형식에 대한 각별한 강조를 보여주고 있다는 점에서도 유사한 문제의식을 보여주고 있다.[34]

해방 직후에 김남천은 「순수문학의 제태(諸態)」(『서울신문』, 1946.6.30)라는 제목의 평문에서 다음과 같이 주장한 바 있다.

1936,7년경으로부터 8·15 전까지 다시 말하면 중일 전쟁, 태평양 전쟁을 거쳐서 문단이 문학의 순수성, 문화의 자율성, 문학과 정치의 분리와 양립을 고창한 것은 일제와 정면으로 항쟁은 못하면서 문학을 그들의 악정과 군국주의의 도구화로부터 방어하려는 최후의 방책으로 나온 것이니 이것은 옳았고 또 그들의 침략으로부터 문학을 옹호하는 데 성공한 거의 유일한 비타협적 사상이었다. 왜냐하면 이 기간은 총독 정치가 헌병 정치와 야합하여 문학 예술을 침략 도구로 직접 사용하고 언어 정책과 아울러 정면으로 문학에 대해서 공세로 나왔던 시기이기 때문이다.

(『횡단과 경계』, 소명출판, 2008)의 173~180면을 참조할 것.

34 임화가 1940년을 전후한 시기에 보여준 예술적 자율성이나 문학적 장인정신을 강조하는 맥락과 의미에 대해서는 권성우의 「임화, 혹은 세 가지 저항의 방식」(『횡단과 경계』, 소명출판, 2008)과 「시대에 대한 성찰, 혹은 두 가지 저항의 방식 : 임화와 김기림」(『근대의 안과 밖─탄생 100주년 문학인 기념문학제 논문집』, 민음사, 2008)에서 구체적으로 언급되어 있다.

물론 이와 같은 김남천의 관점은 해방 직후에 자신이 지녔던 이념적 입장에 따라, 이와 연계되는 식민지시대 말기의 행보를 수미일관하게 정당화하고자 하는 욕망에서 나온 사후해석으로 볼 수도 있다. 그러나 김남천과 임화가 공유하는 비평적 의제를 면밀하게 검토해보면, 이와 같은 발언은 사실에 해당하는 내용을 분명히 포함하고 있음을 알 수 있다. 위에서 인용한 김남천의 시각은 비슷한 시기에 임화가 보여준 다음과 같은 관점과 거의 유사하다는 점에서 문제적이다.

예술성의 옹호를 통하여 모든 종류의 정치성을 거부할 자세를 갖춘 것은 일견 민족주의를 내용으로 삼든 종래의 민족문학이나 '맑시즘'을 내용으로 삼든 종래의 프로문학의 본질과 모순하는 것과 같으나 이 시기의 특징은 문학의 비정치성의 주장이 하나의 정치적 의미를 가지고 있었다. 바꿔 말하면 일본 제국주의의 선전문학이 됨을 거부하는 소극적 수단이었었다.[35]

도도히 흘러 들어오고 강력하게 내려누르는 정치적 압력을 피하기 위하여 우리 문학은 예술성의 옹호를 구호로 일치결속하게 되었다. 조선어의 수호와 예술성의 고지(固持)로써 문학에 대한 일본 제국주의자의

---

35 임화, 「조선민족문학건설의 기본과제에 관한 일반보고」, 조선문학가동맹 편, 『건설기의 조선문학』, 백양당, 1946.6, 39면.

요구를 거부하는 구실로 삼은 것이다.[36]

이처럼 임화와 김남천의 주장 사이에 놓인 커다란 친연성을 감안
하면 두 사람이 그야말로 동지적인 관계에서 중요한 문학적 현안과
의제에 대해서 지속적으로 상의하고 대화하면서 관점을 조율했다
는 점은 분명하다고 생각된다. 다만, 그 문제의식이 투철함이나 논
리, 문제의식의 치밀함 등의 면에서 임화가 김남천보다 한층 위에
있었다는 점도 기억해야 할 것이다.

6. 글을 맺으며 ─ 동지, 우정, 고독

이 글은 식민지시대의 대표적 비평가인 임화와 김남천의 문제적인
관계에 주목하면서, 각자의 텍스트에 포착된 상대방의 모습에 대해
살펴보았고, 일제 말에 임화와 김남천이 유사한 문제의식을 지니면
서 당시의 문학장이나 문화산업에 대한 투철하고 근원적인 비판을 수
행했다는 사실, 일제에 대한 협력과 저항 사이에서 각자의 입장과 기

---

36 임화, 「조선소설에 관한 보고」, 『건설기의 조선문학』, 조선문학가동맹, 1946.6 ; 『임화문
학예술전집 5』, 소명출판, 2009, 435면.

질에 부합되는 독특한 줄타기를 전개했다는 사실에 대해 탐구했다.

때로 이 둘의 관계는 어떤 인간관계보다도 우선하는 신뢰하는 동지이기도 했고, 서로의 모습을 비춰보는 거울이기도 했다. 이들은 몇 번이나 당대의 가장 첨예한 문학적 의제에 대해 공유하며 공동의 전선을 취했다. 임화는 김남천에 대해서 때로 원칙적이며 신랄한 비판을 감행했다. 이에 비해 김남천은 임화와 '물논쟁'이라는 당대의 가장 문제적인 논쟁을 전개하는 과정에서, 혹은 그 이후에도 간혹 임화를 비판하기는 했지만 그 비판은 동지적 관계와 애정이 전제된 비판이었다.

종합적으로 보면, 임화에게 김남천이라는 존재는 신뢰하지만 많은 조언과 질정이 필요한 후배 소설가이자 비평가였고, 김남천에게 임화라는 존재는 존경해마지 않았던 선배 비평가이자 위대한 시인이었다. 그러므로 이 둘 사이에 비슷한 체감의 지성의 깊이가 동등하게 교환되었다고 볼 수는 없을 것이다. 치밀한 인식과 민활한 정보는 주로 임화 쪽에서 김남천으로 흘러들어갔다. 김남천에 비해 임화는 한층 전략적이자 정치적이며 열정적이었고 뚜렷한 목적의식 하에 자신의 글쓰기를 진행했다. 그는 현상의 배후에 존재하는 실체적 진실의 지형을 인식하고 그 구조를 파악하는 작업에 능했다. 식민지 조선에서 선구적인 문학사를 다름 아닌 임화가 쓸 수 있었던 것은 그런 능력 덕분이었다.

이에 비해 김남천은 생활과 실감, 관찰의 편이었다. 그 역시 임화와 마찬가지로 일제 말에 저항과 협력 사이에서 고뇌하고 방황했지만 그 어느 쪽에도 깊게 자신을 투신하지 않았다. 그는 그 문제적인 시기를 묵묵히 보고 관찰하고 견디면서 지냈다. 그것은 시인과 소설가 차이, 호기심 많은 대도시 경성 출신과 느릿한 관찰을 즐기는 평안남도 성천 출신의 감각적 차이에서 연유한 것이기도 했다.

분명한 사실은 이 둘 모두에게 상대방의 존재는 스스로에게 커다란 위안이자 격려로 다가왔을 것이라는 점이다. 그러나 이들의 관계를 깊은 실존적 대화를 동반한 동등한 우정의 관계로 보기는 힘들다. 적어도 임화에게 있어서 김남천은 그의 지성과 비평적 욕망을 근원적으로 자극하는 존재는 아니었던 것이다. 애초에 이들의 만남은 조직 운동의 차원에서 전개되었고, 문단 내에서의 위상과 연배의 차이, 그리고 지성의 순발력과 밀도의 차이는 이들의 관계를 선후배, 혹은 스승과 제자의 관계와 유사하게 만들었다. 이런 측면에서 임화와 김남천의 관계를 이념적 신뢰에서 비롯된 동지적 관계라고 부를 수 있을 것이다.

각자의 존재가 있었기에 이들은 그만큼 덜 외로울 수 있었을 것이다. 그러나 적어도 임화의 입장에서 보자면, 김남천의 존재에도 불구하고 비평가가 마주한 근원적인 고독은 해결될 수 없었다. 그래서 그는 1940년 「창조적 비평」에서 "창조의 길에서 고독을 두려워할 필요는 없다. 나는 이 고독이 시인이나 철학자에게만 있는 것이 아니라 비평가에게도 있는 것이라고 생각한다"고 적었던 것이리

라. 적어도 당시 식민지조선에서 동등한 지성의 깊이와 실존의 섬
세함으로 임화의 고독을 달래주며, 진정한 의미의 우정을 나눌 이는
존재하지 않았다. 그는 형장의 이슬로 사라지는 그 순간까지도 고
독했을 것이다. 그것이 그의 운명이었다.

한국적 비평의 탄생

1930년대 후반의 임화와 안함광

이현식

1. 들어가며

이 글은 1930년대 후반의 임화와 안함광의 비평을 비교 검토한 글이다. 임화는 말할 것도 없고 안함광 역시 일제 강점기를 비롯해서 해방 이후 우리 문학사에서 주도적인 평론가와 문학연구자로 중요한 성과를 거둔 사람들이다. 이 둘이 1930년대 후반이라는 특정한 상황에서 어떤 비평적 활동을 보였는가를 비교 검토하는 것은 한국 근대문학비평사 연구에서 분명 의미있는 일이다.

임화나 안함광에 대한 개별 연구들은 기왕에 많이 나와 있지만

이들을 비교 검토한 글은 '카프 해소-비해소파 논쟁' 이후에는 찾아
보기 어렵다.[1] '카프 해소-비해소파 논쟁' 당시 임화와 안함광은 마
치 카프의 해소를 놓고 양 진영을 대변하는 평론가로 과잉 해석된
감도 없지 않다. 물론 이 논쟁은 카프라는 조직의 해소, 비해소가 아
니라 카프의 정통성을 카프가 해소된 마당에서 어떻게 이어갈 것인
가를 놓고 연구자들 사이에 벌어진 해석적 대립이었다.[2] 이 논쟁은
1980년대 후반 민중, 민족문학론의 왕성한 전개에 힘입은 바 크고
진보적인 한국문학 연구자, 특히 비평사 연구자들로 하여금 1930년
대 후반이라는 시기에 관심을 갖게 했다는 긍정적 의미를 갖는다.

그러나 이들에 대한 연구가 상당 부분 축적된 오늘날, 한국 근대
문학비평사라는 관점에서 과거의 논쟁을 비판적으로 지양하고 임
화와 안함광을 재평가하는 일도 필요한 일이다. 1930년대 후반의
임화와 안함광을 한국 근대문학비평사라는 거시적 구도에서 다시
재조명하여 그들의 위치를 잡아 주는 것은 여전히 유효하다.

---

[1] 비교적 최근에 이 두 사람의 비평을 놓고 검토한 연구로는 구재진, 「1930년대 사회주의 비
평과 '조선'인식」(민족문학사학회, 『민족문학사연구』 31호, 2006)의 글이 유일한 것 같
다. 이 논문은 제목 그대로 이 두 사람이 식민지 상황 아래에서 '조선'이라는 특수성을 어떻
게 이해했고 그것이 이들의 비평적 문제의식에 어떻게 영향을 주었는가를 검토한 논문이
다. 본고를 작성하는 데에 구재진의 문제의식에서 도움 받은 바 크다. 한편 임화에 대한 연
구는 2004년 『임화문학의 재인식』(소명출판, 2004)을 필두로 하여 임화문학연구회 결성
과 활동이 임화 연구의 성과를 단적으로 보여주는 사례이다.

[2] 이 논쟁에 대해서는 이현식, 『일제 파시즘 체제하의 한국 근대문학 비평』(소명출판, 2006)
을 참조할 것.

이 글에서는 우선 1930년대 후반의 의미를 비평사적 관점에서 어떻게 바라 볼 수 있을 것인가에 대해 정리하고 임화와 안함광의 이 시기 주요 평론을 검토할 예정이다. 1930년대 후반이라는 시기를 어떻게 설정할 것인가를 미리 내세우는 이유는 이 두 평론가는 물론이고 이 시기 비평사, 나아가 문학사에 대한 해석적인 준거점을 확보하기 위해서이다. 문학사 연구가 단순히 과거에 대한 연구가 아니라 오늘날의 문제의식이 투영된 해석적 가치 판단이라는 평범한 상식을 떠올려 본다면 1930년대 비평사, 문학사의 위상을 조금 더 거시적 관점에서 파악해야 이 둘에 대한 온전한 평가도 합리적 핵심에 다다를 수 있을 것이라고 판단했기 때문이다. 게다가 이 둘의 비평적 활동에 대한 주된 문제의식을 파악하기 위해서도 그런 준거점은 필요한 일일 것이다. 본론에서는 1930년대 후반 평론가 가운데 누구 못지않게 왕성한 평론 활동을 한 이들의 글 중에 가장 문제의식이 집중되고 있는 것으로 판단되는 것을 선택하여 살펴보기로 하겠다.

2. 1930년대 후반 비평사를 바라보는 문제의식

우선 한국 근대문학비평사 연구라는 관점에서 생각해 볼 때 상식적인 사실로 받아들여질 수 있는 것에서 논의를 시작하려고 한다.

일단, 1930년대 후반의 비평사를 한국 근대문학사 전체의 시각에서 접근하는 역사주의적 관점이 중요하다는 점을 확인하기로 한다. 한국 근대문학사라는 전체 틀에서 바라보면 멀게는 19세기 말 20세기 초의 근대계몽기 한국 근대문학의 출발점부터 해방 직후 독립된 민주국가 수립을 둘러싼 문학운동기에 이르는 과정 속에서 1930년대 후반이라는 시기를 어떻게 위치지울 것인가 하는 문제와 만나게 된다. 특히 한국 근대문학비평사로 영역을 좁혀 놓고 생각해 보면 이때가 과연 어느 시기인가를 조금 구체적으로 생각해볼 수 있지 않을까 한다. 1930년대 후반 이전과 1930년대 후반 이후, 즉 해방 직후의 문학운동기를 이 시기와 비교해서 바라봄으로써 한국 근대 문학 비평이 그 이전과 달라진 점은 무엇이고 그 이후의 시대에 물려준 성과는 무엇인가를 생각해 볼 수 있다는 것이다. 그런 관점 속에서 1930년대 후반의 비평사적 과제는 무엇이었는가, 그리고 그 과제에 가장 충실했던 평론가는 누구였는가를 평가할 수 있지 않을까 하는 것이다.

그렇게 본다면 1930년대 후반의 한국문학비평은 정치 사회적 문제를 문학의 영역 안에서 본격적으로 사유하는 인식론이 형성되는 때라는 판단이 의미를 얻는다. 요컨대 이 시기 비평은 정치, 사회적인 문제와 연관된 문학적 담론이 활발하게 전개되던 시기였다. 더구나 담론 생산의 주체로 비평가들이 전면에 나서게 된다는 것에는 비판적 지식인, 진보적인 담론 구성체로 한국 근대문학비평의 전통이 형성된다는 의미도 포함되어 있다. 뒤에 다시 거론하게 되겠지만 그것은 1930년대 후반 이전에는 찾아보기 어려운 일이었다. 19세기 말 20세기 초 근대계몽기를 전후로 한 시기에 정치 사회적 담론이 활발하게 형성되었지만 이런 담론들 안에 아직 문학적 주제가 명확히 분화된 것은 아니었고 이후에는 더욱 찾아보기 어려웠다. 1930년대 후반의 이런 비평적 성숙이 없었다면 해방 직후의 민족문학론도, 그 이후 한국 문학 비평이 주도하는 진보적 담론의 장이 형성되는 것도 더 어려워졌거나 지체되었을 것이다. 1930년대 후반의 비평사를 한국 근대비평사, 나아가 한국 근대문학사라는 시각에서 적극적으로 평가해야 할 이유가 여기에 있다.

그런데 1930년대 후반의 비평사에 대해 조금 더 자세히 살펴보면 과연 무엇이 이 시기를 그렇게 만들었는가 하는 문제와 만나게 된다. 1930년대 후반을 한국 근대문학사에서 하나의 독자적인 시기로 가장 명징하게 나눌 수 있는 근거는 '카프(KAPF)의 해체'이다. 카프가 해체된 궁극적인 이유는 일제의 탄압이다. 김기진이 스스로 카프 해산계를 제출했다 하더라도 카프는 일본제국주의 당국에 의한 탄압과 외압으로 해체한 것이다. 카프가 해산될 만큼 1930년대 중반을 넘어서면서 일제의 탄압은 점점 더 강해졌으며 그것은 단지 문학 부분에만 해당되는 것이 아니라 전 사회적인 현상이었다는 점은 따로 언급하지 않는다고 하더라도 한국 근대사의 상식이다.

그런데 카프 해체는 문학사에서 하나의 상징적 사건이었다. 카프의 해산은 수많은 진보적인 문학운동가들을 감옥에 가둠으로써 어쩔 수 없이 벌어진 일이었는데 그것은 카프와 같은 방식의 대중적 문학 운동이 이제는 더 이상 불가능하다는 것을 입증한 사건이었던 것이다. 이제 문학운동을 하려면 지하로 숨어들거나 망명을 해야 했다. 그러나 문학은 근본적으로 문자를 통해 창작하고 발표하는 활동이다. 작품을 발표할 지면(紙面)과 읽어 줄 독자를 전제로 하지 않고서 문학운동은 불가능한 일이다. 카프 맹원들의 검거와 카프 해산이라는 사건은 감옥에 갔건 가지 않았건 진보적 문학에 뜻을 같이 하는 문인들이라면 이런 사실을 받아들이지 않을 수 없게 만든 사건이었다. 요컨대 카프의 해산은 문학을 통한 진보적 정치 운동, 문학의 영역에서 지배 계급에 대한 직접적이고 조직적인 투쟁은 불가능하다는 것을 대내외에 실감토록 만든 사건이었던 것이다.

그렇다면 진보적 문학운동에 가담했던 많은 문인들은 그런 외압을 놓고 어떻게 대응했을까? 조직적 운동이 불가능하다는 것은 체험으로 알고 있었고 감옥에 갔던 문인들은 재판 과정을 통해 일종의 전향을 강요당했다. 조직 재건은 불가능했으며 신념을 유지만 하는 것도 쉽지 않았다. 그렇다면 그들은 자기의 신념을 꺾었을까? 물론 그런 사람들도 있었지만 그렇지 않은 경우도 많았다.

여기에서 주목해 볼 것이 바로 직접적인 정치 투쟁 방식, 조직체로서의 문학운동이 불가능해진 상황, 그렇다고 진보적 문학에 대한 전망은 포기할 수 없는 현실에 대한 문인들의 대응이었다. 1930년대 후반의 비평적 성과는 카프가 아닌 방식으로 문학의 진보적 역할에 대한 고민 어린 탐색 속에서 나온 결과들이다. 아이러니컬한 것은 직접적이고도 조직적인 정치 투쟁을 포기함과 동시에 문학의 사회적 역할에 대한 깊고도 다양한 대안이 모색되기 시작했다는 점이다.[3] 문학과 정치, 사회적 연관에 대한 깊이있는 고민이 진전되고 문학의 진보성을 담지해내기 위한 다양한 대안이 담론 차원에서 제기되었다. 1930년대 후반의 비평사에서 제기된 여러 담론들은 직, 간접적으로 이런 문제와 떠나서 존재하기 어렵다. 그런 점에서 카프의 해산은 일종의 상징적 사건이었던 셈이다.

두 번째, 1930년대 후반의 비평사는 사회주의 리얼리즘 논쟁의 끝이자 시작이었다는 데에 주목해야 한다. 사회주의 리얼리즘을 둘러싼 논쟁은 신건설사 사건(1934년)으로 카프 맹원이 내량 검거되는 와중에 진행된다. 그런 점에서 사회주의 리얼리즘 논쟁은 카프가 조직체로 존재했던 시기의 마지막 논쟁이 되었던 셈인데, 그러나 이 논쟁은 1930년대 후반의 비평사에서 다양한 담론을 가능케 한 이론적 거점 중 하나를 제공한다는 점에서 시작점이기도 하다.

사회주의 리얼리즘이 한국 근대비평사에 던진 중요한 문제틀은 미적 반영론의 수용과 조선적 특수성론으로 정리된다. 이것은 1930

---

3 오해를 피하기 위해 부언하자면 대안에 대한 진지한 모색이 카프가 해산되었기 때문에 가능해졌다는 의미로 하는 말은 아니다. 카프가 해산되지 않았다면 조직 차원에서 대안 모색은 어쩌면 더욱 적극적인 방식, 혹은 전혀 다른 방식으로 이루어졌을 수도 있을 것이다.

년대 후반의 비평사와 관련해서 매우 중요한 문제 설정이다. 두루 아는 바와 같이 사회주의 리얼리즘 논쟁의 쟁점 가운데 하나는 그것을 과연 자본주의가 난숙하게 발전하지도 않은 식민지 조선에서 수용할 수 있느냐 하는 것이었다. 그런데 여기에서 주목해야 할 것은 수용 찬반 여부가 아니라 그런 논쟁을 통해 비평가들이 **조선의 특수성에 대해 주목**하기 시작했다는 점이다. 식민지 조선이 일본, 더 나아가 소련이나 기타 자본주의 국가와는 다른 특수한 처지에 놓여있다는 사실을 비평적 고민에 넣기 시작했다는 데에 이 논쟁이 갖는 의미가 있는 것이다. 사회주의 리얼리즘 논쟁을 통해 우리가 처해 있는 사회 경제적 현실이 평론가들에게 하나의 중요한 문제로 고민되기 시작하는 계기가 된 것이다. 평론가들은 당시 우리에게 정말 필요하고 우리의 현실 속에 제대로 육화될 수 있는 문학론이 무엇인가를 사회주의 리얼리즘이라는 타자를 통해 고민을 시작할 수 있었던 것이다. 예컨대 사회주의 리얼리즘 논쟁을 총 정리하며 안함광이 던진 다음과 같은 말은 당시 평론가들의 고민의 일단을 보여 준 단적인 사례이다.

신 창작론의 정당한 이해와 실천적 해결은 결코 러시아 비평가들의 정의적 명제를 발기함에서 만사 끝나는 것이 아니라, 조선문학의 역사적 검토와 현재의 제 실정 및 절박된 제 과제의 고구에서만 그의 해결도 그 심도를 가(加)해 가게 될 것이다. 한 말로 말하자면, 조선 현실에 대한 진지한 탐구력을 대동함이 없이 새로운 창작적 슬로건의 정당한 이해는 기대할 수 없다는 것이다. (…중략…) 그 하나는 사회주의 리얼리즘에 관한 원칙적 진리가 현실 면에서 구체화되는 필수적 과정으로서이고, 또 다른 일면에서는 선험적 결론을 가지고 현실에 투신하는 것이 아니라 현실 그 자신에 대한 면밀한 고구에서 일정한 결론을 탐구하려는 과학적 태도의 타당성을 의미한다. 물론 후자에 있어서의 현실탐구의 결과가 반드시 '사회주의 리얼리즘'에로의 도달이 아니어도 할 수 없다.[4]

이런 인용문에서 보듯이 사회주의 리얼리즘론은 평론가들에게 조선 사회를 정색하고 다시 들여다보도록 만들었다. 조선의 현실이 평론가들의 비평적 고민에 주요한 변수로 떠오른 것이다.

아울러 사회주의 리얼리즘 논쟁이 갖는 또 다른 의미는 미적 반영론의 수용이다. 사회주의 리얼리즘논쟁은 결국 그것이 담고 있는 미하적 맥락인 미직 반영론을 이해하고 수용하게 되었음을 의미하는데, 그것은 다시 말해 마르크주의에 입각한 문예학이 가능해졌다는 것을 뜻한다. 이것은 과거 프롤레타리아 리얼리즘론이나 유물변증법적 창작방법론과 같은 창작방법 상의 전략이나 전술 차원의 문제가 아니라 세계관과 철학에 바탕을 둔 자율적인 미적 사유와 이론적

---

[4] 안함광, 「창작방법 문제 논의의 발전과정과 그 전망」, 『조선일보』, 1936.5.30~6.10. 김재용 · 이현식 편, 『안함광 평론 선집 1』(박이정, 1998), 68면. 이하 안함광 평론에 대한 인용은 이 선집에 의거하며 따로 서지 사항은 밝히지 않고 『선집』으로 약칭하여 사용한다.

탐색이 가능하게 되었다는 것을 의미한다. 이전 시기에서 문학예술의 특정 사조나 경향을 받아들인다는 것과는 차원이 다른 것이다.

이 대목에서 외국의 이론 혹은 사조를 받아들인다는 것과, 하나의 사상을 자기 것으로 하여 스스로의 세계관으로 삼는다는 것은 무엇을 의미하는가를 곰곰이 생각할 필요가 있다. 이 문제는 여기에서 단순하게 거론할 성질 이상의 문제이긴 하나 그것이 하나의 이론이나 방법론의 문제인가, 아니면 그것을 포함한 자신의 사유 방식과 생활 태도, 신념까지를 모두 아우르는 사상의 문제인가는 구별해서 생각해 볼 필요가 있다. 그것이 방법론과 이론의 문제라면 여러 가지 가운데 하나를 선택하는 문제이겠지만, 사상의 문제라면 그것은 선택의 문제가 아니라 실존의 문제일 수 있다. 그것이 선택의 문제일 때 선택을 바꾸는데 뒤따르는 고민이 크지 않을 수 있지만, 사상의 문제라면 그것은 그리 간단하게 생각할 수 있는 것이 아니다. 그것은 세상을 바라보고 사유하는 방식과 삶의 태도 전체를 포함하는 것이기 때문이다.

사회주의 리얼리즘이 내포한 미적 반영론을 수용한다는 것은 이렇게 사상의 각도에서 문학예술을 체계적으로 사유할 수 있다는 의미를 갖는 것이었다. 카프에 소속되어 있던 많은 문인들이 외부의 탄압 속에서 어떤 사람은 쉽게 자신의 생각을 바꾸고 어떤 사람들은 그렇지 않았을 때 그것은 사상으로서 마르크스주의를 자기 것으로 하고 있는가 아닌가 하는 문제와도 연결된다. 그런데 이것은 당시

전개되는 정치 사회적 국면에 대응하는 대안적 방법론을 어떻게 모색해 가는가와도 연관된다. 독자적이고 자율적인 사상 체계로서 마르크스주의와 미적 반영론은 그런 대안담론을 만들어내도록 하는 힘이 되기 때문이다. 게다가 문학의 대안적 역할에 대해 이론적 탐구를 하는 평론가의 입장이라면 그가 어떤 사상을 체화하고 있는가는 더욱 중요한 문제가 아닐 수 없다. 남의 이론을 자신의 것인 양 꾸며서 뭔가를 내놓기는 어려운 일이기 때문이다. 설령 가능하다 하더라도 그것은 이미 진정성을 갖춘 평론으로 대접받을 수는 없는 일이다.

임화가 1930년대 중반 무렵부터 발표하는 비평에서 임화 자신의 목소리가 살아나는 것은 그런 점에서 주목할 만하다. 1930년대 후반으로 오면서 한국 근대문학비평이 비로소 사기 문장을 갖기 시작하는 것 역시 마찬가지이다. 세계를 자신의 시각에서 분석할 능력이 부족했던 과거의 비평은 생경한 번역 문장이 주를 이뤄냈다면, 1930년대 후반에 와서 비평가 자신의 고민과 사유가 투영된 살아있는 문장들이 비로소 등장하기 시작한다. 물론 그것만이 이유의 전부가 되는 건 아니겠지만, 평론가가 하나의 사상을 전일적으로 체화하여 자율적이고 독립적인 미학적 방법론을 가질 때에 대상을 분석하고 평가하는 자신의 목소리를 자연스러운 문장으로 표현할 수 있게 된다는 것도 부인하기는 어렵다. 정리하자면 1930년대 후반의 한국 근대문학비평은 미적 반영론이 평론가들에게 하나의 사상적 입장, 독자적 사유를 가능케 하는 세계관으로 작용하여 현실에 대해 자율적이며 대안적인 이론 탐색으로 나아간 자리에서 꽃을 피운 것이었다.

이제 지금까지 설명한 관점을 전제하면서 이 시기 임화와 안함광이 어떻게 자신의 생각들을 제시해 갔는가 살펴보기로 한다. 구체적으로는 카프 해산 이후 비평적 담론으로 제출된 휴머니즘론과, 이들 스스로 1930년대 후반이라는 시기에서 문학적 대안으로 제출한 주체론, 혹은 리얼리즘론을 분석 대상으로 삼았다.

3. 휴머니즘 논쟁과 지성론 - 이론의 內破와 外破

1935년 6월 프랑스에서는 발호하는 파시즘에 맞서 반파시즘 인민전선이 결성되고 같은 시기 파리에서 국제작가회의가 개최된다. 이어 7월에는 소련 모스크바에서 제7회 코민테른대회가 열리는데 이 회의에서도 인민전선 테제를 채택한다. 유럽 지식계와 정치 운동의 이 같은 움직임은 모두 파시즘에 맞서기 위한 일련의 대응들로 볼 수 있다. 이태리와 독일에서 집권한 나찌와 파시스트 세력이 파시즘의 대두를 알리는 증거였다. 특히 파리에서 개최된 국제작가회의는 문화옹호를 내걸고 파시즘에 반대하는 지성인들과 문화인들의 단결을 촉구하였다. 이들은 파시즘을 문화를 퇴보시키는 야만으로 규정하면서 이에 대응하여 문화와 지성을 옹호하는 작가들의 국제적 연대조직을 결성한다.[5]

이런 영향으로 카프 소속의 평론가였던 백철은 자신의 '인간탐구론'의 연장선상에서 1936년 말부터 프랑스의 행동주의 문학론과 연계된 휴머니즘을 주장하고 1937년 1월 『조광』에 「웰컴! 휴머니즘」이란 글을 발표하면서 본격적으로 휴머니즘론을 평단의 화두로 제기하기에 이른다.

그런데 휴머니즘론은 백철을 비롯한 몇몇 평론가들이 내세운 것이기도 하지만 카프 해산 이후 전망이 막힌 조선의 문인들에게 대안적 담론으로 기능하기에 충분한 가능성을 내포한 것이었다. 전 세계적으로 자본주의의 위기와 이에 반응한 파시즘의 대두는 일제의 탄압과 함께 결부되어 파시즘에 맞서는 서구의 양심적 문인들이나 조선의 문인들 모두 처지가 다르지 않은 것으로 받아들여졌다. 더구나 서구 자본주의 세계의 작가들과 신생 소비에트의 작가들이 파시즘에 맞서 공동 전선을 취하고 있다는 사실은 조선의 문인들에게도 상당한 공명(共鳴)을 주었을 것이다. 그런 점에서 임화나 안함광이 휴머니즘론을 주요하게 검토하고 나름의 분석과 대안을 제시하는 것은 이상한 일이 아니었다.

---

5 박승극, 「문화옹호 국제작가회의의 경과」, 『조선중앙일보』, 1935.9.8~11.

먼저 안함광부터 보도록 하자. 그는 「지성의 자유」와 휴머니즘의 정신」(『동아일보』, 1937년 6월), 「문학에 있어서의 자유주의적 경향」(『동아일보』, 1937년 10월), 「현대문학 정신의 모색」(『조선일보』, 1937년 11월), 「지성의 자율성의 문제」(『조선일보』, 1938년 7월), 「불안·생의 사상·지성」(『비판』, 1938년 11월)과 같은 일련의 글을 발표하면서 휴머니즘론을 포함해 지성론 등 서구에서 파생된 담론들을 비판적으로 검토한다.

안함광이 이 글들을 통해 논구하려는 것은 휴머니즘론과 지성론의 의의를 인정하면서도 그것이 갖는 한계를 지적하고 나름의 대안을 제시하는 것이었다. 안함광에 따르면 이들 이론은 중간파를 흡수하기 위한 전략이긴 하지만 근본적으로는 문화주의, 개인주의를 넘어서지 못하는 것이라고 한다. 특히 이런 분석은 조선의 지성에 대한 논의들에 대한 비판에서 더욱 날이 선다. 그는 조선의 지성 논의가 추상화되어 있고 동굴 속에 칩거하고 있다는 비유를 동원해 행동을 잃은 지성의 나약함을 비판하고 있다.

즉 외부의 실재 세계야 외로 돌건 바로 돌건 그런 것에는 상관할 것 없이 '개인의 완성' 또는 개인 생활의 무풍적(無風的) 방어에 노력하는 것이 가장 합리적이고 자연적이고 지성적이라는 생활 태도다. 지성적 이상이란 것이 오히려 외적시(外敵視) 당하는 오늘의 작단 현실을 상기하면 족하다. 이와 같이 지성이 비역사적 일상성에 국척(跼蹐)함에 의해

서 개인주의적 구심의 방향을 취하고 있는 것이 전기(前記―지성의 동
굴에의 칩거 : 인용자) 경향의 기본적 특질이다.[6]

위 인용에서 단적으로 나타나듯이 안함광은 휴머니즘론 류의 서
구적 담론과 그것을 무비판적으로 수용하는 당시 조선의 문단에 대
해 매우 비판적인 자세를 보인다. 그런데 이런 비판은 안함광이 대
안으로 제시하는 휴머니즘론과 연결지어 보면 그 근거를 어느 정도
이해할 수 있다. 즉, 왜 안함광이 지성의 나약함, 그 칩거성(蟄居性)
을 강하게 비판하고 있는가는 이전에 발표된 안함광의 핵심적인 글
「현대문학 정신의 모색」을 검토해 보면 조금 더 쉽게 이해된다.

그는 이 글에서 동시대의 지성론이나 모랄론, 휴머니즘론을 비롯
한 행농수의 문학론을 비판적으로 일별하면서 이 시대에 정작 필요
한 휴머니즘은 '진실한 리얼리즘'인 동시에 '휴머니즘적 의욕의 리얼
리즘적 연소(燃燒)'라는 점을 강조한다. 그는 휴머니즘이 갖는 시대
적 의미는 충분히 인정하되 그것이 정말 제대로 된 대안이 되기 위
해서는 리얼리즘과 결부되지 않으면 안 된다고 생각한 것이다. 그
리고 그가 주장하는 리얼리즘이란 '있을 수 있는 가능의 세계, 있어
야 할 의욕의 세계'에 대한 옹호, '현실에 대한 치열한 집착과 극복의
의욕'을 포함하는 것이었다.

<hr>

6 「지성의 자율성'의 문제」, 『조선일보』, 1938.7.10~16; 『선집 1』, 173면.

휴머니즘적 의욕이 리얼리즘적 초극력에 의하여 연소될수록 정당한 세계관에로의 승화를 초래할 다분의 가능성이 있고 또 그렇게 되는 마당에서만 휴머니즘적 문학정신은 진실한 역사적 문학적 정신에 의하여 영접되고 옹호되면서 그 신념의 공통성을 더욱 굳게 하는 바 있으리라고 믿는다.[7]

이렇게 안함광은 현실이 극복되고 바뀔 수 있다는 신념에 강조점을 둔다. 현실을 비판하더라도 역사 발전에 대한 주체의 의욕과 의지가 바탕이 되어야 함을 역설하는 것이다. 안함광의 입장에서 보면 서구를 기원으로 하고 있는 다양한 대안적 담론들이 결여하고 있는 것이 무엇인지, 더 나아가 이런 담론들을 아무런 문제의식 없이 추종하는 조선의 일부 비평가들이 왜 문제인지가 드러난다. 작금의 휴머니즘에 대한 강조나 지성에 대한 옹호는 현실 변혁에의 의지와 욕구가 결여된 것이어서 개인주의적 성격을 벗어나지 못한다는 것이 그의 생각이다. 안함광은 「현대문학 정신의 모색」을 통해 자신이 주장하는 핵심적인 내용을 비교적 명쾌하고 단호한 어조로 전달하고 있다. 그것은 위의 인용에도 나와 있듯이 '휴머니즘적 의욕에 바탕을 둔 리얼리즘의 초극력'이다.

이후 발표된 「지성의 자율성'의 문제」는 「현대문학 정신의 모

---

7 「현대문학 정신의 모색」, 『조선일보』, 1937.11.11~14; 『선집 2』, 19면.

색」의 변주나 마찬가지이다. 1938년에 발표한 이 글에서 안함광은 조선의 지성론이 가야할 바람직한 방향을 "사회의 한정을 자각하고 그를 초극, 합리적, 역사적으로 발전시키는 행동"으로 보고, "사회에 대한 지성의 능동성"이 필요함을 강조하고 있다. 본질적으로 같은 입장의 연장선 위에 있음이 쉽게 파악된다.

그런데 「불안·생의 사상·지성」에 오면 지성의 역할이 "사상의 생활면을 탐구하는 계기로서 파악되어야 할 것이다. 이리하여 '현실 인식의 주체적 파악'이라는 예술의 특수세계에 있어서의 그의 위치도 결코 경홀(輕忽)한 것이 아니라는 것을 알 수 있게 된다"[8]라는 수준으로 변화되는 모습을 보이고 있다. 미루어 추정컨대 이러한 변화는 당대 평론계의 관심사와도 무관하지 않아 보인다. 나중에 다시 살펴보겠지만 임화나 김남천 모두 1937년 말부터 주체의 문제를 본격적으로 다루고 있고 이점은 안함광도 예외가 아니었다. 안함광은 주체론을 검토하면서 주체의 신념보다는 현실에 대한 검토와 인식에 더 많은 가치를 부여하는 방향으로 이론적 선회를 하고 있는데 이런 변화도 그런 연장선 위에서 이루어진 것으로 이해된다.

지금까지 보아온 바에 따르면 안함광의 휴머니즘론의 구조는 매우 간결하다. 현실은 변화 발전하는 운동체이고 그러므로 현재 맞닥뜨리고 있는 현실도 결국 지양되고 극복될 것이라는 전제 아래,

---

8 「불안·생의 사상·지성」, 『비판』, 1938.11; 『선집 1』, 192면.

그런 능동적인 세계관의 필요성을 강조하고 있는 것이다. 또한 파시즘에 맞선 휴머니즘이란 것도 그런 세계관에 토대를 둔 리얼리즘과 결부될 때에라야 제 역할을 할 수 있다고 주장한다. 이렇게 안함광은 휴머니즘론에 대해 자신의 입장을 선명하고 명쾌하게 드러내고 있다. 더구나 휴머니즘과 리얼리즘을 뚜렷하게 결부시킨 것도 이 시기 그만의 입장으로 이해된다.

그러나 조금 더 깊이 있게 생각해 보면 안함광의 이런 주장은 엄밀히 말해 휴머니즘과 지성의 문제에 대한 외부적 비판인 동시에 안함광이 내놓는 대안 역시 휴머니즘론의 외부로부터 부여된 '주장' 이상은 아니다. 휴머니즘과 지성론이 문화주의의 한 소산이고 개인주의에 바탕을 둔 자유주의 이데올로기, 행동을 잃어버린 소극적 대안이라는 정언적 비판으로는 그것이 만들어진 역사적 토양과 계급적 근거를 규명해내기에는 역부족이다. 안함광의 휴머니즘과 지성론에 대한 비판은 그런 의미에서 밖으로부터의 비판이다. 휴머니즘론이나 지성론의 담론 내부를 파고들어가지 못함으로써 논의는 더 이상 발전되지 않는다.

그러다 보니 대안으로 제시한 것 역시 비판에 상응하는 구체성을 갖기는 어렵다. 현실이 변화 발전할 것이며 결국은 현재를 극복할 수 있을 것이라는 지성의 능동적 역할에 대한 강조나 휴머니즘적 의욕을 연소하는 리얼리즘에 대한 주장은 입장의 표명이지 비평적 논리로는 허약하다. 요컨대 안함광은 휴머니즘이나 지성의 문제를 문학적 의제로 전환하여 이론으로 구체화시키는 데에까지 이르지는 못하고 있는 것이다. 안함광이 말하는 리얼리즘론은 따지고 보면 매우 그 근거가 빈약하다. 주관의 강한 의지, 현실이 극복될 수 있다는 의욕 정도로밖에 리얼리즘 문제를 진전시키지 못하고 있기 때문이다.

누가 잘하고 잘못하고의 문제가 비평사 연구의 목적일 수는 없다. 그러나 임화의 휴머니즘론 비판에 오면 과연 비평적 논점과 대안이 어떻게 제출되어야 하는가와 관련해 안함광과 비교되는 점은 어쩔 수가 없다.

휴머니즘 논쟁을 통해 마르크스주의 문예이론가로서 임화의 면모는 더욱 분명하게 드러난다. 임화는 백철 류의 휴머니즘론이 근거하고 있는 역사적이고 계급적인 한계, 인간묘사론의 비판적 대안으로 진형과 형상에 대한 반영론적 해명, 휴머니즘이 오늘날 가져야 할 궁극적인 태도 등을 화제로 반영론적 미학에 입각해 비판적 분석과 대안을 제시한다. 오늘날의 입장에서 보면 상식적인 언급이 아니냐고 말할 수 있겠지만 임화는 번안 비평이 아니라 자신의 목소리와 자신의 눈으로 휴머니즘론의 문제에 대해 미적 반영론에 입각해 대응하고 있다는 점을 염두에 두어야 한다. 다시 말해 1930년대 소련에서도 마르크스주의 미학이 형성되어가는 과정이었던 것이 당시 실정인데 그는 스스로 미적 반영론을 체득하여 독자적인 사유를 통해 휴머니즘론에 비판적 대응을 하고 있는 것이다. 당시 임화의 비평적 고민이나 그가 딛고 있는 사상적 토양과 이론의 수준은 세계적 동시대성을 확보한 것이었다.

『조선문학』 1937년 4월에 발표한 「르네상스와 신휴머니즘론」은 백철과 김오성의 휴머니즘론을 비판하는 글이면서도 동시에 서구 르네상스에 기원을 두고 있는 휴머니즘의 역사적 한계와 그것을 넘어설 대안이 어디에 있는가를 분명히 제시한 글이다. 한 부분을 직접 인용해 본다.

> 금일의 문화 위기를 극복하고 새로운 문화 창조의 길을 타개할 방도는 금일의 현실에 즉하여 그 가운데로부터 필연적으로 도출되는 어떤 길로서, 이것은 르네상스적 인간 해방이 가진 일면성과 자기모순의 부정 위에서 출발할 것이다. 이 사상에 있어 르네상스는 연속적으로 부흥되는 것이 아니라, 변증법적으로 지양되며 비판적으로 계승된다.[9]

르네상스의 인간 해방 사상은 시민적 해방이었으므로 한계를 가질 수밖에 없으며, 따라서 이것을 지양하는 사상의 모색이 필요한데 임화는 그것이 역사적 유물론에 입각한 노동 계급의 휴머니즘임을 강력하게 암시하고 있다. 그런 휴머니즘에 입각할 때 시민에 의해 이루어진 인간 해방을 포함해 전 인류가 해방되는 휴머니즘으로 나

---

9   신두원 편, 『임화문학예술전집 3—문학의 논리』, 소명출판, 2009, 124~125면. 이하 이 책에서의 인용은 따로 서지사항을 밝히지 않고 『임화전집 3』으로 약칭하여 사용한다.

아갈 수 있다는 것이 임화의 생각이었다. 이런 점을 몰각하고 있는 김오성이나 백철의 휴머니즘론은 한계가 있다는 것이 임화가 비판하는 요지였다. 사실, 이런 임화의 주장은 카프 시기의 어떤 투쟁적인 평론보다 더욱 진보적인 내용을 담고 있는 것으로 평가할 수 있다. 직접적으로 투쟁적인 내용을 포함해야만 진보라고 칭할 수 있는 것은 아니다. 게다가 비평이라는 담론 투쟁의 마당에서 대상의 이론적 기초에 대한 정확한 분석과 비판, 그리고 대안의 제시는 매우 중요한 덕목이 아닐 수 없다.

　이어지는 「문예이론으로서의 신휴머니즘론에 대하여」 역시 「르네상스와 신휴머니즘론」과 같은 시기에 발표된 글이다. 인간묘사론의 비판으로부터 시작해 형상론으로 발전해 나간 이 글은 마르크스 미학의 기초인 형상에 대한 이론적 설명이 주를 이룬다. 백철이 휴머니즘론에 입각해서 인간의 개성론과 성격론을 피력하고 있는 데에 대한 반박적 성격을 갖는 글이다. 이 글에서도 임화의 입장은 전과 동일하다. 다만 문제의 초점이 인물의 창조나 문학적 형상화와 같은 문학 내부의 문제에 집중되어 있는 것이 특징적이다. 이 글에서 임화는 전형론과 문학의 특수성론에 입각해 문학에서 형상을 어떻게 창조해내는 것인가를 구체적으로 해명한다. 그런데 임화 스스로도 말하고 있듯이 백철이 내세운 이론이란 것이 충분하지 않아 미적 반영론의 기본 이론에 대한 설명이 글의 주 내용을 이룬다. 임화의 이런 설명을 통해 문학적 형상화 과정에 개입하는 작가의 세계관, 문학의 계급적 성향의 문제가 설명됨으로써 백철이 말하는 '인간형 탐구'의 종착역이 어디인가를 보여주고 있다.

임화가 1938년 4월에 발표한 「휴머니즘 논쟁의 총결산」은 발표시기로만 보자면 그의 야심작인 「사실주의의 재인식」이 발표된 이후에 작성된 것으로 생각되는 글이다. 「사실주의의 재인식」(1937. 10)이 발표된 6개월 후의 글이기 때문이다. 그러나 임화는 「휴머니즘 논쟁의 총결산」 말미에 「사실주의의 재인식」을 참조하여 읽어달라고 언급하면서 기실은 사정 때문에 발표순서가 바뀌었다고 말하고 있다. 따져 보면 아마도 비슷한 시기에 작성되었을 것으로 추정되는 것이 이 두 편의 글이다.

임화는 이 글에서 휴머니즘 논쟁을 정리하면서 휴머니즘은 곧 리얼리즘이라고 결론 내리고 있다. 임화가 이때 언급하고 있는 리얼리즘은 예의 「사실주의의 재인식」에서 제시된 리얼리즘임은 별도의 설명이 필요치 않다. 그런데 이는 안함광이 휴머니즘과 리얼리즘을 연결시킨 것과 결론은 같으나 내용은 조금 다르다. 안함광에게 휴머니즘 역시 리얼리즘이었지만 어째서 그런 것인가에 대해서는 이론적 설명이 결여되어있었다. 그러나 임화에게 휴머니즘 논쟁은 리얼리즘과 휴머니즘의 연관성과 이론적 규명과정이었다. 리얼리즘은 그 스스로 카프 해산 이후 여러 우여곡절과 이론적 탐구 끝에 도달한 결론이었다. 카프 해산 이후 파시즘이 대두되는 세계사적 국면에서 대안으로 떠오른 휴머니즘, 조선 현실에서 작가들이 택해야 할 휴머니즘이 제 역할을 다하려면 임화에게 휴머니즘은 리얼리즘이 아니어서는 안 되었다.

인간은 언제나 지상의 것이고 현실 속의 것이다. 그러므로 지상에 현실 속에 인간이 없을 때 천상이나 공상 속에 있는 것은 결코 인간이 아니다. 인간적 현실의 리얼리즘으로부터, 문학 속에 이 세계를 창조하려는 리얼리즘으로부터 떠나가려는 휴머니즘 혹은 무슨 '이즘', 무슨 문학은 다 같이 휴머니즘 실현의 진정한 길을 포기하는 것이다. (…중략…) 바꿔 말하면 문학 위에서 휴머니즘은 리얼리즘이다. 그러므로 문학적 리얼리즘에서 떠나감은 진정한 휴머니즘에서 떠나감을 의미한다.[10]

임화는 백철류의 휴머니즘론이 발 딛고 있는 토대의 실체를 드러내고 그것의 계급적이고 역사적인 한계, 문학적 추상성을 자신의 대안과 함께 제시함으로써 백철 등이 주장하는 휴머니즘론이 그 스스로 내부로부터 무너지도록 만들고 있다. 백철 등이 휴머니즘론을 제기하는 그 의도에는 공감을 표하면서도 임화는 한편으로는 그들의 이론을 비판하고 다른 한편으로는 휴머니즘론이 나아가야 할 방향을 제시하고 있는 것이다. 어찌 보면 카프 해산 이후 대안 담론으로 제시된 휴머니즘 논쟁을 통해 임화 스스로도 자신의 이론을 더욱 가

---

10 『임화 전집 3』, 190~191면.

다듬는 계기가 된 것인지도 모른다. 그리고 우리는 이런 휴머니즘론에 대한 임화의 이론적 대응이 과거 비평사에서는 보지 못한 대목이라는 것도 상기해 봐야 한다. 한국 근대문학비평사에서 이 만큼의 이론적 진전을 이룬 것은 1930년대 후반에 와서였고 그 토대는 사회주의 리얼리즘론에 내포되어 있는 미적 반영론이었다. 미적 반영론을 체득함으로써 대안에 대한 구체적 사유도 가능해진 것이었다.

4. 리얼리즘론과 주체론

1930년대 후반의 비평이 전개되는 양상을 보면 반파시즘을 기치로 내세우는 서구적 대안 담론에 대한 논쟁이 진행되는 한편으로, 리얼리즘론 자체에 대한 이론적인 모색과 그 연장선 위에서 주체에 대한 논의들이 활발하게 개진된다.

휴머니즘론이나 지성론, 행동주의 문학론은 모두 그 뿌리를 서구에 두고 있는 것인데 이런 논의를 통해 한국 근대문학 비평은 정치적 투쟁으로 나아가지는 못하더라도 대안 담론에 대한 활발한 공론의 장을 만들어 내게 된다. 그것은 비단 문학 내부의 구체적 문제만이 아니라 문학을 둘러싼 사회, 정치적 문제에 대해 비평가들이 폭넓게 사고하고 담론의 장을 구축해 내는 과정이라는 점에서 의의를 찾을 수 있다.

아울러 이런 논의들과 더불어 리얼리즘론에 대한 다양한 실험이나 이론적 탐색 역시 동반되는데, 문제는 리얼리즘이라는 것 또한 문학만의 문제가 아니므로 주체의 문제로 논의가 진전되어가는 양상을 보인다는 점이다. 즉 이 시기 리얼리즘론은 문학적 기법의 문제나 세부적 창작방법의 문제로 논의되기보다는 한 사회 속에서 문인이 문학을 하는 사상적 토대와 연관된 것으로 논의가 전개되는 것이다. 기법이나 창작방법으로서 리얼리즘이 거론된 바가 없는 것은 아니지만 보다 근본적으로 이 시기 양식있는 문인들에게 리얼리즘은 기법 그 이상의 문제였다.

따라서 이 무렵 리얼리즘과 연결되어 '주체'라는 말이 자주 사용되는 것도 그런 이유가 크다. 그런데 이 '주체'라는 말은 간단하게 정의될 성질은 아니다. '주체'라는 용어는 1930년대 후반의 비평문들에서 빈번하게 등장하고 있는 만큼 다양하게 해석될 수 있는 여지를 안고 있다. 아주 작게는 당시 사회적 정세 아래에서 문학에 임하는 작가 개인의 문제를 지칭하는 것일 수 있지만 철학적 측면에서 대상(객체)에 맞서있는 대타적 존재로서 주체 일반으로 이해될 여지도 있다. 일단 1930년대 후반의 문학사적 국면에서는 당대의 정치 사회적 조건에서 그 상황에 의식적으로 맞서 자신의 세계관적 미학적 입장이 담보된 문학적 자아를 지칭하는 정도로 이해하고 정리하는 것이 타당할 듯하다. 물론 이것도 개별 비평문의 구체적 맥락에 따라

달리 해석될 수 있다. 그러나 이처럼 '주체'가 비평의 주요한 화두로
대두되는 것은 문학이 사회에서 어떻게 존재하고 나아가 어떻게 문
학을 해야 바람직한 것인가, 아울러 문학을 삶의 동력으로 삼는 문
인이 한 시대와 어떻게 관계 맺을 것인가의 문제 때문일 것이다.

안함광은 1930년대 후반기에 지성론 비판이나 휴머니즘론 비판
을 통해 자신의 생각들을 명쾌하게 드러내 보이지만 다른 한편으로
는 주체론을 통해 스스로의 생각을 보다 더 구체적으로 가다듬는다.
안함광의 주체론이 가장 잘 드러나는 것은 「조선문학의 정신 검찰」
이다. 『조선일보』 1938년 8월 23일부터 31일까지 연재된 이 글에서
안함광은 카프 시기부터 현재에 이르기까지 조선의 진보적 문학의
역사를 '주체'라는 관점에서 분석하고 있다. 어떻게 보면 이 글은 사
회주의 리얼리즘 논쟁 당시 조선의 특수성론을 강조하던 문제의식
과 이어져 있는 것으로 이해된다. 이 글의 첫 번째 인용문에서 안함
광이 말했던 바를 상기하면 그런 판단은 무리가 아님을 알 수 있다.
그는 1936년 당시 "조선 현실에 대한 진지한 탐구력을 대동함이 없
이 새로운 창작적 슬로건의 정당한 이해는 기대할 수 없다"고 하고
"선험적 결론을 가지고 현실에 투신하는 것이 아니라 현실 그 자신
에 대한 면밀한 고구에서 일정한 결론을 탐구하려는 과학적 태도의
타당성"을 강조한 바가 있다.

안함광은 카프 시기의 문학을 비판적으로 점검하면서 핵심적인
문제를 도식성에서 찾는다. 그리고 그 도식성의 핵심적 원인으로

세계관이 주체화되지 못한 것을 든다. 여기에서 안함광은 '세계관의 주체화'를 세계관을 완전히 자신의 사상으로 육화시키는 것이라고 이해하고 있다. 말의 반복 같지만 세계관을 육화시킬 때 온전히 주체라는 것도 완성되는 것으로 생각하고 있는 것이다. 그런데 왜 세계관을 육화시키지 못했을까? 그의 설명에 따르면 세계관이 주체화되기 위해서는 그 세계관을 받아들일 수 있는 사회의 물질적 토대, 생산력의 발전과 유기적으로 관련되어야 하는데 카프가 지향했던 세계관은 그렇지 못했기 때문이라고 설명한다. 안함광 식으로 말하자면 세계관을 '서물주의(書物主義)'로 대했기 때문이라는 것이다. 요컨대 과거 카프문학의 도식성은 바로 세계관을 주체화시킬 수 없는 물질적 기초, 생산력 발전 단계와 무관하지 않다는 것이다.

하지만 안함광은 세계관을 사회의 물질적 토대와 기계적으로 대응하는 것으로만 인식하고 있지는 않다. 생산력이 뒤떨어진 후진 사회일수록 '존재에 대한 의식의 능동성'에 기대를 걸게 된다는 말로 세계관의 적극적 역할에 대한 가능성을 열어두고 있는 것이다. 그런데 소시민 청년 집단인 카프는 예의 '서물주의'로 세계관의 주체화에 실패했다는 것이 안함광의 진단이다. 세계관이 적극적 역할을 하지 못했다는 진단인 것이다.

그런 관점에서 안함광은, 주체는 재건되어야 할 것이 아니라 건립되어야 할 것임을 역설한다. 우리에게는 재건(再建)될 주체를 가진 적이 없었기 때문이다. 과거의 주체는 주체가 아니었던 셈이 되

는 것이다. 문제를 원점에서 다시 시작하자는 것이 안함광의 생각
인 듯하다. 그리고 바로 이런 과거의 문제를 성찰함으로써 현재 문
학의 당면한 활로를 만들어낼 수 있다고 판단한다. 그렇다면 어떻
게 해야 하는가. 안함광의 주장을 이어가면 토대로 돌아가게 된다.
결국 문제는 현실로부터 출발해야 한다는 것이 안함광의 결론인 것
이다. 세계관을 서물주의적으로 강조해서 될 일은 아니고 세계관을
주체화시킬 길은 그 세계관의 근거가 되는 현실에서 시작해야 한다
는 것이 안함광 주장의 요체이다.

허나 어떤 때를 막론하고 '사실'을 무시한 '진리'의 탐구란 것을 기대할
수는 없다. 이런 의미에 있어 현금의 작가들은 우선 자신의 생활적 현실
에 대한 솔직한 시찰과 인식, 실천의 태도로부터 출발하여 혈육화된 주
체의 인식을 갖고 현실의 가치를 가급적 재현할 수 있는 새로운 세계의
의거처를 발굴해나가야 할 시기라고 생각되어진다. (…중략…) 이리하
여 미하든 추하든 또는 선하든 악하든 생활적 현실에 굳게 발을 붙이고
면밀히 돌아보고, 통틀어 그와 합리적인 포용의 태도를 취한다는 것은
다름 아닌 생활적 현실에 대한 길항의 태도임과 동시에 세계 인식에 대
한 주체화의 과정이기도 하다. 그리고 이 경우에 있어서의 주체적 진리
는 객관적 진리와의 합일을 지향하는 것이 아닐 수 없다는 것도 용이히
이해할 수 있는 사태다.[11]

    이런 인용에서도 보듯이 안함광은 현실에 대한 인식, 인식을 위한 실천, 즉 인식과 실천의 변증법적 과정의 중요성을 언급하고 있다. 안함광은 그런 과정에서 세계관이 주체화될 수 있는 길도 열릴 수 있다고 생각했음을 미루어 짐작할 수 있다. 그게 안함광에게는 주체를 제대로 정립하는 길이었을 것이다.

    그런데 안함광의 주체론을 검토하다 보면 의욕의 리얼리즘, 의식의 능동성을 강조하던 얼마 전과는 달리 현실 인식의 중요성을 상대적으로 더 강조하는 면모를 발견하게 된다. '의식', '의욕', '가능', '능동' 등과 같이 주체의 의지를 강조하는 태도로부터 강조의 방점이 현실로 이동하고 있음을 알 수 있다. 의지를 갖는 주체보다는 현실의 규정력 안에서 그런 현실을 인식하는 주체의 태도가 더욱 중요하게 다뤄지고 있는 것이다. 이는 분명 이선과는 달라진 부분이다.

    한편 안함광의 이런 변화도 변화지만, 안함광의 주체론은 그의 논리 안에서도 상당한 불협화음을 자아내고 있다는 것이 더욱 문제이다. 예컨대 카프의 도식성을 분석하면서 강조했던 물질적 기초, 생산력 발전 단계가 뒤로 오면 '생활적 현실'로 뒤바뀌어져 있는 것이 그 사례이다. 세계관이나 사상이 주체적으로 생장할 물질적 기초, 생산력 발전 단계가 별다른 설명 없이 뒤에 가서 '생활적 현실'이라는 말로 그냥 대입되고 있는 것이다. 생산력 발전 단계나 물질적

11 안함광, 「조선문학의정신 검찰」, 『선집 2』, 46면.

기초 같은 경제학적 개념이 '생활적 현실'로 이해되려면 여러 설명이 필요할 텐데 안함광은 이를 생략하고 있다. 이점은 논리의 비약이나 이론적 균열로 보일 소지가 있는 대목이다.

아울러 주체의 능동적 역할을 강조할 때의 글과 다르게 이곳에서는 오히려 그와 반대로 토대 결정론적 사고도 보인다. 후진 사회일수록 존재에 대한 의식의 능동성이 요구된다는 설명이 있긴 하지만 그것이 토대와 세계관 사이에서 충분히 해명되지 않는다면 토대 결정론적 사고의 틀을 벗어나기 힘들다. 여기에서 더 나아가 '생활적 현실'에 대해 엄밀한 비판적 이해가 뒤따르지 않으면 자칫 현실에 대한 잘못된 판단이 뒤따를 여지도 있다. 모든 것을 현실의 기준에서 바라볼 때 1930년대 후반에서 1930년대 말로 가는 긴박한 대내외적 정세 변화에 일방적으로 이끌려갈 수도 있겠기 때문이다.

조금 과격한 평가일 수도 있겠는데 안함광은 당대 문단을 둘러싼 여러 문제에 대해 스스로 입장을 명확히 개진한 측면은 있지만[12] 정작 리얼리즘에 대한 이론적 탐구와 미적 반영론에 대한 이해는 소박한 수준을 넘어서지 못한 것으로 보인다. 안함광은 '리얼리즘의 승리'가 내포한 미학적 함의나 당대적 의미를 정확히 이해하고 있는

---

[12] 안함광의 비평적 상상력은 그런 점에서 미학적 기초에 바탕을 두었다기보다는 정치적인 면모가 강하다고 볼 수도 있다. 동시대 문인들에 대한 비평적 평가에서 안함광은 매우 선명한 입장을 드러내곤 한다. 안함광이 1939년 일본 유학을 하면서 정치학을 전공으로 택했다는 것은 그런 면에서도 시사적이다.

것 같지 않고, 임화나 김남천처럼 자신만의 문학론을 디테일하게 구성하는 쪽으로 이끌어 나간 것도 아니다. 그가 도달한 미학적 인식의 지평은 객관 현실의 규정성과 인식 주체의 능동적 역할, 이 양자를 매개하는 문학적 방법으로서 리얼리즘론을 확인하는 정도에 머물러 있는 것으로 보인다. 그 외에는 계급론에 입각한 정치적 판단이나 이데올로기적 평가의 영역에서 비평이 행해진 감이 없지 않다. 위의 인용문도 「조선문학의 정신 검찰」에서 개진된 안함광의 결론격이긴 한데, 사실 그것은 임화의 주체론이 거둔 성과에서 힘입은 바 크다. 이미 임화는 1937년에 혁명적 낭만주의론이 갖고 있는 문제점을 인식하는 한편으로 리얼리즘의 승리론을 정확히 인식해서 이를 주체론과 연결시킨 바 있었다.

임화가 사회주의 리얼리즘이 논쟁되는 마당에서 「낭만적 정신의 현실적 구조」(1934)나 「위대한 낭만적 정신」(1936)이라는 글을 통해 혁명적 낭만주의의 중요성을 주장했음은 주지하는 바와 같다. 그렇지만 임화는 1937년에 들어와 엥겔스가 마가렛 하크니스에게 보낸 편지에 바탕을 두고 있는 '리얼리즘의 승리'론이 갖는 미학적 의미에 다시 주목하면서 리얼리즘에 의한 창작과정에서 주체의 역할에 주목하게 된다. 임화 스스로 혁명적 낭만주의를 주장했던 시기에 "우리는 엥겔스의 발자크론을 읽고 있음에도 불구하고 세계관과 예술적 방법, 사상과 리얼리즘의 관계에 대하여 명백한 이해를 가졌었다고는 말할 수 없었다"[13]고 말하는 것도 그런 이유에서이다. 임화는 1937년에 들어와 엥겔스의 발자크론, '리얼리즘의 승리'론에 주목하면서 리얼리즘론이 근거하고 있는 반영론의 세부에 대한 구체적 이해에 다다르게 되고 그것을 조선 현실의 문제에 적용하게 된다. 그것이 요컨대 임화의 리얼리즘론이자 주체론이었다.[14]

임화는 세계관의 문제에 대해 "경향성 자신이 철저한 리얼리즘 그것의 고유한 것이 아니라 작가에 의하여 부가되는 어떤 것으로 생각했"으며 따라서 "리얼리즘과 병행하여 로맨티시즘을 생각하였다"과 하여 인식의 오류를 자기비판한다. 이런 비판을 토대로 파시즘이 발호하고 '객관적 정세'가 엄혹한 시기에 작가들이 어떻게 리얼리즘적 창작방법을 밀고 나갈 수 있는가를 '리얼리즘의 승리'론에 의거하여 제시하게 된다.

이렇게 현실에 침잠하여 그것을 추구하는 정열은 급기야 현실의 오처에 이르러 사회적 대립의 장렬한 본질과 조우할 것이며 암담한 현실이란 심각한 내적 갈등의 일 포말에 불과함으로 최종적으로 인식할 것이다.

이것이 우리가 현실의 객관성 앞에 자기 해체를 완료하고 과학적 세계관으로 주체를 재건하는 노선이며 우리의 문학이 협애한 현재 수준에서 역사적 지평선 상으로 나아가는 구체적 과정이다.[15]

---

13 「사실주의의 재인식」, 『동아일보』, 1937.10.8~14; 『임화전집 3』, 78~79면.
14 임화의 리얼리즘의 승리론에 대해서는 김동식, 「'리얼리즘의 승리'와 텍스트의 무의식」, 『민족문학사연구』 38호(소명출판, 2009)를 참조.

세계관을 강요하고 주입함으로써 리얼리즘이 이루어지는 것이 아니라 세계관에도 불구하고 리얼리즘이 가능할 수 있는 반영론의 미학적 우월성을 깨달음으로써 임화는 이것이야말로 파시즘에 맞서는 작가와 지성인들을 연대시킬 수 있는 틀이자 유력한 방법론으로 확신하게 되는 것이다. "양심적 작가가 자기를 재건하는 방법으로" 리얼리즘의 길을 가도록 유도해야 할 근거와 논리도 이로써 분명할 수 있었다.

임화는 그런 점에서 작가 주체가 '현실의 묘사로서의 의식'이라는 점을 강하게 강조한다. 왜냐하면 현실을 제대로 묘사하려는 작가의 자세야말로 리얼리즘을 가능케 할 최선의 미덕이기 때문이다. 현실을 묘사함으로써 리얼리즘이 가능하다면 그것이야말로 세계관보다 더욱 중요한 자질일 수 있는 것이다. 세계관보다 선행해야 하는 깃이 현실에 대한 생활적인 인식이고 현실의 실체에 대해 가식 없는 묘사를 하려는 태도이다. 현실의 본질을 포착하려는 그런 작가의 노력을 통해 오히려 작가 주체는 발전하고 운동하는 실체로서 현실의 본질에 가까이 갈 수 있다. 그것이 작가에게는 실천인 셈이고 그런 실천 과정을 통해 진리와 거짓이 입증될 수 있다고 본 것이다. 문학적 실천을 통해 현실과 제대로 조우할 수 있게 되고 그 현실과 부딪치면서 인식의 참과 거짓도 드러나는 것이며 그 과정에서 작가 주

---

15 「주체의 재건과 문학의 세계」, 『동아일보』, 1937.11.11~16; 『임화전집 3』, 62면.

체도 단련된다는 것이다. 결국 그에게 리얼리즘이란 하나의 실천론
이고 주체를 재건하는 방법이었던 셈이다.

> 그러므로 리얼리즘이란 결코 주관주의자의 무고(誣告)처럼 사화(死
> 化)한 객관주의가 아니라 객관적 인식에서 비롯하여 실천에 있어서 자
> 기를 증명하고 다시 객관적 현실 그것을 개변해가는 주체화의 대규모적
> 방법을 완성하는 문학적 경향이다.[16]

식민지시대 한국 근대문학 비평이 도달한 가장 정점에 서있다고
평가할 수 있는 임화의 리얼리즘론은 문학의 사회적 역할과 문학이
사회의 변화 속에서 어떻게 스스로 대응해 나아갈 수 있을 것인가를
밝혀주는 구체적 실천 방법론이었다.

오늘날의 시각에서 임화의 이런 리얼리즘론을 평가하자면 식민지
조선 상황에 대한 세밀한 탐구가 부족하다거나 식민지 조선의 특수성
에 걸맞는 문학적 과제와 의제 설정이 결여되어 있다는 비판을 받을
소지가 없는 건 아니다. 또 다른 시각에서 보자면 임화의 입론이란 마
르크스주의의 미학적 기초에 토대를 둔 상식론이라고 치부될 수도 있
다. 그러나 그렇다고는 하더라도 마르크스주의 미학은 임화가 살았
던 동시대에 여전히 많은 논의 과정을 통해 형성되어가는 과정에 있

---

16 「사실주의의 재인식」, 『임화전집 3』, 84면.

었음을 생각하지 않을 수 없다. 임화가 조선의 특수성에 대해 몰각하고 있었다는 지적 역시 프롤레타리아 국제주의자로서 당시 조선 맑스주의자들의 인식론적 편향과 분위기를 감안하고 평가해야 한다. 1930년대 후반에 들어와 백남운 등을 비롯한 경제학자들에 의해 식민지 조선의 문제가 탐구되는 과정에 있었으며 임화 또한 언어의 문제를 통해 민족 문제를 고민하는 단초를 보이고 있었다는 점도 이런 비판에 앞서 고려되어야 할 문제이다.[17] 더구나 임화가 1939년부터 「개설 신문학사」를 연재하고 있는 상황은 그와 관련해서 매우 중요한 시사점을 안겨주고 있다. 그는 식민지 조선 사회의 문학적 발전 과정을 연구자의 자세로 검토하기 시작하고 있기 때문이다.

5. 마무리

한국 근대문학비평사에서 1930년대 후반은 '객관적 정세의 압박', '암담한 현실'에서 문학의 진보성을 담지해내면서도 현실을 버텨낼 수 있는 대안 담론을 적극적으로 모색한 시기였다. 카프가 존재했던 시대처럼 조직적 운동이 가능했거나 직접적인 정치적 투쟁의 과

---

17 배개화, 『한국문학의 탈식민적 주체성』, 창비, 2009.

제를 문학이 수행하기는 어려웠지만 카프의 빈자리를 이들은 여러 대안 담론의 검토와 모색을 통해 메워 간 것으로 볼 수 있다. 아울러 미적 반영론에 입각해 이전 시대에서는 불가능했던 문학의 사회적 존재론이자 실천론으로서 리얼리즘론을 구체화시키는 단계로까지 나아갈 수 있었다.

안함광은 평단의 여러 화제에 대해 자신의 입장을 명쾌하게 드러내면서도 정작 리얼리즘 내부의 미학적 탐구에는 구체적인 성과를 내지 못했다. 임화는 사회주의 리얼리즘이 도입되던 시기부터 꾸준히 미적 반영론의 문제에 천착하여 이를 자신의 이론적 거점이자 미학적 세계관으로 발전시켜 갔다고 평가할 수 있다. 임화가 1930년대 후반에서 작가들의 문학적 실천론으로 내놓은 리얼리즘론은 그런 성과였다.

한국의 근대문학비평은 1930년대 후반을 거치면서 비판적이고 진보적인 대안 담론의 장을 만듦으로써 한국 근대문학비평의 전통을 새롭게 세웠고 문학의 문제를 독자적이고 자율적으로 사고할 수 있는 이론적 기초와 미학적 세계관을 만들어내는 성과를 거두었다.

임화와 안함광의 비평적 노력이 동시대의 문학적 현실에서 얼마나 설득력과 공감을 얻었는가, 그리고 특히 임화의 리얼리즘적 실천론이 과연 유효했는가 하는 의문이 있을 수 있다. 그러나 문학을 압도하는 현실의 힘은 무시할 수 없는 법이다. 세계적 규모의 전쟁이라는 강박 속에서 당장은 그런 노력이 빛을 보기는 힘들었을 것이다. 하지만 전쟁이 끝나고 해방이 되었을 때 이 시기에 도달한 비평적 성과들은 그대로 되살아나 양심적 문인들의 광범위한 연대를 이뤄내는 힘으로 작용할 수 있었다.

'리얼리즘의 승리'와 텍스트의 무의식

임화의 「의도와 작품의 낙차와 비평」에 관한 몇 개의 주석

김동식

1. 조금 늦게 도달한 엥겔스의 편지와 1930년대 중반 비평의 지형

1차 방향전환부터 1932년까지 카프의 창작 슬로건은 프롤레타리아 리얼리즘과 유물변증법적 창작방법이었다. 프롤레타리아 리얼리즘이 제창된 것은 부르조아 리얼리즘에 대한 역사적 극복이라는 변증법적 함의를 지니고 있는 것이었다. 프롤레타리아 리얼리즘에서 유물변증법적 창작방법으로 전환하게 된 것은 크게 두 가지의 이유에서였다. 하나는 프롤레타리아 리얼리즘이 부르주아 리얼리즘의 대타적인 명칭으로 오해될 여지가 있다는 것이고, 다른 하나는

플레하노프적인 지형에서 제출된 프롤레타리아 리얼리즘 대신 유물변증법을 창작방법으로 채택함으로써 마르크스-레닌주의를 보다 선명하게 제시한다는 것이었다.[1]

유물변증법적 창작방법의 핵심은, 아베르바흐(L. Averbakh)가 말한 것처럼 "창작방법은 실제에 있어서 세계관"[2]이라는 명제로 집약된다. '유물변증법=세계관=창작방법'이라는 일원론적인 도식에 입각해 있었기 때문에, 원론적으로 세계관과 창작방법은 동일한 것이며 둘 사이에서는 모순이 발생할 수 없다. 세계관을 내면화하여 유물론적인 시선을 획득하는 일이 무엇보다도 중요했는데, 전위의 눈, 프롤레타리아적 의식, 주제의 적극성 등과 같은 슬로건이 제시된 배경도 여기에 있었다. 유물론적인 관점은 철학적으로 가장 올바를 뿐만 아니라, 계급적으로 혁명의 담지자인 프롤레타리아를 대변하는 것이며, 정치적으로 당의 강령에 복무하는 것이면서, 예술적으로는 작품활동이 실천이 되는 길이었다. 무엇보다도 유물변증법은 사회주의 문학자의 주체성의 근거이자 원리였다.[3] 따라서 리얼리즘은

---

1   백철, 「문예시평」, 『조선중앙일보』, 1933.3.4.
2   루나찰스키 외, 김휴 편, 『사회주의 리얼리즘 : 세계관과 창작방법의 문제』, 일월서각, 1987, 12면.
3   프롤레타리아 리얼리즘과 유물변증법적 창작방법에 관련된 주요한 논의로는 안막, 「프로예술의 형식문제-'프롤레타리아 리얼리즘의 길로」, 『조선지광』, 1930.3~6; 한설야, 「사실주의 비판」, 『동아일보』, 1931.5.17~7.29; 송영, 「1932년 창작의 실천방법」, 『조선중앙일보』, 1932.1.3~16; 백철, 「창작방법문제」, 『조선일보』, 1932.3.6~20; 신유인, 「예술적 방법의 정당한 이해를 위하여」, 『신계단』 1, 1932.1 등 참조.

독자적인 가치나 논리를 가진 방법이라기보다는 유물론에 따라 현실의 사물을 인식하고 예술적으로 표현하는 과정에서 생겨나는 결과물로 여겨졌다.

1933년 이후 세계관-창작방법의 관계에 대한 논의가 전개되면서 유물변증법적 창작방법은 비판의 대상이 된다. 그 이유는 다음과 같다 : ① 현실인식과 창작방법을 동일시하여 예술창작을 인식 일반으로 환원함으로써 예술창작과정의 특수성을 정당하게 인식하지 못했다 ② 창작과정을 세계관이 예술적 형상으로 이식되는 과정으로 파악하여 세계관과 창작방법에 대한 기계론적인 이해를 가져왔다 ③ 작가들에게 세계관으로서의 유물변증법을 먼저 학습할 것을 요구함으로써, 작품창작이 현실과 맺는 변증법적 연관성이 몰각되었고 그 결과 창작의 고식화를 가져왔다.[4] 유물변증법적 창작방법에 대한 다양한 비판은 결국 '유물변증법의 형이상학화'로 집약되는 것이었다. 달리 말하면 유물변증법이 현실과의 변증법적 관계 속에서 이해되지 않고 형이상학적인 위상(절대적 진리체계)을 점유하였던 것이다. 세계관을 기계적으로 적용하면 창작의 문제가 해결되리라

---

4 유물변증법적 창작방법에 대한 비판과 관련해서는 백철, 「문예시평」, 『조선중앙일보』, 1933.3.2~8; 추백, 「창작방법 문제의 재토의를 위하여」, 『동아일보』, 1933.11.29~12.7; 권환, 「사실주의적 창작 메쏘데의 서론」, 『중앙』 2, 1933.12; 암함광, 「문예평단의 이상타진 : 건실한 비평정신의 옹호」, 『비판』 6권 12호, 1935.12; 이동규, 「카프의 새로운 전환과 최근의 문제」, 『동아일보』, 1934.4.6~8; 김우철, 「재토의에 오른 창작방법 문제」, 『조선일보』, 1933.12.15~16; 한효, 「1934년도의 문학운동의 제 동향」, 『조선중앙일보』, 1935.1.2~11 등 참조.

고 생각하고 현실에 대한 변증법적 인식보다 유물변증법에 대한 학습이 요구되었던 것은, 유물변증법이 형이상학화하면서 생겨난 결과에 지나지 않는다.[5]

　리얼리스트로 자처한 우리들이 창작과정에서 혹은 아이디어리스트적인 과오를 범하지는 아니하였는가. 그리고 이런 것이 있다면 그것은 무엇에 기인되어서인가. 우리가 우리들의 장구한 시일 동안의 창작태도의 내적 과정을 한번 돌이켜 생각해 본다면 우리는 실로 의외의 결론을 가지게 됨에 놀라지 않을 수가 없을 것이다. 우리들은 리얼리스트라고 하면서 사실은 다분히 아이디얼리즘의 침범을 받아왔으며 이것은 실로 우리들이 가지고 있는 철학적 사상적 진리에 대한 지극히 공식적인 파악에 의하여 발생하였던 것이다.[6]

　엥겔스는 "만약 유물론적 방법이 역사적 연구의 실(絲-인용재)이 아니라 역사적 사실을 재단하는 형지(型紙)로 사용되면, 유물론은 자기의 반대물로 전화한다"(폴 에른스트에게 보낸 편지)고 경고한 바 있다.[7] 유물론은 바느질할 때 쓰는 실과 같이 변증법적 운동과 관련되

5　하지만 임화가 「조선적 비평의 정신」과 「비평의 고도」에서 지적하고 있듯이, 유물변증법에 대한 학습이 카프의 이론과 창작의 수준을 높이고 문학과 정치의 관계를 실천의 차원에서 이해하는 데 커다란 발전을 가져왔던 것은 분명한 사실이다.
6　김남천, 「창작방법의 신국면」, 『조선일보』, 1937.7.11.
7　폴 에른스트에게 보낸 엥겔스의 편지는, 추백(萩白), 「창작방법 문제의 재토의를 위하여」,

어야 하며, 만약 유물론이 만물의 척도로 기능하게 되면 자신의 반대물인 관념론이나 형이상학으로 전화한다는 것이다. 문제는 그 동안 카프가 엥겔스의 우려를 고스란히 답습하는 오류를 범했다는 데에 있다. 달리 말하면 뒤늦게 도착한 엥겔스의 편지에 의해 여지없이 비판받는 마르크스주의자들의 모습이며, 마르크스주의자를 자처해 온 카프비평가들의 입장에서 보자면 주체성과 정당성의 근거가 허물어지는 상황인 것이다.[8] 이와 같은 혼란이 소련과 서구 등에서도 나타나는 일반적인 현상이었다고 하더라도, 카프비평가들의 입장에서는 어떠한 방식으로든 정체성의 혼란을 경험할 수밖에 없는 상황이었다. 따라서 한 사람의 비평가가 마르크스주의자이고자 한다면, 마르크스주의자로서의 정체성 위기를 마르크스주의적으로 극복하는 노력이 요청될 수밖에 없었다.[9] 이 지점이야말로 1930년대 중반 전형기를 맞이하는 비평계의 숨겨진 표정이자 사상적 고민

『동아일보』, 1933. 12. 3 참조.

8 마르크스의 가장 중요한 이론적 저술들이 발견되어 출판된 것은 1920년대 후반부터의 일이다. 마르크스의 『헤겔 법철학 비판』은 1927년 출판되었고, 『독일 이데올로기』의 원고 전체가 간행되고 『경제학-철학 수고』가 발견된 것은 1932년의 일이었다. 일반적으로 그룬트리세(Grundrisse)로 알려져 있는 『정치경제학 비판 강요』는 1939년에 와서야 비로소 인쇄되었다. 쉴로모 아비네리(Shlomo Avineri), 이홍구 역, 『칼 마르크스의 사회사상과 정치사상』, 까치, 1983, 17면. 마르크스-엥겔스의 저작 간행 과정과 역사에 대해서는 정문길, 『한국 마르크스학의 지평 : 마르크스-엥겔스 텍스트의 편찬과 연구』, 문학과지성사, 2004 참조.

9 '마르크스주의에 대한 마르크스주의적 반성'에 대해서는 페리 앤더슨(Perry Anderson), 김필호·배익준 역, 『역사유물론의 궤적』, 새길, 1994, 25면 참조.

이라고 할 수 있을 터이다.

유물변증법적 창작방법에 대한 비판이 가져온 중요한 문제의식
은 '과연 리얼리즘이란 무엇인가'라는 물음으로 집약된다. 너무나도
잘 알고 있다고 여겼던 리얼리즘이 갑자기 낯선 기호로 다가오게 된
것이다. 유물변증법적 창작방법과 관련된 공식주의적 오류가 인정
되면서, 유물변증법을 통해서 현실을 규정해서는 안 되며 그와는 반
대로 현실에서 출발하여 역사발전의 변증법을 형상화해야 한다는
생각이 널리 공감을 얻었다. 따라서 현실에서 출발하여 역사발전의
변증법을 그려내는 리얼리즘에 어떻게 도달할 것인가를 두고 고민
에 빠지지 않을 수 없었다.[10] 달리 말하면 경향문학은 리얼리즘이며
리얼리즘은 경향문학이라는 종전까지의 소박한 믿음이 더 이상 유
지될 수 없었던 것이다.

경향문학=리얼리즘이라는 소박한 믿음이 유지될 수 없었던 데에
는 이론적인 영향이 무엇보다도 컸다. 경향문학의 권역에 들지 않
는 작가들을 리얼리스트로 논의하는 비평과 이론이 이 시기에 집중

---

[10] "지금 인텔리겐차 작가들은 참된 의미로 고민하고 있다. 복잡한 현실의 대하를 뚫어지게
들여다보면서—어떻게 하면 현실의 하상(河床)에 파고 들어가서 본질의 운동을 찾아내어
풍부하게 형상화할 수 있을까?—어느 것이 현실이요 어느 것이 본질의 운동인가?—산 인
간을 형상화하려면 어떻게 해야 할까?—하고 고민하고 있다."(김우철, 「문예시평」, 『조
선일보』, 1934.6.10) 1930년대 중반 이후로 리얼리즘과 관련된 논의는 더욱 복잡한 양상
을 띠게 된다. 1935년부터 사회주의 리얼리즘 논의가 혼선을 거듭하게 되고, 1936년에는
영문학 전공의 비평가 최재서는 박태원과 이상의 작품을 두고 리얼리즘의 확대와 심화라
고 명명함으로써 리얼리즘 논의의 탈중심화를 가져온다.

적으로 검토되었다. 우스펜스키, 고골리, 발자크, 톨스토이 등은, 세계관(유물변증법)의 학습으로부터 좋은 작품이 산출될 수 있다는 기계론적인 이해방식으로는 도저히 설명할 수 없는 작가들이었다. 우스펜스키는 소부르조아적 세계관을 갖고 있었음에도 불구하고 작품에서 러시아의 객관적 현실을 담아내었으며, 고골리의 『검찰관』은 짜르체제를 옹호할 목적으로 쓰여졌지만 그와는 달리 러시아의 현실을 비판하는 무기가 되었다. 발자크는 정치적으로 보수적인 입장에도 불구하고 귀족이 몰락하고 부르주아가 득세하는 현실을 사실적으로 그려내었으며, 톨스토이는 철학적으로 관념론자였지만 혁명을 앞둔 러시아 대중을 '거울처럼' 반영해 냈다. "그들의 그러한 모순을 창작방법의 세계관으로의 전적 종속에 의하여 어떻게 설명할 수 있을 것인가?"[11] 리얼리즘은 새로운 방식으로 설명되어야 할, 낯선 기호였던 것이다.

리얼리즘을 둘러싼 세계관과 창작방법의 문제에 있어서 김남천의 「물!」(『대중』, 1933.6)을 둘러싼 논쟁 역시 각별한 의미를 지니는 것이었다.[12] 왕당파였던 발자크가 반동적인 세계관을 뛰어넘어 역사의 리얼리즘에 도달했다면, 반면에 볼세비키화의 강령에 따라 정

---

11 추백(萩白), 「창작방법 문제의 재토의를 위하여」, 『동아일보』, 1933.12.3.
12 임화, 「6월중의 창작」, 『조선일보』, 1932.7.12~19; 김남천, 「임화적 창작평과 자기비판」, 『조선일보』, 1933.7.29~8.4; 김남천, 「문학적 치기를 웃노라—박승극의 잡문을 반박함」, 『조선일보』, 1933.10.10~12; 임화, 「비평의 객관성의 문제」, 『동아일보』, 1933.10.13.

치적 실천에 나서서 감옥까지 다녀온 김남천이 생리주의적·경험주의적 오류에 빠진 작품을 내어놓았다는 것은 문제적인 장면이 아닐 수 없었기 때문이다. 리얼리즘은 현실을 있는 그대로 묘사하는 자연주의에 의해서 성취되지 않으며, 세계관을 창작과정에 기계적으로 적용한다고 해서 리얼리즘이 주어지지도 않는다. 또한 「물!」과 관련된 논쟁에서 알 수 있듯이 작가의 정치적 실천이 예술적 실천(리얼리즘)을 보장하지도 않으며, 엥겔스의 발자크론을 내세우며 세계관(유물변증법)을 멀리하면 할수록 리얼리즘의 성취가 가능하다고 주장할 수도 없다. 리얼리즘은 참으로 친숙하면서도 참으로 낯선 기호였다. 리얼리즘을 둘러싼 복잡한 상황과 맥락이 1930년대 중반의 비평의 지형에 자리를 잡고 있었던 것이다.

1930년대 중반 비평이 처한 또다른 문제는 사회주의 리얼리즘과 관련된 문제였다. 세계관과 창작방법의 문제 해결을 사회주의 리얼리즘에서 구할 수 있는가라는 것이 논의의 초점에 놓일 수밖에 없었는데, 사회주의 리얼리즘 논의를 이끌어간 한효·안함광·김두용 등은 수용 여부에 대한 입장 표명이나 명칭 문제에 치중하는 인상을 주었다. 한효는 사회주의 리얼리즘의 슬로건을 내걸고 최상위의 미학적 원리에 입각하자고 외쳤고, 안함광은 유물변증법에 오류가 있었던 것이 아니라 창작으로의 전환과정에서 문제가 생긴 것이라고 진단하며 유물변증법적 리얼리즘을 제창하며, 김두용은 검열의 상황과 역사적 단계를 내세우며 일본과 조선은 혁명적 리얼리즘으로 과도적 상태를 지나가야 한다고 주장한다.[13] 이러한 주장이 공허했던 것은 슬로건을 복창할 조직(카프)도 없고 사회주의 리얼리즘에서 이야기되는 사회주의적 현실을 찾아볼 수 없는 상황이었기 때문이다.

사회주의 리얼리즘과 관련해서 가장 주목할 만한 문제의식은, 과연 식민지 조선에 사회주의 리얼리즘이 적용될 수 있는가라는 물음이었다. 라프의 한계를 극복하고 사회주의 리얼리즘을 지향하는 소련의 상황과, 카프 맹원들의 대거 검거에 의해서 조직이 와해되고 끝내 해산의 수순을 밟을 수밖에 없었던 조선의 상황은 너무나도 달랐기 때문이다. 사회주의 리얼리즘을 공식적인 슬로건으로 채택하는 소련과 달리, 조선에서는 사회주의 리얼리즘을 '신창작이론'이라고 비유적으로 조심스럽게 호명해야 하는 상황이었다. 물론 당파성의 견지에서 보자면 사회주의 리얼리즘에 대한 지지는 지극히 정당한 것이다. 하지만 현실적인 근거 또는 주체적인 조건의 측면에서 보자면 '우리도 사회주의 리얼리즘을 할 수 있다'라고 말하기에는 적지 않은 어려움이 따른다. 그렇다면 사회주의 리얼리즘과 조선의 상황 사

13 한효, 「소화(昭和) 9년의 문학운동의 제 동향」, 『예술』, 1935.4; 한효, 「문학상의 제 문제 : 창작방법에 관한 현재의 과제」, 『조선중앙일보』, 1935.6.2~12; 안함광, 「창작방법 문제 재검토를 위하여 : 한효 군의 박문을 읽고」, 『조선중앙일보』, 1935.6.30; 한효, 「신창작방법의 재인식을 위하여」, 『조선중앙일보』, 1935.7.23~27; 김두용, 「창작방법의 문제 : 리얼리즘과 로맨티시즘」, 『동아일보』, 1935.8.24~9.3; 김두용, 「창작방법 문제에 대하여 재론함」, 『동아일보』, 1935.11.6~29; 박승극, 「창작방법의 확립을 위하여」, 『조선중앙일보』, 1935.12.14~22.

이에 가로 놓인 간극을 어떠한 방식으로 매개할 수 있을 것인가. 이 문제는 마르크스주의의 국제성과 조선적 특수성 사이에 대한 고민으로 압축되면서, 1930년대 비평의 주요한 무의식으로 자리를 잡는다. 이러한 상황은 단지 정치적 상황의 변화에 국한되지 않는다. 비평담론의 유통방식에 있어서도 큰 변화를 가져오는데, 그것은 지도적인 비평 원리의 부재로 요약된다. 소련에서 발신된 슬로건이 일본을 통해서 전해지면 조선에서 증폭되는 과정이 이제는 더 이상 불가능해진 것이다. 한 사람의 비평가로서 선택적으로 판단하고 결정해야 한다는 문제, 달리 말하면 비평가로서 자신을 정립하는 문제가 눈앞에 가로 놓여 있었던 것이다.

1930년대 중반의 임화에게는 적어도 세 가지의 문제가 중층적으로 가로놓여 있었다. 하나는 세계관과 창작방법의 문제였고, 두 번째는 공식주의의 오류를 극복하고 리얼리즘의 본령을 확립하는 것이었으며, 세 번째는 사회주의 리얼리즘과 관련해서 이념의 보편성과 조선의 특수성 사이의 간극을 메우는 일이었다. 이처럼 복잡한 상황에서 임화는 주체의 문제(주체의 분열과 주체의 재건이라는 문제틀)와 리얼리즘의 문제를 결합시킨 지점에서 자신의 비평적 거점을 마련한다.[14] 세계관 / 창작방법, 주체의 분열 / 주체의 재건, 국제성 / 특

---

14 임화와 더불어 1930년대 비평의 문제들을 '주체'의 관점에서 사고한 비평가로는 김남천을 들 수 있다.

수성 등의 문제가 중첩된 지점으로부터 임화가 말하는 '주체'가 구성되며, 바로 그 중첩된 모순가능성들의 지점들을 매개하기 위해 끊임없이 임화적 '주체'는 호명된다.[15]

2. 임화의 낭만주의론, 또는 '리얼리즘의 승리'에 대한 욕망

널리 알려진 것처럼 카프 해산 이후 사회주의 리얼리즘 논의 가운데 임화가 제기한 주제는 위대한 낭만정신 또는 혁명적 로맨티시즘이었다. 부제에서 잘 드러나듯이, 「낭만적 정신의 현실적 구조─신창작이론의 정당한 이해를 위하야」(1934.4)가 사회수의 리얼리즘과 관련된 비평적 모색이었다면, 「위대한 낭만정신─이로써 자기를 관철하라」(1936.1)는 암시적인 방식으로 주체의 문제를 맥락화하고 있다.

---

15 임화의 비평에 관련해서 이 글이 참조한 기존 연구는 다음과 같다. 권성우, 「한국 근대비평에 있어서 타자성 연구」, 서울대 박사논문, 1994; 김윤식, 「1930년대 비평의 자립적 근거에 대하여」, 『한국현대문학비평사론』, 서울대 출판부, 2000; 서경석, 「1930년대 문학비평에 나타난 '탈근대성' 연구」, 『한국학보』 22권 3호, 1996; 신두원, 「임화의 현실주의론 연구」, 서울대 석사논문, 1991; 신재기, 「한국 근대문학비평의 근대성 및 주체문제」, 『어문학』 69, 2000; 류보선, 「1930년대 후반기 한국 문학비평 연구」, 서울대 박사논문, 1996; 이훈, 「임화의 1920년대 중반~1930년대 초 문학론 연구」, 『국어국문학』 114, 1995; 정호웅, 「임화 소설 비평의 구조」, 『한국학보』 22권 2호, 1996; 차원현, 「문학과 이데올로기, 주체 그리고 윤리학」, 『민족문학사연구』 21, 2002; 하정일, 「일제 말기 임화의 생산문학론과 근대극복론」, 『민족문학사연구』 31, 2006.

낭만정신과 관련된 2편의 비평은, 임화의 비평집『문학의 논리』1부의 첫머리에 배치되어 있다.『문학의 논리』는 주제론적인 관점에서 섬세하게 비평을 분류하여 수록하고 있다. 명시적으로 소제목을 달지는 않았지만 2부는 휴머니즘, 4부는 소설론, 5부는 신세대론, 6부는 작가론, 7부는 언어에 관한 글들, 10부는 신문학사의 방법론 등 특정한 주제의식 아래에 해당 비평문들을 범주화해서 배치해 놓았다. 그런데 낭만정신과 관련된 글이 수록된 1부는 주체의 재건과 리얼리즘의 승리가 집중적으로 논의되어 있다.『문학의 논리』1부에 낭만정신에 관한 2편의 글이 자리를 잡았다는 사실은, 그 의미를 과도하게 주장할 필요는 없겠지만, 임화의 낭만주의론이 주체 재건론 및 리얼리즘의 승리와 내밀하게 관련되어 있음을 보여주는 의미있는 장면이라 할 것이다.

낭만주의론이 중요한 이유는 카프 해산 이후 어떻게 하면 카프와의 비판적인 연속성을 유지하면서 비평적 논의의 새로운 출발점을 마련할 것인가에 대한 임화의 고민이 담겨 있기 때문이다. 사회주의 문학단체 카프가 역사의 뒤안길로 접어들고 있었고, 유물변증법적 창작방법 시절의 공식주의로 회귀할 수도 없었다. 그렇다고 해서 사회주의 리얼리즘을 평계로 삼아서 형식주의, 예술지상주의, 시민문학, 자연주의로 나아가는 대열에 동참할 수도 없는 상황이었다. 이러한 상황에서 임화는 과거 공식주의에서 몰각되었던 부분이면서 세계관—창작방법 논의에서 부각되었던 예술의 특수성을 주체의 문제로 전환한다. 문학은 "인간 정신적 활동의 소산"[16]이라는 명제를 확고하게 하면서, 인간의 정신적 활동을 압축적으로 제시하는 은유로서 낭만적 정신을 내세운다.

임화는 "문학상에서 주관적인 것으로 표현되는 모든 것을 낭만적인 것"[17]이라고 규정하며, 주체의 능동성을 낭만적인 것 또는 주관적인 것에서 찾고자 하였다. 임화의 입장에서 보자면 낭만적인 것은 변증법의 정지 상태를 뛰어넘을 수 있는 원천적인 동력이자, 사회주의적 미래와 전망을 꿈꿀 수 있는 내밀한 영역이었고, 문학적 · 정치적 실천을 의욕할 수 있는 주체적인 근거였다. 무엇보다도 낭만적 정신은 기존의 리얼리즘 논의를 변증법적으로 고양시키기 위해서 제출한 하나의 이론적 계기였다. 이상의 「날개」와 박태원의 「천변풍경」을 두고 최재서가 내세운 카메라적인 묘사나, '사실을 그리라!'는 명제를 강조하며 문학사의 수레바퀴를 자연주의의 단계로 돌리려는 시도에 대한 안티 테제였던 것이다. 임화의 낭만주의론은 작가의 주관성이 작용하지 않고도 리얼리즘이 성취될 수 있다고 생각하는 경향에 대한 비판인 동시에, 세계관을 예술적 형상으로 이식하는 과정으로 창작과정을 파악했던 공식주의적 오류에 대한

---

16 임화, 「낭만적 정신의 현실적 구조」, 『문학의 논리』, 학예사, 1940, 5면. 이 글에서 참조한 임화의 글은 「창조적 비평」(『인문평론』 12, 1940. 10)을 제외하고는 모두 『문학의 논리』에서 인용된 것이다. 앞으로 비평의 제목과 면수만을 밝히기로 한다.
17 임화, 「낭만적 정신의 현실적 구조」, 7면.

자기비판의 함의를 지니는 것이었다.[18] 이 지점에서 과거의 공식주의 또는 기계론적 반영에 대한 비판을 수행하면서, 사회주의 리얼리즘의 중요한 주제인 혁명적 로맨티시즘과 연계고리를 마련하려는 임화의 의도를 확인할 수 있다.

이 시기의 임화는 낭만주의와 관련된 문예사조적인 수사학을 그대로 사용하면서, 그와 동시에 낭만주의를 자신의 비평적 문맥 속에 재규정하고자 한다. 임화는 낭만적 정신을 "현실을 위(爲)한 의지" "현실적인 몽상"으로 규정한다.[19] 임화의 낭만주의에 대한 재규정에서 특징적인 것은 낭만적 상상력과 현실의 변증법적 운동을 결합시키고자 한다는 점이다. 낭만정신에서 현실이 몽상(상상력)의 출발점이자 목표점으로 설정되어 있다는 사실에 주목할 때, 임화가 낭만적 정신을 통해서 주체와 현실을 매개하는 변증법적 상상력을 제기하고자 했던 것으로 보면 크게 틀리지 않을 것이다. 그렇다면 임화가 인간의 정신적 활동을 낭만주의로 통칭하며 두드러지게 내세운 이유는 무엇일까. 낭만적 정신에 대한 새로운 규정을 시도하며 현

---

18 「사실주의의 재인식」에서 임화는 낭만주의론에 대한 자기비판을 수행하고 있는데, 낭만주의론이 주관주의적 일탈로 이어질 수 있기 때문이라는 주장은 표면적인 이유에 불과하다. 낭만주의론이 "시적 리얼리티를 현실구조 그곳에서 찾는 대신에 정신을 가지고 현실을 규정할려는 역도(逆倒)된 방법"(『문학의 논리』, 86면)이었다는 것이 자기비판의 핵심인데, 유물변증법을 관념론화하면서 공식주의적 오류가 생겨났듯이 낭만주의론 역시 '정신을 가지고 현실을 규정'하려고 한 관념론적인 경향이 있다는 것이다. 이 지점은 임화가 공식주의적 오류에 대해 매우 자의식적이었음을 보여주는 대목이다.

19 임화, 「낭만적 정신의 현실적 구조」, 20면.

실을 지향하는 낭만적 몽상의 에너지를 필요로 했던 데에는, 임화는 명시적으로 말하고 있지 않지만, 반영론에 부족한 그 무엇을 보충하고자 했기 때문인 것으로 보인다.[20] 리얼리즘과 관련해서 말하자면, 부단히 변화·발전하는 현실의 운동성을 포착하기 위해서는 역동적인 주관성이 필요하다는 것. 따라서 임화의 낭만정신은, 현실에 대한 정력학(靜力學)적인 또는 정물화적인 묘사가 아니라, 호수의 물에 비치는 것 같은 자연주의적이고 몰아(沒我)적인 반영이 아니라, 현실의 변화와 발전 과정을 역동적으로 반영해 낼 수 있는 주관성에 대한 요청인 것이다.

　물론 「레알이즘」은 현실의 있는 그대로를 그리는 것이다. 그러나 주의할 것은 현실이란 고정한 것이 아니라 부절히 변하고 발전하며 소멸하는 긴 과정임을 이해하는 것이다. 그러므로 우리의 「사실주의」는 과거의 것이 고정적 정력학적이었음에 반하여 그것은 동적 「따이나믹」한 것이다. 따라서 현실의[에―인용자] 만족치 않고 명일과 미래에로의 부단한 전진을 위하여 활동하는 것이다.[21]

20　앙리 아르봉, 오병남·이창환 역, 『마르크스주의와 예술』, 서광사, 1981, 76면 참조. "반영으로서의 의식(conscious-as-a-reflection), 즉 의식의 외부에 존재하며 의식과는 독립적인 객관적 현실의 복사와 촬영을 자신의 유일한 역할로 삼는 의식이라는 입장에서 이야기를 출발시킬 경우 예술적 주체는 더 이상 어떠한 창조적 역할의 수행도 할 수 없게 되며, 예술적 객체 속에 내재해 있는 제문제들은 어떠한 중요성도 더 이상 지니지 않는 것으로 된다."
21　임화, 「낭만적 정신의 현실적 구조」, 20면.

임화의 낭만주의론에서 눈여겨 봐두어야 할 대목은 발자크의 리얼리즘의 승리가 지속적인 참조의 틀로 작동하고 있다는 사실이다. 「낭만적 정신의 현실적 구조」에서 발자크는 '문학은 인간 정신적 활동의 소산'이라는 명제를 확인하게 해 주는 문학사적 사례로서 제시된다. "「빠르작」「스탕달」「톨스토이」의 사실주의 문학은 호수에 의하여 씌워지지 않고 인간적인 작가의 머리를 통해서 씨워졌다."[22] "「스탕달」의 「에고이즘」「메리메」의 객관주의적 협애성, 「바르작」의 해부학적 방법 부분에 대한 편애 등에 있어 주관은 빠짐없이 작용하였다."[23] 하지만 「위대한 낭만정신」에 이르면 양상이 확연하게 달라진다. 발자크는 '현실적 몽상'의 성공적인 예로서 부각되고 있다.

(가) 「나폴레옹이 칼을 가지고 성취한 일을 나는 펜을 가지고 정복하리라」, 「바르작」는 이러한 꿈을 그의 대작 『인생희극』 가운데서 문학화하였다.

이것은 꿈으로서 산(生) 성공한 예이다.[24]

(나) 즉 행동과 함께 있는 꿈······. 이것만이 창조의 꿈으로서 이러한 꿈으로 현세기를 대표하는 저작은 『카피탈』일 것이다. 이러한 과학상

---

22 위의 글, 6면.
23 위의 글, 16면.
24 임화, 「위대한 낭만적 정신」, 24면.

저작에 수준과 어깨를 나란히 할 문학적 몽상의 기념비는 아즉 건설되지 않았다. 『카피탈』의 저작가 과학과 행동을 가지고 성취한 사업을 나는 펜을 가지고 정복하리라」고 제2의 「빠르작」는 과연 누구일까? 나는 이러한 몽상의 낭만주의 전력을 가지고 찬동한다.[25]

발자크가 '나폴레옹이 칼을 가지고 성취한 것을 나는 펜으로 정복하리라'고 의욕했듯이, 임화는 "자본론의 저자가 과학과 행동을 가지고 성취한 사업을 나는 펜을 가지고 정복하리라"라는 창조적 몽상을 가진 "제2의 발자크"가 출현하기를 대망하고 있다. 위대한 낭만정신은 사회주의 리얼리즘과 관련되는 항목이기도 하지만, 임화에게는 발자크가 보여준 리얼리즘의 승리 또는 위대한 리얼리즘을 의욕하는 일과 관련되는 것이기도 했다. 발자크가 보여준 리얼리즘의 승리가 조선의 문단에서 재연되기를 욕망하는 것, 달리 말하면 『자본론』의 문학적 표현을 소설에서 발견할 수 있도록 욕망하는 것이었다. 그런 의미에서 임화가 주장한 위대한 낭만정신을 리얼리즘의 승리에 대한 의욕과 등치시켜도 크게 다르지는 않을 것이다.[26] 달리 말하면 임화가 낭만정신을 통해서 말했던 현실적 몽상이란 위대한 리얼리즘의 승리에 대한 의욕과 중첩되어 있었던 것이다. 발자크의

---

25 임화, 「위대한 낭만적 정신」, 28면. 인용부호가 빠진 부분이 있지만 원문대로 인용함.
26 졸고, 「1930년대 비평과 주체의 수사학」, 『한국현대문학연구』 24, 2008, 203~204면 참조.

리얼리즘의 승리는 위대한 낭만정신을 이야기할 수 있었던 이론적 근거들 가운데 하나였으며, 그와 동시에 낭만주의론이 리얼리즘의 승리에 대한 임화의 해석과 입장을 드러내 보여준 비평적 주제였음을 알 수 있다.

1937년에 「사실주의의 재인식」을 통해서 낭만주의론이 오해 및 오류의 가능성이 있었음을 고백하면서, 임화는 당시에 엥겔스의 편지가 예상치 않았던 해독을 끼쳤다는 말도 있지만 그것은 가소로운 사실이었다고 말한다.[27] 구 카프 시절의 공식주의를 극복하는 일이 시급한 문제였고, 공식주의를 극복하는 과정에서 제출된 것이 낭만주의론이었고, 낭만주의론의 저변에는 엥겔스의 편지(리얼리즘의 승리)가 가로 놓여 있었음을, 임화는 다음과 같이 말하고 있다.

당시에 우리는 「엥겔쓰」의 「빠르작」론을 읽고 있음에도 불구하고 세계관과 예술적 사상과 「레알이즘」의 관계에 대하야 명백한 이해를 가졌었다고는 말할 수가 없었다. 요컨대 공식주의를 진실로 높은 입장에서 지양할 준비가 우리들에겐 충분치 못했든 것이다.[28]

---

27 임화, 「사실주의의 재인식」, 77면. "「엥겔스」가 규수작가 「허-ㅋ네쓰」에게 보넨 짧은 서간이 우리에게 예상치 안했든 해독을 끼쳤다는 것은 가소로운 사실이 아닐 수 없다."
28 임화, 「사실주의의 재인식」, 86~87면.

3. '리얼리즘의 승리'를 둘러싼 해석의 유형학

넓리 알려진 것처럼 '리얼리즘의 승리' 명제는 1888년 4월 당시 런던에 살던 엥겔스가 영국의 노동소설가 마가렛 하크네스에게 보낸 영문 편지에 처음 등장했다.[29] 발자크가 이룩한 문학적 성취의 독특한 성격을 설명하는 '리얼리즘의 승리'는, 1932년에 엥겔스의 편지가 공개된 이후 리얼리즘 이론사에서 가장 많이 논의된 주제 가운데 하나이다.[30] 발자크의 리얼리즘의 승리와 관련된 문제는 다음과 같이 요약해 볼 수 있을 것이다. "단어의 엄밀한 의미에서 볼 때 세계관이 반동적인 작가가 자기 시대의 사회에 대한 비판적인 표현을 제시하는 것은 어떻게 가능할 수 있는가? 달리 표현하자면, 자신의 정치적인 견해의 기초 위에서는 사회적 발전의 전과정을 통찰하

---

29 마가렛 하크니스에게 보낸 엥겔스의 편지에서 발자크의 리얼리즘의 승리와 관련된 주요한 부분은 다음과 같다. 백낙청, 「사회주의 리얼리즘론과 엥겔스의 발자크론」, 『창작과비평』 69, 1990 가을, 242~243면. "나는 당신이 저자의 사회적·정치적 견해를 찬양하기 위해 공공연한 사회주의 소설, 우리 독일인들이 '경향소설'이라 부르는 것을 쓰지 않았다고 나무라는 것과는 거리가 멀지요. 내 말은 전혀 그런 게 아닙니다. 저자의 견해가 숨겨져 있으면 있을수록 예술작품을 위해서는 더 낫지요. 내가 말하는 리얼리즘은 심지어 저자의 견해에도 불구하고 나타나는 수가 있습니다. (…중략…) 이처럼 발자크가 자신의 계급적 공감과 정치적 편견에 역행할 수밖에 없었다는 점, 자신이 애착을 가진 귀족들의 몰락의 필연성을 그가 실제로 보았고 그들을 몰락해 마땅해 족속으로 그렸다는 점, 그리고 진정한 미래의 인간들을 당시로서는 유일하게 그들이 존재했던 그러한 곳에서 그가 실제로 보았다는 점—이것이야말로 나는 리얼리즘의 가장 위대한 승리 가운데 하나이며 우리 발자크 선생의 가장 멋들어진 특징의 하나라고 생각합니다. (*On Literature and Art*, 91~92면)"

30 김경식, 「'리얼리즘의 승리론'을 통해 본 루카치의 문학이론」, 『실천문학』 65, 2002 봄, 470면.

는 것이 불가능한 작가가 그럼에도 불구하고 그 전과정을 적어도 본
질적인 영역들에서는 '올바르게 표현'하는 것이 어떻게 가능할 수
있는가?"[31]

리얼리즘의 승리란 작가의 공개적으로 표명된 세계관이 어떠한
것이든지 상관이 없다는 주장을 의미하지 않으며, 또한 작가의 창작
이 공개적으로 표명된 세계관에서 벗어나면 리얼리즘의 승리에 도
달할 수 있다는 내용을 담고 있지도 않다. 리얼리즘의 승리는 오직
위대한 사실주의적 예술가들이 인류 발전과정의 진보적인 어떤 조
류에 대해서, 비록 의식해서 인식했던 경우가 아닐지라도, 심오하고
진지한 유대관계를 맺고 있을 경우에만 대두된다.[32] 마르크스주의
문예이론의 전개과정에서 리얼리즘의 승리는 작가의 주관적인 정
치적인 입장이나 태도보다는 작품 자체의 경향성과 당파성을 강조
하는 중요한 계기였으며, 작가의 정치적 견해와 소속된 계급에 근거
하여 문학작품의 가치를 판단하는 공식주의적 문학관과의 결별을
의미한다.

엥겔스의 편지에는 리얼리즘의 승리를 가능케 한 조건이나 근거
에 대한 명확한 설명이 없기 때문에 여러 비평가들에 의해서 많은

---

31 페터 뷔르거(Peter Bürger), 「문예학에서의 반영개념의 역할」, G. 루카치 외, 이춘길 편
    역, 『리얼리즘 미학의 기초이론』, 한길사, 1985, 156면.
32 G. 루카치, 「마르크스와 엥겔스의 미학적 텍스트에 대한 입문」, 차봉희 편저, 『루카치의
    변증-유물론적 문학이론』, 한마당, 1987, 237~238면.

논의들이 제출되었다. 리얼리즘의 승리에 대한 논의들은 광범한 스펙트럼을 형성하고 있을 뿐만 아니라, 한 사람의 비평가에서도 여러 가지의 이론적인 계기들이 다층적으로 제시되는 등 매우 복잡한 양상을 보인다. 조금은 장황할 수도 있겠지만, 리얼리즘의 승리와 관련된 주요한 이론적인 모티프들을 제시하면 다음과 같다. 리얼리즘의 승리에 대한 임화의 논의를 보다 입체적으로 이해하는 데 있어 작은 시금석이 될 것이다.

1) 그릇된 세계관에 대한 정확한 현실묘사의 승리

(가) 그로 하여금 그러한[왕당파적인—인용자] 신념까지도 비판케 한 것은 무엇인가? 엥겔스가 "내가 생각하고 있는 리얼리즘은 작가의 견해 여하를 불구하고 나타나는 것이다"라고 쓸 때, 그가 말하고자 한 것은 생활에 대한 작가의 심오한 지식이나 현실에 대한 면밀한 연구는, 작가의 견해 여하를 불구하고 '징확한(하지만 우리도 이미 말한 것과 같이 제한적으로 정확한) 현실의 묘사 속에 나타나는 리얼리스틱한 방법을 가르쳐준다는 것이다.[33]

---

[33] 로젠탈, 「예술작품에 있어서 세계관과 창작방법」, 루나찰스키 외, 김휴 편, 『사회주의 리얼리즘 : 세계관과 창작방법의 문제』, 일월서각, 1987, 42면. 앞으로 강조는 인용자의 것.

리얼리즘의 승리는 작품에 정확한 현실 묘사가 제시됨으로써 작가의 정치적 견해와 대립되면서 나타난 현상이라는 것이다. 작가의 정치적 견해와 작품의 사실적인 묘사의 대립에서 후자가 승리한 것. 하지만 작품의 사실적 묘사는 작가의 예술적 세계관 또는 현실에 대한 연구에서 비롯한다.[34]

2) 작가적 태도, 시대에 대한 관찰과 정직성의 문제

(다) 이 문제에 관해 말하고자 하는 핵심은 참으로 위대한 작가와 예술가가 지닌, 그 어떤 무엇에도 매수되지 않고 청렴한, 모든 허영심으로부터 벗어나 참으로 자유로운 심미적 정직성(ästhetische Ehrlichkeit)이다. 작가와 예술가에게서 있는 그대로의 현실이란, 다시 말해 작가가 열심히 연구·조사한 것을 근거로 하여 그 본질에 다가서는 그 현실이란 가장 그들 자신의 마음에 들고 스스로 아부하는 가장 내밀한 염원들보다 더 위에서 있다. (…중략…) 그 자신의 깊은 확신들이 현실의 참다운 심오한 변증법과 모순되기 때문에 허공에 흩어져 버리게 되는 것을 전혀 괘념하지 않는다는 데에 예술가의 정직성이 들어있다.[35]

---

34 소련 과학아카데미 편, 신승엽 외역, 『마르크스 레닌주의 미학의 기초이론 II』, 일월서각, 1988, 39면. "리얼리즘(그것은 발자크의 예술적 세계관의 기초를 이루고 있었다)은 발자크로 하여금 자신의 작품 속에서는 자신의 계급적 공감과 정치적 편견에 반대하지 않을 수 없게 하였던 것이다."

35 G. 루카치, 「마르크스와 엥겔스의 미학적 텍스트에 대한 입문」, 차봉희 편저, 『루카치의

리얼리즘의 승리는 자신의 환상이나 선입견에 구애받지 않고 있는 그대로의 현실을 바라본 대로 그리고자 하는 작가적 태도, 즉 작가적 정직성에 힘입은 것이다. 이러한 설명은 리얼리즘(창작방법)이 세계관에 대해 승리를 거두었다면 그와 같은 리얼리즘은 어디에서 연원하는가 라는 물음에 답하고 있는 것이기도 하다. 바로 작가의 미학적 정직성이 리얼리스틱한 묘사를 끝까지 가져가게 했고, 그 결과로 리얼리즘의 승리가 가능했다는 것. 이러한 설명은 4유형인 예술의 객관적 형식에 근거한 설명과 관련을 갖는다. 작가의 정치적 선입견과 작품 내부의 현실이 충돌할 때 양자를 조화시키는 데 급급하는 것이 아니라 예술 내적인 현실의 논리를 대담하게 따르는 것이 심미적 정직성이기 때문이다.

3) 모순의 반영 1─혁명적으로 변화하는 시대의 모순 또는 계급적 모순의 반영

　(라) 예를 들면, 발자크는 (…중략…) 잘못된 견해를 가지고 있으면서도 리얼리스틱한 방법을 배반하고 있지 않다. 그들의 세계관과 창작 상의 모순은, 현실의 혁명적 발전의 제과정의 연관 하에서만 이해될 수 있는, 즉 이들 제과정의 반영인 깊은 역사적·사회적 내용에 의해 채워져 있다.[36]

변증-유물론적 문학이론』, 한마당, 1987, 235~236면.

(마) 발자크의 계급적 모순은 그로 하여금 그의 계급적 동정심이나 정치적 편견과 배치되는 길로 가게 했다."[37]

리얼리스틱한 창작태도와 창작상의 모순은 역사적 현실의 발전과 연관된다. (라)는 리얼리즘의 승리를 귀족의 몰락과 부르조아의 상승이 이루어지던 역사의 혁명적 전환기의 반영으로 보고 있으며, (마)는 그와 같은 역사적 변화의 과정 속에서 발자크가 처한 계급적 모순이 리얼리즘의 승리로 이어졌다고 설명한다. 달리 말하면 발자크는 귀족이 몰락하는 시기에 왕당파의 이념을 꿈꾸었고 부르주아의 속물성에 비판적이었던 부르주아 작가였다는 것이다. 역사적 전환기와 관련된 계급적 모순의 반영이라는 설명 방식은 레닌의 「러시아 혁명의 거울로서의 톨스토이」와 유사하다.

4) 모순의 반영 2−세계관들 사이의 모순의 반영

(바) 그러나 사실 엥겔스와 레닌이 언급한 작가들을 면밀히 분석해 보면 일차적인 문제는 세계관과 창작 사이의 모순이 아니라—이들 작가들

---

36 소련 과학아카데미 편, 신승엽 외역, 『마르크스 레닌주의 미학의 기초이론 II』, 일월서각, 1988, 308면.
37 누시노브, 「세계관과 창작방법에 대한 문제의 검토」, 루나찰스키 외, 김휴 편, 『사회주의 리얼리즘 : 세계관과 창작방법의 문제』, 일월서각, 1987, 71면.

은 물론이요 여타 작가들의 경우에도 검증을 요하는 부분이지만—예술적 세계관 "내부"의 모순이다. 왜냐하면 세계관이라는 것은 다만 정치적 세계관에만 한정되는 것이 아니라 정치적·법률적·철학적·도덕적 이념들과 이데올로기적 즉 지적, 도덕적, 미적 감정과 견해들의 복합적 체계를 말하는 것이며, 또한 이러한 이념과 감정들 내부에는 모순이 존재할 수 있기 때문이다. 예를 들면 발자크의 경우, 왕정의 교회에 대한 자신의 정치적 연민과, 모름지기 예술가는 진실을 말해야 하고 "역사의 서기"여야 한다는 자신의 견해 사이에 모순이 존재했던 것이다.[38]

이 견해는 매우 흥미롭기는 하지만 세계관 아래의 세계관들이라는 모델을 적용하고 있기 때문에 범주적용에 곤란이 따른다. 작가의 세계관이 어떻게 정치적 세계관과 예술적 세계관으로 나누어질 수 있는지, 앞에서 말한 두 세계관 말고도 몇 개의 하위-세계관으로 나누어질 수 있는지 등과 같은 문제에 부딪히게 되는 것이다. 왕정과 교회에 대한 정치적 연민과 역사적 서기로서의 작가의식 사이의 모순이 '예술적 세계관 내부의 모순'이 될 수 있는지도 명확하지 않다.

---

38 에르하르트 욘(Ehrhard John), 임홍배 역, 『마르크스 레닌주의 미학입문』, 사계절, 1989, 53면.

5) 예술의 객관적 형식

(사) 만약에 우리가 마르크스주의적 장르론을 지니게 된다면 우리는 모든 장르가 각기, 어떠한 예술가도 자신의 작품을 파괴하지 않기 위해서는 무시할 수 없는 고유의 특수한 형상화의 객관적 법칙을 지니고 있다는 것을 통찰할 수 있게 될 것이다. (…중략…) 예술가의 의식으로부터의 이와 같은 독립성은 작품창작에 있어서 일단 구상된 인물들과 사건전개에서 나타난다. (…중략…) 엥겔스는, 발자크에 의해 형상화된 세계의 변증법이 그를 작가로서 그의 의식적인 세계관의 토대를 이루었던 것과는 상이한 결론에 도달하게 하였다는 것을 입증하면서, 발자크의 인물들의 그리고 그들의 운명의 이러한 객관적인 고유의 삶을 심오하게 지적하였다.[39]

작가적 태도나 시대적 반영의 문제가 아니라 소설양식의 객관적 형식, 즉 소설 양식 고유의 변증법이 리얼리즘의 승리를 가능하게 했다는 설명이다. 이러한 설명방식은 리얼리즘의 승리가 가능했던 조건을 작가 의식 소산이 아니라 작가의 의식과 독립한 영역에서 찾고 있다는 점에서 특징적이다. '리얼리즘의 승리'의 위상은, 소설양

---

[39] 게오르그 루카치(Georg Lukács), 「예술과 객관적 진리」, G. 루카치 외, 이춘길 편역, 『리얼리즘 미학의 기초이론』, 한길사, 1985, 70~72면.

식의 객관적 형식이 작가의 의식적인 세계관을 넘어서 있는 영역에 마련된다.

6) 작가가 말하려는 것과 텍스트에 씌어진 것 사이의 모순, 또는 복화술적인 텍스트

(아) 하나의 소설을 쓰면서, 발자크는 서로 파악될 수 없는 <u>**두 가지의 것을 동시에**</u> 말하려고 시도한다. 한편으로 그는 진실을 말해야 하고, 군주제와 카톨릭교가 알게 해 주는 이 일치를 알고 보여주어야 한다. 다른 한편으로 그는 선택해야 하고, 그의 유일한 미래의 전망인 프랑스 사회의 진실을 퍼뜨려야 한다.[40]

(자) 책에 나타난 명백한 사회적 '메시지'와, 그것에도 불구하고 실제로 드러내고 있는 것 사이의 구별이다. 그리고 이런 구별이 마르크스와 엥겔스로 하여금 발자크와 같은 의식적으로 반동적인 작가를 찬양할 수 있게 한 것이다. (…중략…) 우리는 작품의 주관적인 의도와 객관적인 의미 사이의 이와 같은 구별, 이런 '모순의 원리'가 톨스토이에 관한 레닌의 저술과 월터 스코트에 관한 루카치의 비평에서 반향되고 있음을 발견한다.[41]

---

40 피에르 마슈레, 배영달 역, 『문학생산이론을 위하여』, 백의, 1994, 296면. 굵은 글자는 저자의 것. 밑줄은 인용자의 것.
41 테리 이글턴, 이경덕 역, 『문학비평 : 반영이론과 생산이론』, 까치, 1986, 69면. 레닌은 사실 톨스토이에 관한 논문을 쓸 때 발자크에 관한 엥겔스의 언급을 읽지 않았다.

리얼리즘의 승리에 대한 해석은 작가의 의식적 방법과 윤리적 태도, 시대·세계관·계급적 모순의 반영, 예술의 객관적 형식(변증법), 다층적인 텍스트 등의 관점에서 다양하게 해석된다. 엥겔스가 '리얼리즘의 승리'라고 했을 때, 과연 리얼리즘의 승리는 역사적으로 실존했던 작가 발자크에게로 귀속되는 것인지, 아니면 작가 발자크와 그의 작품 사이의 특수한 관계에 대한 비평적 명명(엥겔스에 의해 부여된)인지, 발자크가 그의 정치적 견해와 무관했기 때문에 리얼리즘의 승리로 나아갈 수 있었는지, 달리 말하면 보수적인 세계관은 리얼리즘의 승리를 위한 필요-충분조건인지 또는 세계관이 더 보수적이거나 의도적으로 당파적인 것과 멀어질수록 리얼리즘의 승리는 가능해진다고 볼 수 있는지 등등의 복잡한 문제에 대한 논의 가능성은 여전히 남아 있다.

4. 작가를 올바른 세계관으로 인도하는 상징적 기제로서의 리얼리즘
주체의 재건과 '리얼리즘의 승리'

앞에서 살핀 것처럼 리얼리즘의 승리에 대한 해석이 ① 작가의 의식적 방법과 윤리적 태도, ② 시대·세계관·계급적 모순의 반영, ③ 예술의 객관적 형식(변증법), ④ 다층적이면서 모순적인 텍스트 등으로 대별된다고 할 때, 그렇다면 임화는 어떠한 관점에 서 있었을까.

널리 알려진 대로 임화는 「세태소설론」, 「통속소설론」, 「본격소설론」 등과 같은 소설비평을 통해서 1930년대 중후반의 문학적 지형이 세태소설과 심리소설로 분열되어 되어 있음을 지적한 바 있다. "문학의 두 조류에의 분열은 또한 인간 생존 자체의 자기 분열의 당연한 반영에 불과하다 할 수 있다."[42] 달리 말하면 현실의 분열이 "작가가 주장하려는 바를 표현하려면 묘사되는 세계가 그것과 부합되지 않고, 묘사되는 세계를 충실하게 살리려면 작가의 생각이 그것과 일치할 수 없는 상태"[43]로 작가들을 밀어 넣고 있기 때문이다. 현실이 분열되었기 때문에 개인의 차원에서는 자기분열이 나타나고, 그러한 분열이 문학의 영역에 반영되어 세태소설과 심리소설의 분열로 이어졌다는 것이다. 이러한 논의들은 '시대 · 세계관 · 계급적 모순의 반영'이라는 이론적 틀을 '자기분열'의 수사학으로 수렴하여 적용한 것이라 할 수 있다. 반면에 주체 재건론과 관련해서는 '자기분열'의 수사학의 거의 등장하지 않는다. 주체 재건론에서는 '작가의 의식적 방법과 윤리적 태도'와 '예술의 객관적 형식(변증법)' 사이를 어지럽게 오가면서 리얼리즘의 승리를 바라보고 있다.

「사실주의의 재인식」과 「주체의 재건과 문학의 세계」는 발자크

---

42 임화, 「사실의 재인식」, 124면.

43 임화, 「세태소설론」, 346면.

의 리얼리즘의 승리에 대한 임화의 입장이 집중적으로 나타나는 비평문이다. 또한 이 글들은 이 시기 임화가 리얼리즘의 승리와 주체의 재건에 대해서 얼마나 깊이 고민하고 있었는지를 단적으로 보여주고 있다. 그렇다면 1937년 10월에 발표된 「사실주의의 재인식」에서 리얼리즘의 승리에 대한 해석을 보도록 하자.

> 그러나 왕왕 작가의 세계관과도 모순하면서 위력을 발휘하는 리얼리즘이란 것은 결코 문학으로부터 세계관을 거세하고 일상생활의 비속한 표면을 기어다니는 리얼리즘과는 하등 상관이 없는 것이다. 이러한 리얼리즘은 작가의 그릇된 세계관을 격파할 만큼 현상의 본질에 투철하고 협소한 자의식과 하등의 관계없이 현실이 발전해 가는 역사적 대도(大道)를 조명하려는 작가의 고매한 정신의 표현이다. 그러므로 발자크적 리얼리즘이란 죽은 현실과 타협하려는 주관에 항하여 산 현실의 진정한 내용을 잡울(雜鬱)한 현상의 표피를 뚫고서 적출해 논 천재적 방법을 가리키는 이름이다.[44]

'작가의 고매한 정신'과 '천재적 방법'이라는 말에서 알 수 있듯이 임화는 작가를 중심에 두고서 리얼리즘의 승리를 고찰하고 있다. 임화의 서술 방식에 애매한 대목이 있기는 하지만, 핵심적인 내용은

---

44 임화, 「사실주의의 재인식」, 77~78면.

리얼리즘의 승리란 역사적 대도를 조명하는 작가의 고매한 정신의 산물이며, 보수적인 세계관을 뚫고 현실의 법칙에 도달하는 천재적 방법이라는 것이다. 하지만 그렇다고 해서 리얼리즘이 단순히 작가의 방법이나 태도로만 제한적으로 규정되어 있는 않다. '작가의 그릇된 세계관을 격파'하는 리얼리즘이야 말로 리얼리즘의 승리에 대한 임화의 비평적 자의식이 투영된 지점이다.

　왜그러냐 하면 우리들이 객관적 현실의 반영으로서의 「레알이즘」 가운데 표현할 주체성은 일 개인의 국한된 주관이 아니라 현실의 묘사로서의 의식인 때문이다. 이러한 주체성만이 비로소 「레알이즘」과 모순하지 않는 것이다. 그러면 이러한 주체성, 작자의 의식이 어떻게 현실의 반영인지 아닌지를 아는가? 그것은 예술적 생활인 실천을 통해서이다.[45]

　리얼리즘은 한 개인의 작가의 주관에 국한되지 않는다. 임화는 이를 두고 '현실 묘사의 의식'이라고 부른다. 달리 말하면 작가에게는 낡은 현실에 근거한 생활실천에 의해서 형성된 세계관이 있는데, 현실의 객관적 반영을 통해서 낡은 세계관의 한계를 넘어 현실의 본질을 파악하는 '현실 묘사의 의식'이 여기에 대응한다는 것. 그렇다면 객관적으로 현실의 묘사하는 의식(리얼리즘)은 어디에서 연원하는가.

45　임화, 「사실주의의 재인식」, 92~93면.

임화는 예술적 실천이라고 보고 있다. 따라서 임화에게 있어 리얼리즘의 승리는 "생활실천에 대한 예술적 실천의 승리를 의미한다."[46]

임화의 리얼리즘의 승리에 대한 해석은 주체의 재건이라는 주제와 겹쳐져 있기 때문에 매우 독특한 양상으로 제시된다. 작가는 예술적 실천을 리얼리즘으로 수렴해가야 하고, 리얼리즘은 작가의 세계관과 생활실천을 교정할 수 있는 상징적 기제로 기능하게 된다. 임화의 리얼리즘의 승리를 통한 주제 재건론에는 '낡고 비속한 현실—생활적 실천—세계관'이라는 축과 '예술적 실천—리얼리즘—새로운 현실(현실의 객관적 본질)'이라는 축이 마련되어 있다. 임화의 논의를 되짚어서 두 축의 매개과정을 개략적으로 재구성하면 다음과 같다 : ① 낡고 비속한 현실과 관련된 생활적 실천에 의해 작가의 (오류와 한계를 지닌) 세계관이 형성된다 ② 이 지점에서 작가가 자신의 세계관과 매개하여 예술적 실천을 수행해 나갈 때 현실 묘사의 의식으로서 리얼리즘이 현실의 객관적 본질을 형상화한다 ③ 그리고 현실의 객관적 본질을 형상화한 리얼리즘은 작가의 세계관과 생활실천에 작용하여 새로운 주체를 완성해간다. 따라서 '세계관—생활실천'과 '예술적 실천—리얼리즘' 사이에는 일종의 변증법적 원환운동이 일어나게 된다. "그러므로 「레알이즘」이란 (…중략…) 객관적 인식에서 비롯하야 실천에 있어 자기를 증명하고 다시, 객관적 현실

---

46 임화, 「주체의 재건과 문학의 세계」, 54면.

그것을 개변해가는 주체화의 대규모적 방법을 완성하는 문학적 경향이다."[47]

「사실주의의 재인식」으로부터 한 달 정도의 시차를 두고 발표된 「주체의 재건과 문학의 세계」에서도, 리얼리즘을 작가의 세계관과 생활실천을 교정할 수 있는 상징적 기제로 파악하는 관점이 이어지고 있다.

「발작크」론에 의하면 「레알리스트」 작가 「빠르작」와 왕당파 정치가 「빠르작」가 대립하였다고 하였다. 왕당파 정치가 「빠르작」의 사상은 물론 불란서 인문으로 즉 문학이전의 과정에서 성립한 것이다. 그러면 예술을 통한 현실인식, 다시 말하면 「레알이즘」을 통한 예술창조상의 결과는 과연 하나의 사상이라 볼 수가 없을까?

신념 희망으로서는 왕당, 귀족의 승리를 바랐음에 불구하고 그가 작품을 통하야 표시(表示)한 귀족의 몰락과 시민의 승리의 필연성이란 확고한 사상이 아니고 무엇일까?

「레알이즘」의 승리! 그것은 사상에 대한 예술의 승리에 그치는 것이 아니라 그릇된 사상에 대한 옳은 사상의 승리다. 「레알이즘」은 그릇된 생활실천에 의하야 주체화된 작가의 사상을 현실의 객관적 파악에 의한 과학적 사상을 가지고 격충(擊衝)한 것이다.

---

47 임화, 「사실주의의 재인식」, 94면.

그러므로 과학적 문예관은 「레알이즘」을 현대유물론에 의하야 승인되는 유일의 정당한 문학적 방법이라고 선언한 것이다.

단순히 「빠르작」, 「톨스토이」 같은 역사상의 대작가를 이해할 진실한 관건을 줄뿐 아니라, 와해된 주체가 문학적으로 재건되는 실천적 노선을 지시함으로써 또한 「레알이즘」은 과학에 의하야 확인되는 것이다.

즉 「레알이즘」은 생활적 실천을 작가에게 매개하는 예술적 실천의 하나임에 그치는 것이 아니라, 적극적으로 작가를 좋은 생활실천으로 인도하는 데 높은 사상적 의의가 있다.

「레알이즘」은 와해된 주체를 객관적 현실의 양양한 파악으로 끄을어가고, 확립된 세계관은 생활적 예술적 실천에로 작가를 인도하야, 작가는 실천을 통하야 자기의 세계관을 혈육으로서 주체화시키는 것이다.[48]

리얼리즘의 승리가 작가는 보수적인 정치적 입장을 가지고 있는데 작품이 역사의 진보적 경향을 형상화함으로써 생겨난 것이라고 할 때, 임화는 독특하게도 작가의 정치적 입장과 작품의 리얼리즘을 사상의 범주로 파악하고 있다. 달리 말하면 작가 발자크의 보수적인 정치적 입장도 사상(1)이고, 발자크의 작품에 형상화된 역사적 발전 법칙도 사상(2)이라는 것이다. 작가의 보수적인 정치 사상(1)에 대하여 작품의 진보적인 사상(2)가 승리한 것이기 때문에, 임화는

---

[48] 임화, 「주체의 재건과 문학의 세계」, 55~57면.

리얼리즘의 승리에 대해서 "사상에 대한 예술의 승리가 아니라 그릇된 사상에 대한 옳은 사상의 승리"라고 말한다. 따라서 이 지점에서 작품의 사상(2)가 작가의 사상(1)을 '격충'하여 교정할 수 있는 가능성이 생기게 된다. 임화의 지적처럼 리얼리즘이 단순히 예술적 실천의 문제가 아니라 "와해된 주체가 문학적으로 재건되는 실천적 노선"이 되는 이유도 여기에 있다. 세계관 교정 원리로서의 리얼리즘, 또는 과학적 세계관으로 작가를 인도하는 리얼리즘. 리얼리즘의 승리에서 임화가 보았던 것은 작가를 올바른 세계관으로 인도하고 그릇된 세계관을 바로 잡을 수 있는 상징적 기제로서의 리얼리즘이라 할 것이다.

비록 수사나 비유가 정돈되어 있지는 않지만 임화의 주체재건론에서 핵심은 리얼리즘에 있다. 과연 리얼리즘은 무엇을 할 수 있는가. 단적으로 말하자면 리얼리즘은 작가의 왜곡된 세계관을 넘어서 현실의 변증법을 포착할 수 있다는 것이다. 임화가 엥겔스의 리얼리즘의 승리에서 주체 재건의 가능성을 엿보았던 것도 바로 이 지점이었다. 왜곡된 세계관을 가진 와해된 주체이지만 리얼리즘의 승리를 매개한다면 작품을 통해서 현실의 변증법을 포착하게 된다는 것. 그리고 작품에 반영된 현실 변증법은 작가의 왜곡된 세계관을 '격충'하여 교정하게 되고 그 결과 올바른 세계관에 위에서 주체가 재건될 수 있다는 것. 따라서 임화의 주체재건론을 논리적인 순서에 따라 재구성하면 다음과 같다 : ① 현실의 억압적 상황 아래에서 주체는 와해되거나 미완의 상태에 있다 ② 예술적 실천을 집중해서 작품을 만든다 ③ 작품의 리얼리즘을 통해서 현실의 변증법을 포착한다 ④ 리얼리즘을 통해서 포착된 현실은 과학적 세계관이다 ⑤ 리얼리즘을 통해서 포착된 현실변증법=과학적 세계관은, 와해된 주체의 그릇된 세계관에 충격을 주어서 교정하게 된다 ⑥ 그 결과 과학적 세계관이 내면화되고 생활 실천에 근본적인 변화가 일어나면서 주체가 재건된다. 여기서 짚고 넘어가야 할 문제는 발자크론에서도 알 수 있지만 발자크가 예술적 실천(작품창작)을 한 뒤에 자기가 써놓은 작품에 근거해서 종전까지 자신이 가졌던 정치적 견해를 수정하거나 교정했다는 내용은 어디에서도 발견할 수 없다는 사실이다. 이것은 리얼리즘의 승리를 주체 재건에의 의지가 견인했기 때문에 나타나는 양상이라고 할 수 있다. 임화의 용어를 빌려서 사용하자면 '작가를 올바른 세계관으로 인도하고 그릇된 세계관을 바로 잡을 수 있는 상징적 기제로서의 리얼리즘'이란 리얼리즘의 승리가 주체 재건론과 겹치면서 생겨난 '잉여'와도 같은 것이다.

　임화의 주체 재건론 및 리얼리즘의 승리 해석에서 독특한 점은, 창작방법과 세계관의 동시적인 획득을 목표로 삼고 있다는 것이다. 임화의 일원론적인 지향이 강하게 나타나는 장면인데, 이것은 먼저 세계관을 획득하고 그 다음에 창작방법을 고민했던 카프 시기의 오류에 대해 임화가 누구보다도 자의식적이었기 때문이다. 보다 구체적으로 말하자면 임화는 세계관과 창작방법을 분리하여 사고하는 데에서 공식주의적 오류가 생겨났다고 보고 있는 것이다. 따라서 임화의 주체 재건론은 세계관과 창작방법의 변증법적인 통합을 목표로 구상된 것이라 할 수 있다. 리얼리즘의 승리와 관련된 임화의 주체 재건론이 복잡한 양상을 보인 이유가 여기에 있는 것이다.

임화에게 있어 리얼리즘의 승리는 무엇이었던가. 1930년대 중반에 주체 재건론을 제기할 수 있었던 이론적 토대가 리얼리즘의 승리에 있었다는 것은 지금까지 살펴본 바와 같다. 리얼리즘의 승리는 문학자가 문학적인 방법으로 현실 속에서 마르크스주의를 발견하는 방법을 알려준 이론적인 근거였던 것이다. 그와 더불어 임화에게 리얼리즘의 승리가 중요했던 또다른 이유는 전망(perspective)의 획득과 관련되어 있다. 카프 시절의 전망이 마르크스'주의'의 신념화(주관화)와 관련된 것이었다면, 1930년대 중반 이후 임화의 비평에서는 객관적인 전망 또는 전망의 객관적인 획득이 중요한 의미를 갖는다. 전망이란 선험적으로 주어지는 것이 아니라 현실과의 변증법적 운동 속에서 확인할 수 있는 것이기 때문이다.

임화는 리얼리즘의 승리에서 역사적 전망의 선취를 읽어내고 있는데, 역사적 전망의 선취란 현실 속에서 마르크스주의의 과학적 진리를 발견하는 일과 등가이다. 임화의 입장에서 보자면 리얼리즘의 승리는, 비(非)마르크스주의적인 입장을 우회하더라도 『자본론』의 과학적 진리가 드러날 수밖에 없다는 사실을 보여준 결정적인 사례였으며, 마르크스의 『자본론』 이전에 역사적 발전의 객관적인 법칙을 문학적으로 미리 보여준 객관적인 전망이었다. 굳이 개념적으로 설명하지 않아도, 문학적 형상을 통해서 드러날 수밖에 없는 과학적 진리. 리얼리즘의 승리는, 마르크스주의의 담론체계 내에서만 그 진리성이 보증되는 것이 아니라, 정치적 입장을 달리하는 발자크의 소설에 의해서도 진리성이 확인되는 마르크스주의를 보여주고 있었던 것이다. 마르크스주의의 정치적 타자라고 할 수 있는 발자크와 톨스토이에 의해서, 오히려 그들의 신념을 거역하며, 드러나는 사회적 발전의 방향성들. 이 지점에서 리얼리즘의 승리는 역사적인 전망의 차원과 내밀하게 연관된다.

리얼리즘의 승리와 역사적 전망을 함께 바라보는 임화의 관점은 「현대문학의 정신적 기축 : 주체의 재건과 현실의 의의」(1938. 3)에서도 확인된다. 이 글은 임화가 고백하고 있듯이 엥겔스의 '발자크론'에 대한 임화 자신의 해석이자 읽기-실천이다. "나는 성격의 입장에서 현실을 전재하는 것이 아니라 현실 가운데서 성격의 발전을 논술한 「허-크네스」에의 서한의 거대한 의의를 강조한 것이다."[49]

미완의 주체에 있어서 현실은 항상 그릇된 의식은 패배하며 옳은 의식은 살아, 차차로 현실을 지배할 완전한 의식—(적합하는 의식만이 현실을 지배한다—필연=자유)을 형성해가는 시련의 장소다. (…중략…)

---

[49] 임화, 「현대문학의 정신적 기축 : 주체의 재건과 현실의 의의」, 118면.

문학에 있어 이 방법은 제 주관에 구애되지 않고 현실을 심구(深求)하야 현실 그것의 구조로 작품을 구조하고 현실에 체험 당하는 작가주체의 시련의 정열로 작품의 정신을 삼는 그러한 방법이다.[50]

임화의 리얼리즘론이 리얼리즘의 승리, 주체의 재건, 의식과 현실의 변증법이라는 층위들이 겹쳐져 있음을 확인할 수 있다. 위의 인용문에서 주목해야 할 대목은 의식이라는 말의 용법이다. 의식이라는 용어가 개별적인 인식주체와 관련되는 것이 아니라 초(超)개인적인 또는 사회적인 차원과 관련되며 사용되고 있다. 문맥에 따라 세계관이나 이데올로기를 대체할 수도 있고, 때에 따라서는 헤겔적인 의미의 (절대)정신과 관련지어 읽을 수도 있다. 또한 의식은 현실의 구성요소이기도 하다. 현실에는 차차로 현실을 지배할 의식과 점차로 패배될 의식이 존재한다. 리얼리즘의 승리에 대한 이 지점에 적용해 본다면, 패배될 의식에 사로잡힌 작가의 세계관과 생활실천에 대해 앞으로 현실을 지배할 의식을 예술적 실천(리얼리즘)이 포착하는 것이 다름 아닌 리얼리즘의 승리가 될 것이다. 적어도 임화에게 있어 리얼리즘의 승리는 역사적 전망(『자본론』의 과학적 진리)을 객관적으로 획득하는 과정과 심층적으로 관련되어 있었던 것이다.

이 지점에 이르면 임화는 발자크의 리얼리즘의 승리가 전적으로

---

50 임화, 「현대문학의 정신적 기축 : 주체의 재건과 현실의 의의」, 116~117면.

작가적 역량에 의해서 이룩된 것이 아니라는 사실을, 최소한 무의식적인 차원에서는, 감지하고 있었던 셈이다. 물론 여전히 과연 리얼리즘의 승리는 발자크의 몫인가, 아니면 텍스트의 운동성의 결과인가, 아니면 리얼리즘의 승리를 부여한 엥겔스(비평가)의 몫인가 등과 같은 물음은 여전히 남아있는 상태이지만 말이다.

5. '신성한 잉여'와 텍스트의 무의식

「사실의 재인식」(1938. 8)은 참으로 착잡한 글이다. 이전과는 달리 재인식의 대상이 '사실주의'가 아니라 '사실'이라는 점에 유념할 필요가 있다. 이 글이 고백의 성격을 강하게 띠고 있는 것은 사실주의와 사실 사이의 낙차에 일정 정도 대응하고 있다 할 것이다. '주의'라는 말이 떨어져 나갔다는 것은 임화의 삶과 글쓰기를 둘러싸고 있던 상징적 완충물이 사라져 버리고 그야말로 '실재(the real)'로서의 사실과 만나고 있음을 드러내고 있기 때문이다. 임화가 고백하고 있는 사실은 크게 두 가지이다. 하나는 희망을 찾아볼 수 없는 비극적인 현실에 대한 것이고, 다른 하나는 1936년부터 1938년에 이르는 동안 임화가 기울여온 비평적 노력이 별다른 성과를 거두지 못했다는 사실에 대한 고백이다. 우리가 주목해야 할 대목은 두 번째의 항목이다.

우선 임화는 작가에 대한 비평의 지도성을 포기하고 있다. 비평의 지도성이 카프 이래로 임화가 견지해 오던 비평적 원칙 가운데 하나였다는 점을 기억한다면 참으로 놀라운 변화라고 할 만한 일이다. 「사실의 재인식」을 발표하기 6개월 전에 임화는 「비평의 고도」에서(1938.2)를 발표한 바 있다. 「비평의 고도」에서 비평이 작품해설에 떨어지지 않기 위해서는 일정한 고도(전망)가 확보되어야 하는데, 1930년대 비평이 문학과의 연관성을 확보하는 과정에서 정치성의 결여라는 대가를 치러야 했음을 지적한다. 비평이 정치성을 다시 확보하여 '정치적인 문학비평'으로 나아가야 함을 당위적인 차원에서 역설하고 있는 것이다.[51] 「비평의 고도」로부터 6개월의 시차를 두고 있는 「사실의 재인식」에서도 정치적인 문학비평에 대한 임화의 입장은 여전히 유지된다. 하지만 정치적인 문학비평이 작가에 대한 지도성을 재확보하는 차원에서는 이루어질 수 없음을 분명히 하고 있다. "만일 참말로 작가들에게 수문하고 싶은 말이 있다면 그것은 당연히 비평가에게도 요구되는 조항이 아닐까? 나는 작가들에게 보내고 싶은 말을 생각하면서 머지 않어서 그것이 되려 나 자신에게 돌아올 것을 느끼고 두려움을 금할 수가 없었다."[52] 또한 세태

---

51 임화, 「비평의 고도」, 698~704면.
52 임화, 「사실의 재인식」, 120면.

소설과 내성소설로 분열되어 있음을 지적하고 그 통일을 위해 본격소설을 제안한 것 역시 창작에 별다른 도움을 주지 못했다고 인정하고 있다. "창작의 무력을 이야기하면서 결과로는 어느 틈에 나 자신의 무력(無力)을 피력하고 있었다는 게 사태는 훨씬 진상(眞相)에 가까웠기 때문이다."[53]

그 동안 작가들에게 전달하고 영향을 주려고 했던 대부분의 비평적 노력이 무소용한 것이었다는 고백에는 임화의 무력감이 진하게 배어난다. 하지만 달리 보면 이 지점에 이르러서 임화는 작가 중심의 주체 재건론을 철회하고 있다고 할 수 있을 것이다. 임화는 그 동안 작가에게 리얼리즘(예술적 실천)을 통해서 올바른 세계관에 도달하여 주체를 재건할 것을 요구해왔다. 하지만 이제는 더 이상 그러한 요구를 하기란 불가능에 가까운 상황이다. 주체의 재건을 그토록 소리 높여 외친 임화는 과연 자신의 주체 재건을 위해서는 어떠한 노력을 해왔고 어느 정도의 성과를 거두었는가라는 물음을 피해갈 수 없는 지점에 도달한 것이다. 이제 작가를 향해 주체 재건을 호소하는 지점에는 비평가 임화의 자리가 더 이상 마련되지 않는다. 임화 자신의 주체부터 재건해야 하는 것이다. 임화가 그동안 이야기해 온 리얼리즘의 승리에 근거한 주체 재건론이 정당한 것이라면, 임화 자신이 나서서 자신의 주체를 재건함으로써 그 타당성을 입증

---

53 임화, 「사실의 재인식」, 121면.

해야 하는 것이다. 하지만 임화는 그러한 가능성 역시 그다지 높게 보고 있지 않다. "이런 의미에서 작가들이 하지 못하고 있는 것은 비평이나 이론도 또한 하지 못하고 있는 것이다."[54]

작가를 중심에 둔 리얼리즘의 승리에 대한 해석이 일정 정도 한계에 부딪혔을 때, 그리고 리얼리즘의 승리에 기반한 주체 재건의 과제가 마치 부메랑처럼 자기자신에게 되돌아 왔을 때, 임화가 내놓은 글이 「의도와 작품의 낙차와 비평」(1938.4)이다. 리얼리즘의 승리에서 핵심적인 구절인 "예술가의 의도에 반하야"에 대한 임화의 해체론적인 읽기가 돋보이는 비평문이다. 이 글에서 임화는 처음으로 리얼리즘의 승리가 작가 발자크의 의도와 관련되는 사건이었는지를 묻고 있다. 그리고 리얼리즘의 승리를 바라보는 시선을, 작가의 실천과 세계관의 문제로 보지 않고, 작품을 둘러싼 변증법적 운동성의 영역으로 옮겨 놓는다.

예술가의 의도에 반하야……라는 말은 물론 의도하지 않았든 결과가 작품 우에 나타난다는 의미다. 수학적 도식을 빌면 작품에서 작가의 의도를 감(減)하고도, 아직 한 뭉치의 잉여물을 발견할 수 있는 상태다. 이 잉여물이 실상은 작품과 작가와의 사이를 갈라놓는 것으로 작품을 중간에 두고 작가와 이 잉여물이 대립하게 된다.[55]

---

54 임화, 「사실의 재인식」, 122면.

잉여는 "작가의 의도가 작품 형성 가운데 미치지 못한 틈을 타서 침입한 부분의 요소"이며, "작가의 지성이 채 지배해 버리지 못한 감성계의 여백이 곧 잉여물이 드러안는 영역"(707)이다. 인식과정에서 감성과 지성 사이에는 시간적인 지체가 개입하게 되며, 감성계가 새로운 현실을 수용한다면 지성계는 상대적으로 낡은 현실과 관계한다. 따라서 감성과 지성 사이의 관계는 신구의 충돌이라고 할 수 있는데, 잉여를 생산하는 감성의 영역이 새로운 지성의 모태가 될 것이다. 임화는 이 지점에서 신구의 대립을 의식의 차원과 역사의 차원에서 중층적으로 설정한다. 감성과 지성 사이에서 신구의 대립이 일어나는 의식의 차원과, 신구세계가 격렬하게 상호갈등하는 역사적 차원이 상동적인 구조를 형성하고 있는 것이다.[56] 분명한 사실은 이제 리얼리즘의 승리는 작가의 생활실천이나 예술적 실천과는 다른 층위에서 논의되고 있다는 점이다.

그러므로 「바르작」와 같은 작가, 「고-고리」와 같은 작가, 「톨스토이」와 같은 작가, 즉 신구세계가 격렬한 상호갈등 리(裏)에 교차하냐는 과도기의 예술 우에 이 특성이 가장 뚜렷한 제 각인을 찍었다. 실상은 의

---

55 임화, 「의도와 작품의 낙차와 비평」, 705면.
56 임화의 이와 같은 논리적 전개는 의식의 차원에서 자기의식의 분열과 문단 차원에서의 세태소설 / 내성소설의 분열을 상동적인 구조로 배치했던 것과 동일한 양상을 보인다. 임화의 비평에 지속적으로 나타나는 구조적 상동성에 대한 주제는 추후 다른 글을 통해서 보다 섬세하게 고찰하고자 한다.

도와 결과와의 모순, 잉여의 세계의 중요성이 발견된 단초도 이런 작가들의 과학적 연구로부터 발견된 것이다. (…중략…) 그러므로 이것은 작가의 의도에 반하야 작품 가운데 우발(偶發)한 것임에 불구하고, 「신성한 잉여물」이라 불려지는 것이며, 사실은 작가가 목적할 진정한 예술적 대상이었을 지도 모른다.[57]

그렇다면 '신성한 잉여'는 무엇인가. 잉여의 영역이란 "작가의 의도에 반하는 것이며 의도에 의식성에 비하야 그것은 무의식성을 띄"며, "작가의 의도와 대등하는 하나의 독자한 사상"이다.[58] 작가의 의도에 반하여 무의식성을 띄며 작가의 의도와 대등한 독립적인 사상을 가진 '신성한 잉여'란 무엇인가. 그것은 다름 아닌 작품의 무의식 또는 텍스트의 무의식이다.[59] 잉여물은 "의도된 작품세계에 대하야 하나의 독립한 질서를 형성하는 데 고유한 의미가 있다. 즉 작가의 의도란 것이 작품 가운데서 현실을 구성하는 하나의 질서의식이라

---

57 임화, 「의도와 작품의 낙차와 비평」, 712면.
58 임화, 「의도와 작품의 낙차와 비평」, 711면, 713면.
59 피에르 마슈레, 배영달 역, 『문학생산이론을 위하여』, 백의, 1994, 111면. "우리는 (작가의 무의식이 아닌) 작품의 무의식(inconscient de l'œuvre)에 의지함으로써 필연적으로 존재하는 이 잠재적 인식―이 인식이 없다면, 작품은 명백한 조건들이 실현되지 않는 것보다 더 완성되지 못할 것이다―을 설명할 수 있을 것이다. 그러나 이 무의식은 대역처럼 움직이지도 않고―반대로, 그것은 작업 자체의 내부에서 생겨나고 거기서 움직인다―명백한 의도의 연장처럼 움직이지 않는다. 왜냐하면 이 무의식은 완전히 다른 어떤 원리에 속하기 때문이다."

면 잉여의 세계란 작품 가운데 드른 작가의 직관작용이 초래한 현실이 스스로 맨드러낸 질서 자체란 의미에서이다."[60]

이러한 사상은 실상 작자의 형식적 구조 가운데 담겨진 것이 아니라 작품 현실로부터 새어나와 있는 것이라 할 수 있다. 그러므로 우리가 작가의 의도한 것보다 작품이 짜놋는 객관적 결과를 중시한다면 잉여의 세계를 가진 작품은 「베라스케즈」의 화면(畵面)과 같이 작품의 중핵가[sic] 작품 가운데 있는 것이 아니라 작품 밖에 있게 되는 것이다.[61]

이제 임화는, 현실과의 관련성을 적극적으로 도입하고는 있지만 전체적으로 보자면 루카치가 말한 바 있는 예술의 객관적 형식에 근거하여 리얼리즘의 승리를 바라보고 있는 것이다.[62] 달리 말하면 작품에는 작가의 의도에 의해 씌어진 부분과 (작가의 의도와는 무관하게)

---

60 임화, 「의도와 작품의 낙차와 비평」, 713면.

61 위의 글, 714면.

62 임화의 장르 또는 형식에 대한 인식은 "형상의 독립성"(675면)과 연관되는데, 장르의 구속에서 자유로운 수필을 다룬 「수필론」(1938.6)에서 가장 명료하게 제시된다. "고유한 구조! 「장르」로서의 문학은 제각기 제게만 있는 구조의 법칙을 가지고 있는 법이다. 「뜨라마」와 시와 소설은 동일한 대상을 취급하면서도 이 구조의 각이성 때문에 독자의 영역으로 분립되는 것이다."(669면) "보기에 따라서는 직접 사물을 제 사상으로 여과해 낸다는 것보다 작품을 통하야 그 일을 해낸다는 것은 더 어려운 일 같으나, 그러나 작품의 구조나 성격형성의 원리 등은 보편적인 이미 만드러져 있는 어떤 규범으로서 작자의 노력을 덜어주는 측면도 있다. (…중략…) 작품이란 것의 구조상 성능이 다수인의 공유재산인 반면(半面)이 있다. 구조─그것은 바로 형식의 한 개 법칙성, 합리성이기 때문이다."(678~679)

작품의 고유한 변증법에 의해 씌어질 수밖에 없는 부분이 있다는 것이다. 또한 잉여의 세계를 가진 작품은 그 중핵이 작품 가운데 있는 것이 아니라 작품 바깥에 있게 된다는, 임화의 말은 어떠한 함의를 지니는 것일까. 임화의 글에 씌어 있는 그대로이다. 탈중심화된 작품, 달리 말하면 텍스트를 말하고 있는 것이 아니겠는가.

그렇다면 비평은 이제 무엇을 해야 할 것인가. 비평의 기능은 작가의 의도나 독자의 향수가 미치지 못한 잉여의 영역을 발견하고 새로운 가치를 부여하는 것으로 새롭게 규정된다. 그리고 바로 이 지점에서 작품의 감상이나 해석의 차원에 머물지 않는, 비평의 새로운 차원이 펼쳐진다. "그러므로 작품이 끝나는 곳으로부터 비평은 시작된다고 말할 수가 있다." "이 사실은 비평과 작품의 창조적 대상의 차이를 말살한다." "비평은 창작과 너불어 한가지로 가치있는 창조적 예술"이다.[63] 비평이란 바로 작품 속에 작가의 의도와는 무관하게 자리잡고 있는 잉여의 지점들을 징후적으로 독해하는 것이며 이 과정에서 비평의 자립성이 확보된다.

의도(지성)의 차원이 만들어내는 무의식적 잉여, 이를 두고 텍스트의 무의식이라고 불러도 좋을 것이다. 작품이 현실을 반영하는 것이 아니라, 현실이 작품의 무의식적 잉여를 생산한다. 리얼리즘의 승리는 작가의 의도 바깥에 놓인 잉여의 영역, 달리 말하면 변증

---

63 임화, 「의도와 작품의 낙차와 비평」, 716면, 718면, 719면.

법적 계기를 내포하고 있는 현실에 의해 씌어지는 잉여의 영역과 관련되는 것이다. 또한 리얼리즘의 승리는 작가에 의해서 주어지는 것이 아니라 비평가가 읽어내는 것이다. 1930년대 후반의 임화는 "작가의 내부에 있어서 말 할려는 것과 그릴려는 것과의 분열"[64]에서 출발해서 '작가의 의도 바깥에 놓인 잉여의 영역'에 도달한다. 그리고 잉여의 영역을 비평가의 몫으로 남겨둔다.

　신성한 잉여는 참으로 많은 변화를 한꺼번에 가져온다. 먼저 눈에 띄는 것은 작품의 유기성이 붕괴되었다는 점이다. 작품을 작가의 의도에 의해 통일적으로 구성된다고 보는 관점이나 작품에는 작가의 주관에 의해 반영된 현실이 제시된다는 관점에는, 작가로부터 연원하는 유기적인 통일성이 전제되어 있다. 하지만 잉여의 논리가 개입하게 되면 더 이상 작가와 작품의 유기적 통일성은 유지되지 않는다. 이제 작품이라 지칭되었던 대상은 작가의 의도가 관철된 영역과 작가의 의도와 무관하게 생겨난 잉여의 영역으로 나뉘게 된다. 달리 말하면 이질적인 것들이 공존하고 있는 양상으로 나타나게 되는 것이다. 따라서 이 지점에서 잉여의 논리는 작품을 작가로부터 분리하여 이질적인 흐름들이 공존하는 텍스트 공간으로 바꾸어 놓는다. 작품에는 작가의 의도가 관철되는 영역뿐만 아니라 산재되고 분산되어 있지만 하나의 고유한 체계를 가진 잉여(들)이 배치된다.

---

64 임화, 「세태소설론」, 345면.

임화는 이 잉여의 영역이 비평의 대상이라고 확언한다. 작가가 쓴 것이 아니라 역사적 현실이 기입(記入)한 지점들이기 때문이다. 그리고 현실이 기입한 잉여의 영역에는 현실의 객관적 변증법 또는 현실의 역사적 법칙이 고스란히 들어앉아 있을 것이기 때문이다.

신성한 잉여의 논리에 따르면 작가와 작품 사이에 전제되어 있는 혈연성(filiation) 역시 인정되지 않는다.[65] 작품 속에서 잉여는 저자와의 혈연적 관계를 약화시킨다. 그 대신에 잉여의 논리는 텍스트의 다층성을 열어 놓는다. 임화가 지적한 것처럼 잉여는 '무의식적인 것'[66]과 관련된다. 따라서 잉여의 논리가 작동하는 작품 / 텍스트는 다양한 층위(의식적 층위와 무의식적 층위)에 대한 다가적인 독해가능성을 개진하게 된다. 동시에 두 겹의 횡단적인 움직임을 요청한다. 하나는 작품의 의도와 잉여의 영역 사이의 횡단이고, 다른 하나는 잉여의 영역과 (잉여를 기입해 놓은) 현실과의 횡단이다.[67]

그렇다면 잉여를 읽기는 과연 잉여로부터 자유로울 수 있을까. 잉여의 논리를 작품의 관점에서가 아니라 비평의 영역에 전이(轉移)

---

65 Roland Barthes, 'From Work to Text', *Textual Strategies*, ed. by J. V. Harari, London : Methuen, 1980, 73~81면 참조.

66 임화, 「의도와 작품의 낙차와 비평」, 711면.

67 위의 글, 718면. "여기서 「작가의 의도를 너머서……」라는 비평의 세계와 「작가의 의도에 반하여……」라는 잉여의 세계가 긴밀한 관계를 맺게 된다. 다시 말하면 비평하는 직능의 한계는 작가의 의도가 의식하지 안코 직관으로 초래한 잉여의 세계, 만일 그것이 의식된다면 작가에 의하야 부정될 지도 모르는 새 세계를 작품으로부터 분리하야 그것의 독립적 가치를 승인하고 나아가 그 존재와 성장의 가능성을 증명하는 데 있을 것이다."

하면 어떻게 될까. 신성한 잉여는 작품과 비평의 탈(脫)경계화를 이끌어낸다. 그리고 잉여를 읽어내고자(쓰고자) 하는 비평 역시 잉여의 무의식에 사로잡히게 된다. 이제 비평은 놀랍게도 여백의 공간으로 정립된다. 임화가, 여전히 낭만주의와 관련된 문예사조적인 수사학을 사용하며, '창조적 비평'이라고 불렀던 글쓰기 공간의 자리가 이 지점에서 마련된 것이다. 따라서 임화가 「창조적 비평」(1940.10)을 내놓은 것은 지극히 당연한 귀결이다.[68] 신성한 잉여에 의해서 '비평'과 '비평 아닌 글쓰기'의 경계가 지워지며 새롭게 생겨난 여백, 이를 두고 에크리튀르(écriture)의 발견 또는 글쓰기의 영도(零度)에 도달한 자의 표정이라고 해도 좋지 않을까.[69]

그러므로 현대에 있어 비평가는 부단히 이 잉여의 세계를 탐색하고 잉여세계의 의식화를 통하야 자기자신을 개변할여는 작가의 노력을 도웁는 데 크다란 임무가 있다. 비평은 적어도 잉여의 세계를 사상의 수준

---

68 임화, 「창조적 비평」, 『인문평론』 12, 1940. 10, 35면. "어디까지나 문학을 수단으로 한 자기사상세계의 전개, 문학이 비평가가 사상적으로 독자와 교섭하는 과정에 불과하는 비평, 거기서는 오직 언제나 제1의 입장이 문제될 따름이다. 그것을 나는 창조적 비평이라고 부르고 싶다. 훌륭한 철학처럼, 훌륭한 예술처럼, 모든 것에서 떼어놓아도 능히 獨行할 수 있는 비평, 그러한 비평은 독자적일 뿐만 아니라, 창조적이다. 창조의 길에서 고독을 두려워할 필요는 없다. 나는 이 고독이 시인이나 철학자에게만 있는 것이 아니라 비평가에게도 있는 것이라고 생각한다."

69 이 부분에 대해 필자는 임화, 최재서, 김기림 비평의 연관성을 살피는 자리에서 개략적으로 언급한 바 있다. 졸고, 「1930년대 비평과 주체의 수사학」, 『한국현대문학연구』 24, 2008 참조.

으로 앙양함으로써 작품의 의도와 결과와의 대립을 격성(激成)하고, 잉여의 세계란 작가의 주체를 와해(瓦解)로 밀치면서까지 제 존재의 가치를 협위(脅威)적으로 시인해 달라는 새 세계의 현실적 힘임을 인식해야할 것이다.[70]

리얼리즘의 승리에 대한 임화의 천착은 그를 어디까지 이끌고 간것일까. 주체의 재건을 외치던 임화가 주체의 와해를 감수하면서까지 잉여의 논리를 존중하고 있다는 것, 참으로 눈부신 장면이 아닐수 없다. 놀랍게도 임화는 리얼리즘의 승리를 통해서 비평과 작품의 경계가 허물어지는 장면을 목도했고, 텍스트의 무의식을 발견했을 뿐만 아니라 텍스트의 무의식을 배려하는 글쓰기의 차원에로 나아갔으며, 작가의 주체를 와해의 지점까지 밀어붙이면서 자신의 존재를 주장하는 잉여를 승인하는 지점에까지 이른다. 이를 두고 과연 에피소드적인 사건이라고만 할 것인가. 물론 이 장면이 기존의비평사나 사상사의 맥락 구성과는 잘 어울리지 않을 수도 있을 것이다.[71] 하지만 임화의 텍스트는 리얼리즘의 승리라는 문제를 두고 끈질기게 씨름하는 그 과정에서 놀라운 비평사적 장관을 열어 놓았다.

---

70 임화,「의도와 작품의 낙차와 비평」, 720면.
71 이 글은 「의도와 작품의 낙차와 비평」이 일본 비평계의 동향과 맺고 있을 수 있는, 비교문학적 관련성에 대해서는 검토하지 못한 한계를 갖고 있다. 또한 1938년에 텍스트의 무의식에 도달한 임화의 비평과 해방 이후 임화의 문학적·정치적 행적 사이의 연관성에 대해서도 살피지 못한 상태이다. 두 문제에 대해서는 차후의 연구과제로 남겨두고자 한다.

1938년의 임화는 텍스트를 발견했으며 에크리튀르와 마주하고 있었던 것이다. 마치 발자크가 자신의 정치적 견해와는 달리 자신의 문학작품을 통해서 리얼리즘의 승리에 이르렀듯이, 임화는 리얼리즘의 승리를 통해 마르크스주의적인 주체를 재구성하고자 하는 과정에서 자신의 의도와는 달리 텍스트의 무의식을 배려하는 에크리튀르의 차원으로 움직여왔던 것이다. 만약 임화에게 여기에 대해 묻는다면, 그는 무엇이라고 할 것인가. 아마도 '신성한 잉여' 때문이라고 답하지 않을까.

일제강점기 임화의 영화 체험과 조선영화론

김종욱

1. 들어가는 말

일제강점기 동안 시인이자 비평가로 활동했던 임화는 영화계와 지속적인 관계를 맺었다. 무성영화의 전성기였던 1920년대에는 〈유랑〉, 〈혼가〉 등에 출연한 영화배우이자, 〈먼동이 틀 때〉, 〈화륜〉을 둘러싼 논쟁에 참여한 영화비평가로서 명성을 얻었다. 그렇지만, 1920년대 일본에 건너가 무산자사에 합류한 이후로는 문단에서 활동하다가 1940년대 들어서서야 다시 영화계로 돌아온다. 이 무렵 그는 더 이상 영화배우로서 활동하지는 않았지만, 영화 대본을 쓰기도 하고 주목할 만한 몇 편의 조선영화론을 발표하기도 한다.

임화의 조선영화론은 1930년대 말에 이루어진 조선 신문학사론의 연장선상에 놓여 있다. 맑스주의 역사관에 따를진대, 문화란 한 시대의 경제적 토대를 반영하는 상부구조인 까닭에 문학사 기획은 문화 혹은 예술의 영역으로 확장될 수 있다. 실제로 이 시기에 임화는 줄곧 관심을 가져오던 문학의 영역에서 벗어나 다양한 문화담론을 생산하고 있었고, 그중에서도 연극과 영화에 대한 글이 가장 높은 비중을 차지하고 있었다.[1]

임화의 조선영화론에 대해서는 그동안 거의 논의가 이루어지지 않았다. 임화에 대한 선구적인 업적인 김윤식[2]의 『임화 연구』는 영화배우로서의 활동에 대해서 관심을 집중하고 있어서 1940년대의 조선영화론에 대한 언급을 찾아보기 어렵다. 이후 윤수하[3]나 오문석[4] 등이 단편서사시의 형식적 특성과 영화 체험의 관련성을 탐구한 적이 있고, 일제 말기 임화의 비평적 입장을 다룬 이상갑,[5] 하정일[6] 등이 조선영화론을 친일문제와 관련하여 검토한 적이 있긴 하지만, 조선영화론 자체에 대한 연구는 거의 이루어지지 않고 있다.

---

1   권성우, 『횡단과 경계』, 소명출판, 2008, 17면.
2   김윤식, 『임화 연구』, 문학사상사, 1989.
3   윤수하, 「〈네거리의 순이〉의 영화적 요소에 관한 연구」, 『한국시학연구』 9, 2003.11.
4   오문석, 「식민지 조선에서 영화적인 것과 시적인 것」, 『한민족어문학』 55, 2009.12.
5   이상갑, 「분열의 수사와 근대 극복」, 『한국근대문학연구』 9, 2004.4.
6   하정일, 「일제 말기 임화의 생산문학론과 근대극복론」, 『민족문학사연구』 31, 2006.

이러한 사정은 영화학에서도 크게 다르지 않다. 최초의 영화사 서술이라고 할 수 있는 「조선영화발달소사」를 중심으로 영화사를 재구성하려는 여러 시도[7]가 있었음에도 불구하고 임화의 조선영화론에 대한 총체적인 접근은 이루어지지 않고 있는 것이다. 따라서 지난 2005년 발표된 백문임의 「대동아공영권과 임화의 조선영화론」[8]이 가장 주목할 만한 연구 성과라고 할 수 있을 것이다. 백문임의 이 글은 초고 형태로 발표된 것이기에 세부적인 부분까지 언급하는 것은 곤란하지만, 1940년대에 발표된 임화의 조선영화론을 대동아공영권 논리에 포섭된 것으로 파악하고 있는 것이 요체라 할 수 있다.

이 글은 일제강점기 동안 지속되었던 임화의 영화 활동을 살펴보고, 그 과정에서 1940년대에 조선영화에 관심을 갖게 된 계기를 살펴보고자 한다. 1940년대에 접어들면서 일본제국주의는 문화의 제반 영역에 대한 통제를 강화하면서 소위 신체제 문화를 구성한다. 이에 따라 조선어의 사용이 억압되었고, 임화의 조선문학에 대한 구상 역시 암초에 부딪치게 된다. 문학이라는 매체는 더 이상 조선어를 통해서 조선인의 삶을 그려내는데 적절하지 않은 매체로 전락해

---

7   이순진, 「한국영화사 연구의 현단계」, 『대중서사연구』 12, 2004. 12; 김려실, 『투사하는 제국 투영하는 식민지』, 삼인, 2006; 이영재, 『제국 일본의 조선영화』, 현실문화연구, 2008.
8   백문임, 「대동아공영권과 임화의 조선영화론」, 문학과영상학회 2005년 가을 정기학술대회 2005. 11.

가고 있었던 것이다. 임화의 조선영화론은 이처럼 민족어의 상실이라는 파시즘적 문화 현실에 대한 한 문학비평가의 대응이라고 할 수 있다. 일본을 중심으로 한 대동아공영권 내에서 조선인 / 조선어 / 조선문화 등 조선적인 것에 대한 고민을 담고 있는 것이다.

2. 1920년대 영화 체험과 프로영화운동

임화가 영화에 대해 최초로 관심을 표현한 것은 1926년 6월 20일 『매일신보』에 발표한 「위기에 임한 조선영화계」이다. '성아(星兒)'라는 필명으로 발표한 이 글에서 임화는 시대극 위주로 작품이 제작되는 조선영화계의 현실을 위기로 간주한다. 당시 조선영화계는 무성영화 〈춘향전〉(1923)의 성공 이후 기존의 스펙타클 중심의 '활동사진'에서 내러티브를 가진 '영화'로의 변화를 모색하고 있었는데, 이 과정에서 〈장화홍련전〉, 〈운영전〉과 같은 고전소설을 영화화하는 것이 유행처럼 번지고 있었다. 임화는 이러한 시대극 열풍을 "흥행 효과와 경비 감약(減約)만을 위하여 민중을 속이는" "용서할 수 없는 죄악"으로 비판하고 있는 것이다.[9]

---

9 임화, 「위기에 임한 조선영화계」, 『매일신보』, 1926. 6. 20.

이렇듯 국외자의 입장에서 조선영화계를 비판한 지 얼마 지나지 않아 임화는 조선영화예술협회의 연구생으로 참가한다. 이 단체는 무성영화 〈아리랑〉이 대중적으로 성공하면서 영화의 가능성이 주목받자, 1927년 3월 안종화, 이우, 서천수일(西川秀一) 등이 발기하여 결성한 것이다.[10] 설립 초기에는 영화인 상호간의 친목과 영화 연구를 목적으로 하다가 얼마 지나지 않아 영화 신인 양성을 위해 연구부를 설치한다. 임화는 이 때 제1기 연구생이 되어 일 년여 동안 영화 이론, 분장술, 연기 실습 등을 공부하면서 본격적으로 영화 제작 현장에 뛰어들게 된다.

조선영화예술협회 제1기 연구생들은 1927년 12월 〈이리떼[狼群]〉 (안종화 원작·각색·감독, 전8권)라는 시작품(試作品)을 촬영하면서 영화 제작 역량을 시험하게 된다. 이 작품에는 주연을 맡은 김철(김유영의 다른 이름)과 진혜순을 포함하여 연구생 전원이 출연할 계획이었다. 그런데, 〈이리떼〉의 제작 과정에서 안종화의 부정이 폭로되자 12월 20일 긴급대회가 개최되어 만장일치로 안종화가 제명된 사건이 발생한다.[11] 이로 인해 〈이리떼〉의 촬영이 중지되었고, 임화는 이우, 김영팔,

---

10 「영화예협 창립과 초작 〈홍염〉」, 『동아일보』, 1927. 3. 18.

11 「〈낭군〉 촬영 중지」, 『중외일보』, 1927. 12. 24. 안종화는 회고담에서 연구생들이 조선영화예술협회를 장악하기 위하여 윤기정의 충동으로 자신을 제명하자, 이우 역시 크게 분개한 것처럼 말하고 있다. 하지만 제명 사건 이후 이우가 윤기정, 임화 등과 함께 간사회를 구성하였다는 점에서 신빙성이 의심스럽다.(안종화, 『조선영화측면비사』, 현대미학사, 1998, 134~135면) 안종화의 제명 사유가 된 경리 부정은 1926년 1월 경 부산키네마주식회사의 활동사진을 가지고 지방 순회 상영을 하면서 마산노농동우회 기금을 마련하기 위한

이종명, 윤기정, 서광제, 김철, 차곤 등과 함께 간사로 선출된다. 이후 조선영화예술협회 연구생들은 1928년 1월 5일부터 『중외일보』에 영화소설 「유랑」[12]을 연재하는 동시에 이를 바탕으로 1월 8일부터 남한산성 등지에서 촬영을 시작했는데, 임화는 주인공 역을 맡아 연기를 펼친다.

그런데, 최초의 프롤레타리아영화로 기대를 모았던 영화 〈유랑〉(1928년 4월 1일 단성사 개봉)은 흥행에서 참패를 면치 못한다. 흥행 실패의 원인은 다양하겠지만, 영화소설에 비추어볼 때 〈아리랑〉과의 차별성을 획득하지 못한 때문이 아닌가 생각된다. 주인공이 '영진'이라는 이름을 가진 가난한 농촌 젊은이라는 점, 지주의 부당한 횡포에 맞서다가 유랑의 길을 떠나는 '농촌애화(農村哀話)'라는 점을 부각시킨 점, 작품이 촬영되는 과정에서 여주인공을 '제2의 신일선'이라는 식으로 홍보한 점으로 미루어볼 때 〈아리랑〉과 차별성을 띠기 어려웠던 것이다.[13] 더구나 〈유랑〉이 개봉되던 때에도 여전히 영화 〈아리랑〉

___

것이라고 선전한 사건을 가리키는 것으로 보인다.(『동아일보』, 1926. 1. 4)

12 영화소설 「유랑」은 이종명 원작으로 발표되었다. 하지만, 작가 자신이 "시나리오 같은 것에는 지식이 없"었기 때문에 "예정된 영화의 스토리를 한 장면 한 장면 충실하게 축자역(逐字譯) 식으로 원작한" 것에 불과하였다고 상기한 것을 볼 때, 영화 제작에 참여하였던 사람들의 공동 창작물로 보는 것이 적절할 듯하다.(이종명, 「〈유랑〉의 원작자로서—내 작품의 연극영화화 소감」, 『삼천리』 제5권 제10호, 1933. 10, 74~75면)

13 1928년 4월 1일자 『중외일보』 제3면에는 「본보에 연재하던 소설, 〈유랑〉 상영은 금일부터, 만인 고대 중에 단성사에서」라는 기사와 「반도여청 주최로 〈아리랑〉 또 상영」이라는 기사가 나란히 실려 있다.

이 상영되고 있었다는 사실을 상기해본다면, 흥행 실패는 충분히 예견된 것이라고 할 수 있을 것이다.

〈유랑〉의 흥행 실패 이후 조선영화예술협회는 서울키노를 창립하고 〈혼가(昏街)〉(1929년 1월 26일 단성사 개봉)의 제작에 들어가게 된다. 1928년 5월 중순부터 영등포 등지에서 촬영을 시작한 영화 〈혼가〉는 "이 세상에서 가장 위대한 사람이 되려고 고향을 떠나는 조선의 세 젊은 사람의 걸어온 발자취를 그린" 작품으로 알려져 있다.[14] 임화는 이 작품에서도 주연을 맡아 이영희, 추용호, 남궁운 등과 함께 연기를 펼친다. 하지만, 임화의 연기는 "표정의 심각미가 적은 까닭에 관객으로 하여금 인상의 강렬성을 주지 못"했다는 박완식의 평가[15]에서 알 수 있듯이 그리 뛰어난 것은 아니었다.

〈유랑〉과 〈혼가〉의 주연 배우로 활동하던 임화는 1928년 여름 〈먼동이 틀 때〉(1927년 10월 26일 단성사 개봉)를 둘러싼 논쟁에 참여함으로써 비평가로서의 면모를 드러낸다. 영화 〈먼동이 틀 때〉는 계림영화협회 제3회 작품으로 심훈이 감독·원작·각색을 맡았다. 심훈은 1925년 동아일보 기자로 재직하던 당시 영화 〈장한몽〉의 남자주인공을 맡았던 일본인 주삼손이 행방불명되자 감독 이경손과의 친분으로 이수일 역을 맡아 영화에 출연하게 된다. 이를 계기로 영화에 심취

---

14 「서울키노 제1회 작품 〈혼가〉 전 10권」, 『중외일보』, 1928.6.16.
15 박완식, 「조선영화인 개관 2」, 『중외일보』, 1930.3.13.

한 그는 영화소설 「탈춤」을 발표한 후 영화배우 강홍식과 일본으로 건너가 니가츠 쿄토촬영소에서 일본의 무라타 미노루(村田實) 감독에게 6개월여 동안 영화를 공부하고 돌아와 〈먼동이 틀 때〉를 제작한 것이다.

심훈의 영화 〈먼동이 틀 때〉에 대한 논쟁은 영화가 개봉된 지 1년여가 지난 1928년 7월 『중외일보』 지상에서 진행된다. '만년설'이라는 필명으로 한설야가 심훈의 작품을 〈레미제라블〉의 장발장을 흉내내고 있지만, "청년 남녀의 사랑을 위하여 한 몸을 희생하는 그러한 썩은 사랑"만이 담겨 있는 "악균을 ○성하는 썩은 작품"이라고 혹평한 것이다.[16] 이러한 한설야의 비판은 새로운 것이 아니었다. G생도 「〈먼동이 틀 때〉을 보고」에서 서사적 개연성이 부족하다는 점을 지적한 바 있고[17] 최승일 역시 「1927년 조선영화계―국외자가 본」에서 작가의 의식을 문제 삼고 있기 때문이다.[18]

한설야의 비판에 대해 심훈은 「우리 민중은 어떠한 영화를 요구

---

16 한설야, 「영화예술에 대한 관견」, 『중외일보』, 1928.7.5.
17 "영화의 머리를 보건대 주연 김광진은 3월 운동을 하다가 철창 생활을 하고 나온 사람이라는 것이 드러났는데, 출옥 후 그 사람은 절도질을 해먹는지 무슨 그저 생기는 돈벌이를 하는지 돈은 다 잃어버리고도 돈은 또 생기는데 대체 무엇을 하며 무엇으로 호구를 하는지가 알 수 없다. 그리고 적은 것으로 보아 돌베개를 베이고 누더기옷을 입은 사람에게 잠지도 사라며 약도 사라며 또는 그에게 걸인의 구걸도 한다. 무슨 부자연스러운 장면이랴."(G생, 「〈먼동이 틀 때〉을 보고」, 『동아일보』, 1927.11.2)
18 "과거의 일군은 햇빛을 보자 퇴화되어서 뇌옥으로 다시 가게 되고 소위 현대에 많이 있는 모던 걸 하나하고 모던 보이 하나가 행복을 차지하게 되었다. 나는 그 심사를 모르겠다."(최승일, 「1927년 조선영화계―국외자가 본」, 『조선일보』, 1928.1.10)

하는가」를 통하여 반박한다. 그는 "우리 영화계의 장래를 염려하는
성의에서 나온 것이라면 공론을 떠나 좀더 핍절한 실제 문제를 붙잡
아 가지고 앞으로 어떠한 방법으로 어떠한 내용을 담은 작품을 제작
해야 되겠다는 구체적 의견"을 담아야 한다고 주장하며, 검열 문제,
영화 자본 문제, 제작 기술 문제, 영화인의 생활 문제 등을 언급한
다. 이와 함께 "모든 제재 가운데에 우리에게 핍절한 실감을 주고 흥
미를 끄며 검열관계로도 비교적 자유롭게 취급할 수 있는 것은 성애
문제"라는 점을 들어 '대중의 위로품'으로서의 영화를 내세운다.[19]

이에 대해 임화는 심훈이 카프에 가담하지 않은 것을 문제 삼은
뒤, "검열 제도의 간판 뒤 숨어서 눈물만 짜"는 '비겁한'이라고 규정
한다. 그리고 "우리에게 허여된 모든 조건을 우리는 이용하여 우리
자신의 영화 제작을 할 것"이며 이를 통하여 현행 ×검열제도의 ××
에로 우리의 보조를 내어 놓아야 할 것"이라고 주장한다.[20] 임화의
관심은 영화가 가지고 있는 "가공할 만한 위대한 기능을 우리의 소
용되는 바 투쟁의 무기로 사용"하는데 집중되어 있었던 것이다. 이
렇듯 영화를 '투쟁의 무기'로 규정하는 것은 카프의 일반적인 견해
를 반복한 것에 지나지 않는다. 카프에 가담하지 않았다는 이유만
으로 심훈을 소부르조아로 규정하고, 목적의식적 정치투쟁의 무기

---

19 심훈, 「우리 민중은 어떠한 영화를 요구하는가?」를 논하여 만년설 군에게」, 『중외일보』,
1928. 7. 25.
20 임화, 「조선영화가 가진 반동적 소시민성의 말살」, 『중외일보』, 1928. 7. 30.

로서의 예술만을 강조하고 있는 것이다.

영화 〈먼동이 틀 때〉를 둘러싸고 벌어진 논쟁은 1928년 여름 영화계를 뜨겁게 달구었지만, 그리 오래 지속되지 않았다. 그것은 영화 〈먼동이 틀 때〉가 비록 카프에서 직접 제작한 영화는 아니지만, 당시에 제작된 다른 영화에 비해 훨씬 민중지향적인 속성을 지녔기 때문일 것이다. 실제로 1929년 1월 단성사에서 프롤레타리아 영화 계열에 속하는 남향키네마의 〈암로〉와 서울키노의 〈혼가〉와 함께 계림영화협회의 〈먼동이 틀 때〉를 동시에 상영한 사실은 이를 반증한다. 더욱이 한설야, 임화 등의 혹평에도 불구하고 안석영, 서광제와 같은 또다른 카프 영화인들이 〈먼동이 틀 때〉를 긍정적으로 평가하고 있다는 점도 간과할 수 없다.

이처럼 논쟁 과정에서 임화는 조직적이고 이념적인 차원에서 심훈을 비판하긴 했지만, 조선영화계가 처해 있는 열악한 제작 환경의 문제[21]를 완전히 무시하기는 어려웠다. 그래서 시나리오의 부재를 해결하기 위한 방법으로 아동잡지 『별나라』에 1929년 5월부터 8월까

---

21 임화는 2년여 전에 발표한 「위기에 임한 조선영화계의 현실」에서 다음과 같이 말한 바 있다. "이런 여러 가지 방면으로 보아 현재 조선영화 제작자처럼 불행한 사람은 다시 없을 것이다. 배신적(拜神的)으로 받는 곤란 이외에 경비 조달에 곤란으로 말미암아 일정한 스튜디오를 점유치 못하게 치명적 고통이 다 말할 것도 없이 전부가 로케이션으로 제작한다는 것이다. 사실로 이런 일은 무리할 것이다. 그러나 어찌할 수가 없이 지금 조선의 제작자는 곧 이 방법을 취하고 있다. 그리고 촬영기사의 기술부족 로케이션으로 모두를 촬영하므로 사진의 생명인 명암을 완전히 할 수 없는 것, 또 영화극에 이해를 가진 작가의 전무 등 함으로 조선같이 영화 제작이 곤란한 나라는 세계에 또 없을 것이다."

지 영화소설 「신문지와 말대리」를 연재한다.[22] 또한 "플롯만을 추려서 시비를 가리려는 것은 종합예술의 형태로 나온 영화의 비평이 아니"[23]라는 심훈의 지적을 받아들여 「영화적 시평」(『조선지광』, 1929.6)에서 영화 「메트로폴리스」의 내용을 계급적 관점에서 비판하는 동시에 연기·세트·의상 등 형식적인 요소에 대해서 언급하기도 한다.

1930년대에 접어들면서 임화의 영화 활동은 전환기를 맞이한다. 윤기정, 김유영 등 카프 계열의 영화인들은 1929년 12월 14일 "신흥영화이론의 확립, 엄정한 영화 비판과 연구, 가급적 이데올로기를 파악한 영화 제작 등을 목표"[24]로 신흥영화예술가동맹을 결성했던 것이다. 당시 임화는 일본에 있었기 때문에 신흥영화예술동맹의 결성에 직접 참여한 것으로 보이지는 않는다. 그런데, 1930년에 접어들면서 무산자 그룹이 카프의 주도권을 장악하고 카프의 방향전환을 시도하면서 프로영화운동 진영에서 내분이 발생하게 된다. 즉 카프가 조직 개편을 단행하고 기술부 산하에 영화부를 신설하려 하자 신흥영화예술가동맹의 김유영, 서광제 등이 반발한 것이다.[25] 결국 신흥영화예술가동맹을 탈퇴한 윤기정은 4월 26일 카프 중앙집행위원회에서 김남천, 이응종, 박완식, 임화 등과 함께 영화부를 구성

---

22 전우형, 『1920~30년대 영화소설 연구』, 서울대 박사논문, 2006, 43면과 오문석, 앞의 글, 38면 각주 5.

23 임화, 「조선영화가 가진 반동적 소시민성의 말살」, 『중외일보』, 1928.7.30.

24 「신흥영화예술가동맹 신조직」, 『동아일보』, 1929.12.12.

25 「신흥영화예술가동맹 위원에서 금후 방침 결의」, 『중외일보』, 1930.4.23.

하고, 더 나아가 5월 24일에는 신흥영화예술가동맹 임시대회를 열어 해산시키기에 이른다.[26]

이로부터 프로영화운동은 두 개의 단체로 분열되어 경쟁과 대립을 벌이게 된다. 신흥영화예술가동맹 해산 직후인 5월 26일 서광제와 김유영은 안석영, 안종화 등과 함께 조선시나리오작가협회를 조직하고, 서울키노를 통해 〈낙동강〉, 〈화륜〉 등의 영화 제작을 계획한 것이다. 이에 맞서 카프 영화부에서는 1930년 11월 영화제작단체 청복키노를 창립하고 이동식영화 〈지지 마라 순희야〉와 영화 〈지하촌〉을 제작하기에 이른다. 임화가 1931년 1월 17일부터 3월 7일까지 서울 신당동 빈민촌을 배경으로 촬영된 〈지하촌(地下村)〉[원제 : 늘어가는 무리](강호 감독, 신응식 원작, 박완식 각색)에 출연한 것이라든가 「서울키노 영화 〈화륜〉에 대한 비판」을 발표한 것은 이러한 프로영화운동 내부에서의 주도권 갈등 상황과 관련된다.

영화 〈화륜〉(1931년 3월 11일 조선극장 개봉)은 조선시나리오작가협회 회원이던 이효석, 안석영, 서광제, 김유영이 『중외일보』(1930.7.25~9.2)에 연작으로 발표한 것을 김유영이 감독을 맡아 영화로 제작한 것이다. 이 작품은 철호라는 사나이가 한 사건의 희생자로서 10년 동안 감옥 생활을 마치고 나온 날부터 다시 감옥에 끌려들어갈 때까지의 생활을 그리고 있는데, 서울키노가 제작하고 백하로, 석일량, 김연실, 김

---

26 「신흥영예동맹 대회에서 해체」, 『중외일보』, 1930.5.26.

정숙 등이 출연하였다. 이 무렵 일본 생활을 마치고 경성에 돌아온 임화는 「서울키노 영화 〈화륜〉에 대한 비판」에서 이 작품을 "작자의 이데올로기적 불확실과 소부르적 반동성의 표현으로서 관중의 저속한 취미에 영합하려는 상업주의의 노골적 발로"[27]라고 강하게 비판한다.

이러한 비판에 대해 서광제가 「〈화륜〉의 원작자로서」[28]를 발표하여 반박을 시도하지만, 정작 〈화륜〉의 감독이었던 김유영은 자기변명에 급급했던 서광제를 비판하고, 임화가 검열 문제 등을 들어 "객관적 정세를 관찰하지 못한 이론적 비평과 감정적 비평으로만 열중"하였다는 점을 언급할 뿐이었다.[29] 이처럼 김유영이 실질적으로 임화의 비판을 수긍하고 자기비판함으로써 논쟁은 진행되지 못한다. 임화 또한 영화 〈지하촌〉에 출연하고 영화 비평을 발표했다고 하더라도 그것은 1920년대에 보여주었던 것과는 다른 것이었다. 임화의 관심은 1931년 5월 16일에 열린 신간회 전국대표대회에 경성지부 대표로 참석하여 인천, 부산, 양양, 통영, 동경 지회와 함께 해소안을 제안

---

27 임화, 「서울키노 영화 〈화륜〉에 대한 비판」, 『조선일보』, 1931.4.2.
28 서광제, 「〈화륜〉의 원작자로서」, 『조선일보』, 1931.4.11~4.13.
29 "〈화륜〉은 의도가 너무 컸으며 도시 노동자의 생활이나 공장부와의 쟁의자를 묘사하려면 반드시 아지프로적 내용과 영화적 전개가 있어야 할 것이다. 그러면 아지 프로적 내용을 가진 영화가 조선 내에서 검열이나 상영은 하지 못할 것 같다. 커트를 무참히 당한 후 상영이 된다고 하더라도 대중에게 힘 있는 효과를 주지 못할 것이다. 나의 생각에는 오히려 효과적으로 보아서 리얼리즘의 내용과 표현 수법을 가진 것이 아지 프로적(커트 당한) 영화 보다 나을 것이다. 따라서 영화화한 〈화륜〉의 반동적 요소를 가지게 된 원인이 이러한 예에서 있다는 것을 알 수 있다."(김유영, 「서군의 영화비평 재비평」, 『조선일보』, 1931.4.22)

하여 관철시키는 등 정치투쟁의 영역으로 진입해 있었기 때문이다.

이와 관련하여 프로영화운동에 참여했던 박완식이 1930년 3월에 발표한 글에서 임화가 "사신으로서 영화계를 버리자는 비관적 단념적 의사조차 보"[30]였다는 대목은 흥미롭다. 임화는 일본에 건너간 후 일본 프롤레타리아영화동맹(프로키노)의 기관지 『신코에이가(新興藝術)』에 「朝鮮映畵の諸傾向に就いて」[31]를 발표한 바 있긴 하지만, 1930년 무렵부터 영화에 대한 열정이 현저히 약화되었음을 짐작할 수 있다. 결국 1931년 8월 5일 조선공산주의자협의회 사건으로 검거되었다가 불기소처분을 받고 나온 이후 임화는 더 이상 영화에 대한 글을 발표하지 않으며, 극단 메가폰이나 극단 신건설 창립 때에도 직책을 맡지 않는다. 1933년 11월 10일 연예관에서 극단 신건설 제1회 공연으로 〈서부전선 이상 없다〉를 공연할 때 잠깐 출연한 것이 마지막 연기활동이었다.

임화가 영화배우이자 영화비평가로서 활동했던 1920년대 후반부터 1930년대 초반은 조선영화가 활발하게 제작되던 무성영화의 전성기였다. 이 기간 동안 40여 개가 넘는 영화제작사에서 매년 수십 편의 작품을 제작하고 있었다. 임화가 영화에 주목했던 것은 이러한 신흥예술로서의 영화의 가능성과 영화가 지닌 탁월한 대중 동

---

30 박완식, 「조선영화인 개관 (2) 각 인에 대한 촌평」, 『중외일보』, 1930. 3. 13.

31 林和, 「朝鮮映畵の諸傾向に就いて」, 『新興藝術』, 1930. 3, 115~124면.

원 능력에 주목한 때문이었다. 그래서 예술대중화와 관련하여 여러 논쟁을 펼쳤지만, 실제적인 성과는 크지 않았다. 카프 본부와 영화 단체와의 내분 사태와 함께 영화 제작에 필요한 자본의 문제와 영화 제작 및 상영 과정에서의 검열 문제를 해결할 수 없었기 때문이다. 카프 영화부의 조직을 정비하고 지방을 중심으로 소형영화를 통한 이동영사방안 등을 다각적으로 모색하기도 하지만, 일제의 탄압으로 말미암아 제작과 상영이 부자유스러운 상황에서 대중 획득이라는 목표를 달성하지 못한 채 막을 내리고 만 것이다. 일본에 건너간 직후부터 볼세비키적 정치투쟁에 가담하기 시작했던 임화 역시 이러한 상황 속에서 영화에 대한 열정을 접고 시인이자 문학비평가로의 활동에 집중하게 된다.

3. 1940년대 영화비평론의 다층적인 담론 전략

1930년대 말부터 학예사를 기반으로 조선신문학사에 비평적 · 학문적 열정을 쏟아 붓던 임화는 학예사에서 물러난 후 설의식 · 설정식 가문에서 운영하던 오문출판사에서 잠시 주간을 맡아 활동하다가 1941년 여름 고려영화협회를 이끌던 이창용이 설립한 조선영화문화연구소에 입사한다.[32] 1940년 무렵 고려영화협회 문예부 촉

탁으로 근무하면서 〈김옥균전〉, 〈북풍〉, 〈집 없는 천사〉의 각본·
각색·대사에 관여한 적이 있었고, 조선영화문화연구소에서 "조선
영화의 발달사, 현황, 통계, 조선영화의 소개, 기타 인명" 등을 수록
하기 위한 『조선영화연감』(조선영화대관)을 계획[33]하고 있었던 것을
상기해볼 때, 임화가 조선영화문화연구소에 입사한 것은 그리 특별
한 일이 아니라고 여겨진다.

그런데, 임화의 조선영화문화연구소의 입사는 친일로의 전향이
라는 의심을 살 만한 일이기도 했다. 그는 1941년 초 총력연맹문화
부장 야나베 에이사부로(矢鍋永三郎)와 일제의 신체제 문화운동과
관련한 대담을 나눈 적이 있었고,[34] 7월에는 조선문인협회 회원들과
함께 남산에 있는 호국신사의 근로 봉사에도 참석한 바 있었다.[35]
또한 고려영화협회와 조선영화문화연구소를 이끌던 이창용(창씨명
히로카와 소요 廣川創用)은 1939년에 조선영화인협회 이사, 1940년 12
월에는 황도학회의 발기인으로 참여하기도 했다. 이러한 정황으로

---

32 「정보실」, 『삼천리』, 1941.9.

33 「조선영화발달사 제작」, 『매일신보』, 1941.7.3.

34 「總力聯盟 文化部長 矢鍋永三郎·林和 對談」, 『조광』, 1941.3.

35 "앞서 부여 神宮 御造營地에 이르러 공역 봉사를 하고 돌아온 문인협회에서는 다시 7월 7
일의 성전 4주년 기념일에 용산 있는 護國神社의 御造營地에 근로봉사키 위하여 內鮮 문단
인 근 50인이 출동하야 화기 도는 속에서 오전 9시부터 12시까지 2시간의 봉역을 마쳤는
데 그날 출역한 몇 분을 기하면 朴英熙, 杉本長夫, 崔貞熙, 朱耀翰, 鄭芝溶, 百瀬千尋, 咸大勳,
毛允充, 林和, 安懷南, 李泰俊, 金岸曙, 辛島驍, 李石薰, 郭行瑞, 李光洙, 朴鍾和, 鄭寅燮, 兪鎭
午, 蔡萬植, 朴泰遠, 金南天, 金起林, 李源朝, 盧聖錫, 鄭飛石, 柳致眞, 盧天命, 趙容萬, 鄭人澤,
寺田瑛, 津田剛, 金東煥 등.(「정보실」, 『삼천리』, 1941.9)

미루어보아 1941년 무렵 임화는 신체제 영화에 관여하고 있는 듯이 보인다.

그렇다면 임화가 1940년대 들어서 영화에 다시 관심을 갖기 시작한 것이 친일과 관련되어 있는 것일까? 임화가 조선영화문화연구소에 입사한 전후에 쓴 「조선영화발달소사」에는 이러한 흔적이 전혀 나타나지 않는다. 이 글은 조선영화연구소가 기획한 『조선영화연감』과 연관되어 있어서 학술적인 객관성을 띠고 있기 때문이다. 이 글에서 임화는 조선영화사를 '구경'만 하는 수용의 역사에서 '제작'하는 창조의 역사로 구분하여 서술한다. 필름이 신기한 발명품이나 단순한 오락의 대상의 여겨지던 개화기 '활동사진'의 시대에서 출발하여 1920년대 초 연쇄극과 선전극이라는 과도기를 거쳐 예술로서의 '영화'의 시대로 발전했던 것이다.

임화에게 있어서 조선영화사에 대한 서술은 그리 어려운 일이 아니었을 것이다. 이미 1930년대 초에 일본에서 「朝鮮映畵の諸傾向に就いて」를 통해 〈춘향전〉부터 신흥영화예술가동맹의 결성에 이르기까지 조선영화사, 특히 무성영화의 시대를 정리한 바 있었기 때문이다. 하지만, 이 과정에서 임화는 프로예술운동에 참여했던 시기에 보여주었던 이념적 척도 대신에 조선영화에 대한 새로운 평가 척도를 제시한다. 예컨대 심훈의 〈먼동이 틀 때〉와 같은 작품을 양심적 제작 태도를 지닌 비교적 성공한 문예영화로 재평가하고 있는 것이다.[36] 그 결과 "조선 사람에게 고유한 감정 · 사상 · 생활의 진실

의 일단이 파악되어 있고, 그 시대를 휩싸고 있던 시대적 기분이 영롱히 포함되어 있는"[37] 걸작으로 무성영화 「아리랑」과 발성영화 「나그네」를 지목한다.

이렇듯 임화의 조선영화사 서술은 조선영화의 예술적 성격에 대한 재평가와 관련되어 있다. 그런데 결말 부분에 이르러 임화는 조선영화의 '예술적 성격의 획득'이 '기업화의 길'과 불가분의 관계에 있음을 지적하고 있어서 주목된다. 그리고 「조선영화발달소사」 이후에 발표한 「조선영화론」에서 이러한 예술성과 기업화의 길항관계에 대해 언급하고 있다. 이 글에서 임화가 여러 차례 강조하는 것은 영화가 문화예술의 한 형태라는 점이다. 영화가 인류의 모든 문화나 예술의 역사가 수천 년이라는 전통을 가지고 있는 것과는 달리 반세기 미만에 형성된 특수한 예술이면서도 동시에 하나의 고유한 형식과 의미를 갖는 일반적인 예술의 한 분야라는 것이다. 물론 영화를 문화와 예술로부터 분리하려는 '특수화'의 시도가 전혀 근거 없는 일은 아니다. 영화의 생산 과정이 다른 예술과는 달리 산업성을 지니고 있기 때문이다. 하지만, "모든 예술은 어느 정도로이고 사

---

36 「朝鮮映畵の諸傾向に就いて」(1930)과 「조선영화발달소사」(1941)는 약 10년 간의 시간적 낙차가 개입되어 있어서 임화의 이념적 변화를 쉽게 파악할 수 있다. 또한 조선신문학사 서술 과정에서 사용된 여러 개념들이 약간의 변용을 거치며 사용되고 있어서, 이 시기 임화의 사상적 궤적을 살펴보는 데 큰 도움을 줄 수 있으리라 여겨진다. 여기에 대해서는 별도의 논문을 통해서 상세히 검토할 예정이다.
37 임화, 「조선영화발달소사」, 『삼천리』, 1941.6.

람을 즐겁게 하는 것이기 때문에 일부러 영화만을 그렇게 생각하려는 태도는 영화를 애써 비하"하는 온당치 않은 것이며, 조선영화는 "조선 사람들의 근대생활을 토대로 하여 생성한 문화요, 그 위에서 형성되어온 예술의 하나"라고 주장한다.[38]

임화가 이처럼 영화를 독립된 예술장르로서 강조한 것은 표면적으로 영화를 문화로부터 분리하려는 '특수화'에 대한 비판의 의미를 지니고 있다. 실제로 당대의 문화인들 사이에서 영화의 예술성을 부정하는 견해는 쉽게 발견된다. 예컨대, 김남천은 「영화인에게 보내는 글」에서 "영화 예술이라는 말이 성히 유행하지만, 아직도 영화는 다른 예술, 가령 예를 들자면 문학이나 음악이나 미술처럼 규격을 갖춘 예술과 동렬에 설 수는 없지 않은가"라는 의문을 제기한다.[39] 그것은 영화기 "독자의 힘으로 사색하고 파악하고 표현"할 수 있는 독립성을 획득하지 못한 까닭에 권력에 예속되어 선전의 도구로 전락해가고 있는 당대의 현실을 감안한 것으로 보인다.

영화가 예술로서 자기를 완성하는 단초를 지으려면 자신의 미학 내지

---

[38] 임화, 「조선영화론」, 『춘추』, 1941. 11, 82~83면.

[39] 김남천, 「영화인에게 보내는 글」, 『문장』, 1940.7, 224면. 이러한 입장의 연장선상에서 김남천은 『영화연극』 창간호(1939. 11)의 "시나리오 문학도 문학의 장르로 볼 수 있는가?"라는 앙케이트 조사에서도 "시나리오가 하나의 문학의 장르로 될 수 있는가 아닌가의 문제는 영화에 대한 하나의 예술학(미학)이 완성되면 곧 해결될 문제올시다. 그것이 기성의 제예술과 한자리에서 이야기할 수 없을 만큼 소잡(素雜)한 것인 것도 부인할 수 없겠습니다"라고 말한다.

는 예술학을 가져야 하겠습니다. 문학과의 상관관계나 음악, 회화 등의 타 예술과의 의존관계에서 떠나면서 자기의 미학을 가질 필요가 있겠습니다. '동도(東道)'이래 영화는 예술로서의 독자의 길을 발견하였다든가 컷트 백이나 이동이 몽타쥬나 와이프나 혹은 기타의 모든 카메라 워크를 이끌어서 영화의 예술사를 꾸미려는 이에게 있어서는 나의 생각은 쓸데없는 공연한 수작 같이 들리겠지만, 영화를 선전의 도구에서 구출하기 위하여, 더구나 자본이나 기업의 토대가 없는 우리 고장에서는 이 방면의 새로운 노력은 영화의 자존심이나 또는 영화인의 자부심을 위하여 절실히 필요한 것으로 생각합니다.[40]

김남천이 이 글을 발표했던 시기는 중일전쟁 발발과 함께 「군용열차」(서광제, 1938)와 같은 군국주의적 영화들이 본격적으로 제작되던 시기였다. 따라서 영화의 예술적 독자성에 대한 김남천의 부정과 임화의 긍정 사이에는 문맥상 큰 차이가 느껴지지 않는다. 영화의 예술적 가능성이라든가 영화의 존립 이유 등을 부정한 것이라기보다는 영화가 자신의 미학 내지는 예술학을 가지지 못했을 때 '선전의 도구'로 전락할 수 있다는 점을 지적하고 있기 때문이다.

임화는 지난 1938년에 「문화기업론」, 「문단적인 문학의 시대」를 통해서 "조선 문화의 이상적 계몽적 성격의 붕괴"와 함께 "시장의 유

---

40 김남천, 앞의 글, 224~225면.

혹"에 노출되어 있는 문화 현실에 대한 고민을 표현한 바 있다. 이 과정에서 문학의 위기, 혹은 '문단적 문학'으로의 위축을 가져온 주범으로 지목되었던 것이 바로 예술파였다. 그런데, 1941년에 접어들면서 임화는 「조선영화발달소사」와 「조선영화론」을 통해 예술적 성격, 곧 예술성을 재호명하여 '기업화'에 대응하고자 하는 것이다. 임화에 따르면 "영화는 우수한 기계적 설비가 없이는 높은 예술성의 표현을 기할 수가 없"고 "우수한 기계의 설비를 위하여는 상당한 규모의 자본이 필요"[41]하다는 점에서 기업적·산업적 특성을 지니고 있다. 이런 맥락에서 보자면 '기업화'라는 개념은 언뜻 보기에 영화에 진출한 자본과 연관된 것처럼 보인다. 실제로 1935년부터 조선영화계는 발성영화 제작이 일반화되면서 무성영화에 비해 훨씬 막대한 제작비가 요구되었고, 이에 따라 고려영화협회와 같은 영화제작사가 설립되고, 자본의 이윤을 얻기 위해 일본이나 만주로의 영화 수출이 논의되기도 하였다.

하지만, 이 글이 발표되던 1941년의 상황을 고려해보면, '기업화'라는 개념이 자본주의 일반에서 흔히 나타나는 자본의 문화 진출이라기보다는 문화에 대한 파시즘적 통제를 가리키는 것으로 보인다. 1940년 1월 4일 조선총독부가 조선영화령[42]을 제정하면서 영화 제

---

41 임화, 「조선영화론」, 앞의 책, 84면.

작과 배급, 상영 과정에서의 통제가 강화되어 신체제 영화로의 재편성이 시도되기 시작했다. 그리하여 1940년 12월 10일 조선영화제작자협회가 결성되었고, 이후 이창용의 고려영화협회를 비롯한 기족의 영화제작업체들의 반발을 억누르고 1942년 9월 29일 조선영화주식회사가 설립되었다. 따라서 「조선영화론」에서 사용된 '기업화'라는 개념은 "고도의 통일적 기업화의 관문에 들어서기 시작했으며, 또한 하나의 근본적인 전환기를 체험하기 시작한 오늘"이라는 현실 진단에서 알 수 있듯이 조선총독부의 의도 하에 새롭게 구성되고 있는 조선영화주식회사를 염두에 둔 것이다.

이렇듯 임화가 말하는 조선영화의 예술적 성격은 조선총독부가 주도하고 있는 '기업화'에 대응하는 개념이다. "영화는 상품의 일종인 것도 사실이요, 오락의 대상인 것도 사실이요, 광고나 프로파겐다의 수단일 수도 있는 것도 사실"[43]이라고 인정하면서도 조선영화가 지향해야 할 바가 예술성임을 끊임없이 강조하고 있는 것이다. 임화는 조선영화가 "자본의 원조를 받지 못한 대신 그의 폐해도 입지 아니했다"는 점을 두 차례에 걸쳐 반복하면서 독립적인 영화정신

---

42 조선영화령은 1939년 4월 일본 육군정보부에서 전시체제에 대비하기 위한 제정한 일본 영화법을 그대로 옮겨놓은 것이다. 조선영화령의 시행세칙에 따르면 일본 선전영화의 상영을 의무화하고 구미 영화의 수입 및 상영을 규제한다는 것이었다. 또한 조선영화령 제8조 제2항 제3호의 규정에 의거하여 영화인들의 자격을 심사하여 기능증명서 없이는 영화 활동을 못하도록 하는 영화인 기능심사위원회가 설치된다. 이처럼 조선영화령에 따라 영화의 제작 배급은 물론 흥행에서 영화 관련 업종에 취업하는 일까지도 허가를 받게 된다.

43 임화, 「조선영화론」, 앞의 책, 83면.

의 표본으로서 나운규의 영화를 부각시키고, 아울러 자본으로부터의 자유 혹은 독립이야말로 "장래 조선영화의 가장 독자적인 성격 내지는 가치 있는 요소가 될 수 있는 것"이라고 언급한 것도 이러한 현실 인식을 보여주고 있다.

여기서 거듭 주의할 것은 조선영화의 이러한 내부적 동향이란 것이 전혀 자본의 원조를 받지 못한 대신 그의 폐해도 입지 아니 했다는 사실이다.

이러한 자유는 조선영화의 성격을 어느 정도로 독자화하여 가까운 예만 하더라도 일본영화보다 훨씬 이질적인 물건을 만들 것이다.

내지의 어떤 작가는 조선소설을 내지의 그것에 비하면 서구적인 데 가깝다고 한 일이 있거니와 영화의 영역에서도 이 점은 통용될 듯하다. 이것은 물론 그 수박한데 있어 진실하고 치졸함에 있어 독자적이나 이것은 시정해야 할 결함이면서 성육(成育)되어야 할 장점이라고 나는 생각한다.[44]

이 과정에서 기업, 자본이라는 기표는 끊임없이 권력이라는 기의와 중첩되면서 표면적인 의미를 교란시킨다. 이 글의 마지막을 장식하고 있는 "기업가도 국가도 사회도 예술가에게 구하는 것은 항상 성실이라는 것을 잊어서는 아니 된다. 성실을 통해서만 기업엔 이윤을,

---

44 위의 글, 92면.

국가에는 충성을, 국민에게 쾌락을, 그리고 자기는 성과를 각각 주고 차지하는 것이다"라는 언급 역시 마찬가지이다. 이 언급은 표면적으로 신체제 영화에 대한 투항이라고 읽힐 수 있지만, 첫머리에서 "진실된 영화 문화", "건전한 영화 예술의 정신"을 회복하는 것이 요구된다는 명제와 관련시켜 본다면 전혀 다른 해석도 가능한 것이다. 조선영화가 "다른 순정한 근대문화의 예술과 같이 문화와 예술로서의 존엄과 시대에 대한 결코 천박하지 않은 자각을 아울러 가져야 한다"는 것은 신체제 문화에 대한 내적 저항으로 읽혀질 수도 있기 때문이다.

'기업화'라는 개념 속에 내재한 문화의 국가 통제를 '예술성'이라는 범주를 통하여 은밀하게 비판하는 임화의 담론전략은 「영화의 극성과 기록성」에서도 찾아볼 수 있다. 이 글에서 임화는 영화 〈복지만리〉를 언급하면서 영화가 "여러 가지 까다로운 예비지식을 동원하지 아니하고 향수할 수 있"[45]기 때문에 많은 관객들에게 향유되는 대중성을 지니고 있으며, 이를 위해서는 무엇보다도 '시각적인 사실성'을 확보하는 것이 요구된다고 말한다.

> 모—든 예술이 이른바 궁극의 지점인 예술적 진실이라는 곳으로 들어가기 위하여 대상의 여실한 묘사에서 시작하는 것과 마찬가지로 영화도 영화야말로 먼저 여실히 보이는 데서 시작하지 아니하면 안될 것은 자

---

45 임화, 「영화의 극성과 기록성」, 『춘추』, 1942. 2, 104면.

연스런 일이다. 여기에서 영화의 시각적 사실성이란 것이 어떠한 예술에서 보다도 준엄하게 요구되지 아니할 수 없다. 어떤 사람이 말한 것을 묘사하면 소위 트리비얼리즘에 떨어져서 보잘 것 없을 것이 영화에서는 참신한 예술성을 나타내는 경우가 있다. 그러한 점에서 기록영화 내지는 문화영화라는 것의 존재이유가 설명되는 것인데 여기에 이야기하고자 하는, 전창근(全昌根)씨의 작품 〈복지만리〉를 보고 사람들이 기록성이 있다고 한 말에는, 이 이채 있는 조선영화를 이해함에 있어 맨 첫 번의 관문을 여는 의미가 들어있지 않은가 한다. 시각적 사실성이란 것은 위선 사실적인 기록으로서의 정확성을 전제로 하지 아니할 수 없다.[46]

영화 〈복지만리〉는 실제로 제작비 7만 원, 약 2년간의 제작기간, 연인원 3천 명을 동원하여 만주로 이민 간 조선인의 생활을 생생하게 담아냈다[47]는 점에서 '시각적인 사실성'의 확보에 성공하고 있다고 여겨진다. 하지만 이러한 시각적인 사실성에도 불구하고 "조선농민이 향토를 떠나, 내지의 노동시장으로 갔다가 다시 조선으로 건너와 국경 가까운데서 대목 인부로 생활하다가 만주 광야로 떠나가서 다시 농민으로 돌아가는 과정"[48]을 통해서 영화는 만주를 일본이나 조선보다 살기 좋은 민족협화의 낙토로 형상화함으로써 일본제국주의의 대

---

46 위의 글, 104면.
47 김려실, 「인터 / 내셔널리즘과 만주」, 『상허학보』 13, 2004.8, 413면.
48 임화, 앞의 글, 106면.

동아공영권 사상을 표현하고 있다[49]는 점을 간과해서는 안 된다.

이에 대해서 임화는 서사시적 운명 / 일상적 생활, 주제 / 소재, 극성 / 기록성 등으로 이루어진 이항대립을 통해서 영화가 서사시적 요소를 가지고 있음에도 불구하고 등장인물들의 동기가 충분히 묘사되지 못한 점, 등장인물을 집단화하여 개성을 부각시키지 못한 점 등을 예술적인 결함으로 지적한다. 이러한 지적 뒤에 임화는 영화 〈복지만리〉의 성과를 일상적 생활, 소재, 기록성의 차원에서 재검토한다. 이러한 임화의 논법에서 가장 중요하게 읽어야 할 것은 "발자크의 소설이 시민의 운명을 표현하는 일면 불란서의 풍속사이었다"[50]라는 언급일 것이다. 익히 알고 있듯이 발자크의 소설은 정치적으로 왕당파의 세계관에 의해 창작된 것이지만, 디테일한 세부묘사 속에서 당대 사회의 역사적 방향을 보여줄 수 있었기 때문이다. 따라서 〈복지만리〉는 주인공의 서사시적 운명을 다루고자 하는 극성의 측면에서는 실패한 반면 단편적인 에피소드 속에 나타나는 일상성의 디테일한 세부 묘사에서는 성공한 작품이라는 것이다. 달리 말하면 주제의 측면에서는 당대의 지배담론이라고 할 수 있는 대동아공영권의 사상을 표현하고 있지만, 세부묘사에서는 주제와는 다른 무엇을 간직하게 된다는 것이다. 임화가 언급한 것처럼 "표현

---

49 김려실, 앞의 글, 414면.
50 임화, 앞의 글, 105면.

되기에 적지 않은 곤란을 지닌 의도"를 형상화한 까닭에 소재를 주제와 유기적으로 조화시키지 못한 것은 사실이지만, 기록성을 통해서 담겨진 역사적 운명의 흔적 속에서 조선 농민의 삶을 떠올릴 수 있도록 하는 것이다.

이처럼 1941년을 전후해 발표한 임화의 영화론은 대단히 교묘하고 다층적인 담론 전략을 구사하고 있다. 그것은 앞서 말한 것처럼 표면적으로 일제의 신체제 문화 구상에 협조해야 할 뿐만 아니라 내선일체를 몸으로 표현해야 하는 시대 상황 속에 놓여 있었음을 생각해볼 때, 임화의 담론적인 이중성은 아직 내선일체를 충분히 육화하지 못했다는 증거이거나 혹은 군국주의 체제에 내밀한 저항을 시도하고 있다는 증거일 것이다. 문제는 두 가지 가능성 중에서 어느 것도 분명하게 말할 수 없다는 점이다. 이러한 모호한 태도는 임화가 마지막으로 발표한 「조선영화론」(『매일신보』, 1942.6.28~30)에서도 지속되고 있다. 한편으로는 영화계가 신체제로 재편성되는 것을 당연하고 올바른 것으로 서술하면서도 〈집 없는 천사〉의 동경 개봉 과정에 나타난 조선어의 문제라든가 자신이 직접 대본에 참여하기도 했던 〈君と僕(너와 나)〉에서 빚어진 검열 문제 등을 환기시키는 전략을 보여주기 때문이다. 따라서 1942년 무렵까지 임화가 '아직까지'이거나 혹은 '여전히'이거나 간에 대동아공영권의 논리에 포섭되어 있지 않다는 점만은 분명히 말할 수 있을 것이다.

4. 조선영화와 조선어의 가능성

　임화는 문단 활동을 시작하면서 시를 쓰기 시작했지만, 정작 그가 관심을 기울였고 열정을 쏟았던 것은 영화였다. 그가 시인으로 문명을 날리기 시작했던 단편서사시들은 어느 연구자가 지적한 것처럼 무성영화시대의 변사의 목소리를 닮아 있다. 어쩌면 그는 영화배우로서 활동하면서 가면을 쓰고 말하는 법을 배웠는지도 모른다. 가면 뒤에 숨어서 목소리를 들려주는 방식은 그의 비평 활동이 위기에 처했던 1940년대 들어 다시 빛을 발한다. 그가 영화에 관심을 가졌던 1940년대 초반에는 제2차 세계대전의 전운이 짙게 드리워져 있었고, 일본 제국주의는 식민지에 대한 통제를 강화하고 있었다. 이에 따라 임화가 발표한 여러 비평문은 표면적인 언술을 통해서는 지배담론과 목소리를 일치시키고 있지만, 끊임없이 자신의 본래 목소리가 아니라는 점을 환기시킴으로써 다른 의미를 지시하도록 유도하고 있다.

　하지만, 이런 다층적인 담론전략을 확인했다 하더라도 한 가지 의문은 여전히 남겨져 있다. 이 시기에 임화가 영화에 관심을 가졌던 계기는 여전히 밝혀져 있지 않은 것이다. 여기에서 우리는 당대의 문화 상황을 고려하여 한 가지 추측을 해볼 수 있다. 이 시기에 조선문학은 파시즘적 언어 통제에 의해서 질식 상태에 놓여 있었다. 1939년 말부터 언론기관 통제 계획에 의해 신문의 통폐합이 결정되어 마침내 1940년 8월 10일『동아일보』와『조선일보』가 폐간되었고, 여러 문학 잡지들 역시 일본어판으로 발간되기 시작했다. 최재서가 주관한 잡지『국민문학』의 경우에는 1942년 5 · 6월 합병호부터 완전히 일본어판으로 발간되기에 이르렀다. 따라서 조선문학은 일본문학의 한 지방문학으로 새롭게 편입되었고, 조선어로 이루어진 조선문학은 사라질 위기에 처하게 된다.

이러한 상황 아래에서 임화의 관심은 조선어 / 조선문화 / 조선적인 것의 운명에 집중되어 있었다. 그는 총력연맹문화부장 야나베 에이사부로(矢鍋永三郎)와 일제의 신체제 문화운동과 관련한 대담을 나누면서도 끊임없이 문화의 특수성을 주장하면서 조선어의 필요성에 대하여 언급한다. 이렇듯 조선어의 운명에 주목한다면 임화가 조선문학 대신에 조선영화에 관심을 기울인 한 이유를 짐작해볼 수 있다. 조선어로 이루어진 조선문학이 점차 사라져가고, 일본어로 이루어진 조선문학이 자리를 잡아가는 상황에서 영화는 예술의 영역에서 조선어를 사용하는 거의 유일한 매체였던 것이다. 실제로 일본어 해득자가 조선인구의 2할을 조금 넘는 상황에서 일본어 국책영화의 효과란 미미할 수밖에 없었고[51] 따라서 영화는 조선어판을 함께 제작하지 않을 수 없었던 것이다.

이런 맥락에서 볼 때 임화가 조선영화에 관심을 가졌던 것은 문

---

51 이영재,『제국 일본의 조선영화』, 현실문화연구, 2008, 304면. 주 33.

학이라는 영역이 폐쇄된 이후 조선어로 조선인의 삶을 표현할 수 있는 거의 유일한 예술영역이 영화였기 때문일 것이다. 하지만, 〈집 없는 천사〉의 동경 개봉 과정에서 잘 드러나듯이 영화에서의 조선어의 가능성 역시 사라지고 만다. 실제로 최인규 감독의 〈집 없는 천사〉는 총독부 검열을 통과하고 조선군보도부의 추천을 받았다는 사실에서 대동아공영권의 사상에 충실했음에도 불구하고 일본 상영 과정에서는 세 번(조선어판 2회, 일본어판 1회)에 걸쳐 검열을 받고 일본어 더빙판으로만 상영 허가를 얻게 된다.[52] 또한 그가 각본에 손을 댔던 〈君と僕〉 역시 완전히 일본어로 제작된다. 이러한 과정을 겪으면서 식민지 조선에서의 이중언어 상황을 이용한 조선어의 가능성 역시 완전히 막혀버린다. 1942년 9월 조선영화주식회사가 설립되는 과정에서 그가 속해 있던 조선영화문화연구소가 일정한 역할을 수행하였음에도 불구하고, 조선의 영화제작업체는 완전히 배제당하게 되었던 것이다. 이후 임화의 영화비평을 발견할 수 없는 것도 이 때문일 것이다.

---

52 〈집 없는 천사〉는 일본 문부성 추천 조선영화 제1호로 1941년 7월 17일 첫 번째 검열을 통과하고 9월 20일 시사회를 개최하였으며, 수입사 도와상사(東和商社)는 조선영화로서의 극히 드문 대대적인 선전을 벌였다. 그런데 내무성의 갑작스러운 재검열 신청이 받아들여져 9월 22일 재검열이 이루어진 결과 라스트신을 포함하여 총 218미터가 삭제되며 '비일반용 영화'라는 판정을 받아 공개 금지된다. 대신 일본어 더빙판이 10월 1일 검열을 통과하여 10월 2일부터 6일까지 상영 허가를 받았다.(이영재, 『제국 일본의 조선영화』, 현실문화연구, 2008, 298면 참조)

조선영화의 존재론
임화의 「조선영화론」을 중심으로

백문임

1. 시작하며

　김윤식은 "임화는 1939년부터 해방될 때까지 말하자면 사업가로 살았는지도 모른다"라고 말하며 임화가 학예사와 고려영화사, 조선영화문화연구소에 관여하던 것을 "이미 문학의 문제라 보기는 어"려운 상황이라고 지적한다.[1] 임화가 이 시기 '사업'에 얼마나 관심이 있었는지는 알 수 없으나, 적어도 1940~42년 사이 임화는 '조선영화'에 꽤 몰두

---

[1]　김윤식, 『임화 연구』, 문학사상사, 1989, 571~572면.

하고 있었던 것으로 보인다. 조선영화사를 설립한 최남주의 출판사인 학예사에 관여했으며[2] 1940년부터는 고려영화사에서, 1941년부터는 고려영화사의 이창용이 설립한 조선영화문화연구소에서 일하는 등 직접적으로 영화 관련 활동을 했다는 점에서뿐만 아니라, 조선영화에 관한 중요한 글들을 발표했다는 점에서 그렇다. 일단 최초의 '공식적인' 조선영화사라 할 수 있는 「조선영화발달소사(1941)」,[3] 가히 식민지 시대를 대표하는 영화론이라 할 수 있는 「조선영화론(1941)」, 그리고 민간영화사 최대의 기획작인 〈복지만리〉(전창근, 1941)에 대한 분석(「영화의 극성과 기록성」, 1942) 등은, 임화 스스로 영화에 관한 한 "국외자"[4]라고 지칭하고 있음에도 불구하고, 40년대 초 조선영화의 상황에 대한 깊숙한 개입의 산물이며 나아가 식민지시대 영화를 규명할 수 있는 중요한 단초들을 제공하는 성과이다.

그리하여 자연스럽게 임화의 영화론에 대해서는 '왜 이때 임화가 영화에 관심을 갖게 되었는가?'라는 의문을 먼저 떠올리게 된다. 주지하

---

2 임화의 학예사 활동에 대해서는 방민호, 「임화와 학예사」(『상허학보』 26집 , 2009.6) 참조.
3 「조선영화발달소사」(『삼천리』, 1941.6)는 1940년 5월 『삼천리』에 그 초안이 「조선영화발달사」라는 제목으로 발표된 바 있고, 1절을 제외한 내용이 「조선총독부 자료」(조선총독부 편, 1939, 1940)에 편집되어 1941년 11월 이치카와 사이(市川彩)의 『아시아 영화의 창조와 건설(アジア映画の創造及建設)』(國際映画通信社出版部)의 「조선영화사업발달사(朝鮮映画事業發達史)」 부분에 재수록되었다. 이에 대해서는 백문임, 「임화(林和)의 조선영화론 : 영화사의 좌표와 '예술성과 기업성'의 변증법을 중심으로」(『대동문화연구』제75집, 2011.9) 참조.
4 임화, 「조선영화론」, 『매일신보』, 1942.6, 28~30면.

듯 그의 글쓰기는 늘 '개입'의 형식을 취했기 때문에, 이 의문은 그가 조선영화에 어떤 개입의 필요성을 느꼈는가 하는 질문을 동반하는 것이기도 하다. 흥미롭게도, 임화는 식민지시대 조선영화에 있어서 두 번의 중요한 국면에서 영화 활동을 하고 있다. 첫 번째는 1926년 〈아리랑〉(나운규)의 성공 이후 무성영화의 전성기로서, 임화는 카프예술운동의 일환이었던 조선영화예술협회의 〈유랑〉(김유영, 1928)과 서울키노의 〈혼가〉(김유영, 1929) 등에 배우로 출연하고 영화 논쟁에 참여한다. 이 시기를 그는 1930년 『신코에이가(新興映画)』에 발표한 글에서 "조선의 프롤레타리아트와 농민들이 진정한 '우리들의 영화'를 가지게 되"[5]었던 때라고 정리한 바 있다. 두 번째 국면은 본 논문에서 다루는 시기로, 1937년 〈나그네〉(이규환)가 조선과 내지에서 성공한 이후 토키영화의 짧은 전성기가 1940년 조선영화령 실시와 1942년 법인 조영의 설립으로 이어지는 "근본적인 전환기"[6]를 맞이하던 때이다. 임화는 「조선영화발달소사」에서 조선영화의 대표작으로 〈아리랑〉과 〈나그네〉를 거론하는데, 그가 영화활동을 하면서 담론적 개입을 시도하는 시기 역시 이 두 작품을 계기로 무성영화와 토키영화가 전성기 및 전환기를 맞이하는 국면들이었던 셈이다. 이로 미루어, 비록 임화가 1930년대 영화 활동의 공백기를 가졌으나 영화에 대해 지속적인 관심을 갖

---

5 임화, 「朝鮮映画の諸傾向に就いて」, 『新興映画』, 1930. 3, 205면.
6 임화, 「조선영화론」, 『춘추』, 1941. 11, 92면. 이하 이 글에서 인용할 때는 CHO라는 약자를 사용하여 본문에 직접 표기.

고 있었고, 조선영화사를 집필할 수 있을 만큼 지식과 식견을 갖고 있었으며, 무엇보다 1940년대 초를 담론적 개입이 요청되는 국면으로 인식하고 있었음을 알 수 있다.

본 논문에서는 「조선영화론」(1941)에서 임화가 규명하려고 한 조선영화의 '예술'적 성격의 내용을 분석하면서, 그것이 조선영화령과 법인 조영의 설립으로 이어지는 전쟁기 영화 통제 상황에 대한 담론적 개입의 산물이었음을 밝히려고 한다. 그간 「조선영화론」은 식민지시대 유력한 영화론으로서 자주 언급되어 왔으나,[7] 특정한 국면과 관련하여 그 성격이 분석된 적은 드물다. 이는 임화에 대한 연구가 문학론에 집중되어 왔고 그간의 식민지시대 영화연구가 특정 비평가의 영화론을 중심으로 진행되지 않았다는 데 일차적으로 기인하는 것이지만, 늘 당대 담론과의 대화적 형식으로 입론을 마련했던 임화 비평의 특성이 제대로 고려되지 못했기 때문에 나타난 현상이기도 하다. 「조선영화론」은 초기 영화에 있어서 감상의 문제와 인접문화와의 관련성, 자본으로부터의 자립 등 조선영화의 특수한 성격을 지적한 글로서 영화사적 의미를 갖는 동시에, 1940년 영화를

---

7 대표적으로는 백문임과 이순진의 연구를 들 수 있는데, 이들은 조선영화가 문학이나 연극 등 "인접문화"와의 협동을 통해 형성되었다고 하는 「조선영화론」의 논의에 주목하고 이를 해방 후 영화사 기술의 특징과 연결시킨다. 백문임, 「1950년대 후반 '문예'로서 시나리오의 의미」, 김소연 외, 『매혹과 혼돈의 시대 : 50년대의 한국영화』, 소도, 2003; 이순진, 「한국영화사 연구의 현단계 : 신파, 멜로드라마, 리얼리즘 담론을 중심으로」, 『대중서사연구』 제12호, 2004.12.

소극적인 '취체'의 대상으로서가 아니라 "국민문화의 진전에 자(資)키 위하여 영화의 질적 향상을 촉(促)하며 영화사업의 건전한 발달을 도모하는 것"[8]을 목표로 내세우며 적극적인 '통제'의 대상으로 선포한 '조선영화령'이라는 '영화론'에 대한 응답의 형식으로 조선영화의 존재론을 규명한 글로서 중요성을 갖는다. 이 점에 주목했을 때에야 임화가 왜 다름아닌 조선영화의 "생성"의 시기로 시선을 돌렸는가, 그리하여 왜 제작이 부재했던 초기를 "감상을 통한 이식"의 시기로 규정하고 자본의 결핍을 인접문화와의 "협동"을 통해 극복했다고 주장하는가 하는 점이 명료하게 드러난다.

임화의 영화론을 독립적으로 다룬 연구로는 백문임과 김종욱의 것이 있는데, 백문임은 40년대 초 영화론이 "철저하게 '예술'로서 영화의 위상을 자리매김하려는 데 집중"되어 있으며 이때 「조선영화론」에서 강조되는 예술성은 상업적 논리와 군국주의 '사상'으로부터 분리되는 것으로서, "조선영화가 '세계'로 나아가는 데 필수적으로 요청되는 질적 조건"이라고 말한다. 이때 '세계'란 조선영화가 그 관계망 속에서 입지를 마련해야 하는 (대동아공영)'권역'으로서, "문화적 후진성과 이식성을 극복하기 위해 담지해야 하는 가치로서의 '근대성'"의 필요조건인 예술성의 획득과 기업화를 통해 조선영화는 "그 나름의 특질을 가지고 '보편'의 수준에서 제국의 문화적 다양성

---

8 조선영화령 영화법 제1조. 김동호 외, 『한국영화정책사』, 나남출판, 2005, 536면.

을 증거하는 데 일조하는 "(지방적 특질을 지닌) 국민"이 되어야 한다고 보는 것이다.[9] 그러나 이러한 평가는 「조선영화론」에서 강조되는 예술성이 '획득'되어야 할 것으로서가 아니라 조선영화의 "근본성격"으로서 규명되고 있다는 사실을 간과하고 있다. 「조선영화론」은 조선영화의 "후진성과 이식성을 극복"해야 한다고 말하는 글이 아니라 조선영화의 예술적 성격을 규명하고 그것을 망각하지 말 것을 촉구하는 글이기 때문이다. 한편 김종욱 역시 임화의 영화론에서 예술성이 강조되었다는 점을 지적하는데, 이것이 "기업화에 대응하고자" 하는 개념이며 1941년 상황에서 기업화란 곧 "조선총독부가 주도하고 있는 '기업화'", "문화에 대한 파시즘적 통제를 가리키는 것"이기에 임화의 전략은 "'기업화'라는 개념 속에 내재한 문화의 국가 통제를 '예술성'이라는 범주를 통하여 은밀하게 비판"하는 것이라고 본다.[10] 김종욱의 논문은 임화의 예술성 논의가 국가통제에 대한 비판적 개념임을 지적했다는 점에서 의의가 있으나, '기업화'의 문제를 정치적 통제를 대변하거나 지시하는 것으로 상정하고 예술성을 그것과 대립되는 위치에 놓음으로써 임화의 영화론을 관념적, 낭만적인 것으로 해석할 위험이 있다. 임화가 「조선영화발달소사」에서 "자기의 예술적 성격의 획득과 기업화의 길"[11]이라는 과제를

---

9 백문임, 「대동아공영권과 임화의 조선영화론」, 문학과 영상학회 학술대회 발표문, 2005.11.
10 김종욱, 「일제강점기 임화의 영화체험과 조선영화론」, 『한국현대문학연구』 31호, 2010.8.
11 「조선영화발달소사」, 『삼천리』, 1941.6, 205면. 이하 이 글에서 인용할 때는 SOS라는 약

제시할 때 '기업화'는 예술성을 저해하거나 억압하는 산업논리를 말하는 것이 아니라 자본주의 하 상품으로서 경제가치를 지니는 영화의 물질적 존재태를 가리키는 것이다. 임화는 30년대 중반 이후 문학이나 연극 등 여타 예술부문이 문화상품으로 기업화되듯 영화 역시 기업화되고 있음을 부정하지 않으며, '조선영화령'으로 인해 영화산업이 통제되기 시작하면서 회사합동과 생필름난 등 "기업화의 문제가 선도"하는 것처럼 보이는 상황에 대해 그것이 "예술과 기업을 통합한 말하자면 기업적 예술적인 핵심의 문제"[12]라고 강조한다. 즉 임화가 예술성을 강조하는 것은 예술의 문제와 기업화 중 기업화가 주된 문제로 현상하게끔 만드는 특정 정치적 국면에 대한 개입의 의미를 갖는 것이지, 기업화를 파시즘적 통제 상황을 가리키는 것으로 간주하고 거기에 예술성이라는 개념을 대립시키기 위해서가 아닌 것이다.

자를 사용하여 본문에 직접 표기.
12 임화, 「조선영화론」, 『매일신보』, 1942.6. 28~30면.

2. '영화령'을 전유하며 말하기

문학평론가로서 임화는 문학이 '예술'임을 애써 주창한 적이 없었고 그럴 필요도 없었지만, 영화에 대해 이야기할 때에는 그것이 '예술'이라는 점을 강조하고 있다. 「조선영화론」(1941)은 조선영화가 '예술'임을 규명하기 위해 쓰인 글이라 할 수 있을 정도로 이 주제에 집중하고 있는데, 주의할 것은 그가 영화 일반의 예술적 성격을 말하는 것이 아니라 '조선영화'의 예술로서의 성격을 주장한다는 점, 그리고 조선영화에 대해 이야기할 때에도 예술적 성격을 '성취'해야 할 것으로서가 아니라 "생성"의 시기에 이미 "근본성격"으로서 획득되었음을 규명하며 그것을 잊지 말 것을 촉구한다는 점이다. 즉 「조선영화론」에서 조선영화의 예술적 성격은 단순히 주장되거나 설명되는 것이 아니라 '규명'되고 있다. 왜 1941년의 시점에서 임화는 초기 역사로 되돌아가면서 조선영화가 '예술'임을 '규명'하려고 하는가.

앞서도 언급했듯, 임화가 예술성을 강조하는 것은 예술성과 기업성 중 기업성이 주된 문제로 현상하게끔 만드는 특정 정치적 국면에 대한 개입의 의미를 갖는 것이다. 토키시대에 들어서 제작비가 상승하면서 안정적인 자본과 체계화된 제작 시스템, 즉 '기업화'에 대한 요청의 목소리가 높아질 즈음, 일본 영화법에 기반한 조선영화령은 영화산업에 대한 통제를 예고했다. 많은 논자들이 지적하듯 이 시기 대다수의 영화인들은 국가에 의한 영화통제가 영화제작의 '근대화'를 가능케 해주고 영화와 영화인의 문화적 위상을 높일 것이라는 기대를 갖고 있었다.[13] 다시 말해 제작시스템의 근대화, 기업화에 대한 필요성은 국가통제에 대한 거부감 없는 승인으로 이어지고 있었던 것이고, 영화는 "이상(理想)하는 예술의 정신만이라든가 신념과 야심 뿐으로는"[14] 되지 않으며, 국가에 의해 "비로소 진정한 예술의 자유가 허락될 것"[15]이라는 전망이 제출되기도 한다. 이런 상황에서 임화가 "자기의 예술적 성격의 획득과 기업화의 길"이라고 하는 과제를 제시하는 것은 그 자신 얘기하듯 "지극히 평범한 관찰이어서 조금도 묘방이 아"닌 것이 아니라, 조선영화계의 "전환의 사실상의 중심이 기업 조직의 탄생을 둘러싸고 운행"되게끔 만든 "국민적 예술의 길이란 극히 일반적인 방향"에 대한 개입의 의미를 갖는 것이다. 즉 임화는 영화가 기업적 차원이나 정치적 통제의 문제가 '아닌' 예술의 문제라고 주장하는 것이 아니라, 마치 본질적인 문제인 양 현상하고 있는 기업화란 곧 예술의 문제와 "통합"한 것이라고 말하며, 일반적 방향으로 제시되어 있는 국민영화란 "조선영화

---

13 예컨대 김정혁은 "국가가 영화를 국민문화로서 인정하였고 최초의 문화입법으로 제정되었으므로"'축배를 들어야' 한다고 말한다. (「영화령의 실시와 조선영화계의 장래」, 『조광』, 1940.9, 254면) 당시 영화인들의 반응에 대해서는 강성률의 「영화에서의 신체제 옹호 논리 연구」(『영화연구』28호, 2006)와 문재철의 「식민지 조선영화에 있어 근대성에의 욕망과 초민족적 경향에 대한 연구」(『영화연구』45호, 2010) 참조.

14 김정혁, 「조선영화의 현상과 전망」, 『조광』, 1940.4, 123면.

15 김정혁, 「영화령의 실시와 조선영화계의 장래」, 『조광』, 1940.9, 256~257면.

의 예술적 성격"을 고구하는 가운데 "만들어나"가야 하는 것이라고 주장하는 것이다.[16] 다시 말해 그는 기업이나 정치로부터 고립된, 혹은 그것과 대립하는 낭만적 고처(高處)로서 예술성을 주장하는 방식이 아니라, 일반적인 것으로 현상하고 있는 기업이나 정치의 문제가 '곧' 예술의 문제임을 강조하는 방식으로 입론을 마련하고 있는 것이다.[17]

이는 임화의 변증법적 사고방식을 보여주는 것인 동시에, "국민문화의 진전에 자(資)키 위하여 영화의 질적 향상을 촉(促)하며 영화사업의 건전한 발달을 도모하는 것을 목적함"이라고 하는 영화령의 취지를 전유하면서 영화의 예술로서의 성격을 강조하는 전략이다. 영화령에서 강조하는 "질적 향상"과 "영화사업의 건전한 발달" 중 후자가 주된 과제로 현상하는 조선의 상황에서, 그것이 예술의 문제와 불가분의 문제임을 강조하는 태도라는 점에서 그렇다. "영화의 질적 향상"을 '예술'과 등치시키면서, "영화사업의 건전한 발달"이라고 하는 기업성의 문제를 예술성과 불가분의 관계로서 정식화하고, 그렇기에 기업성이 "선도"하고 있는 현 상황에서 조선영화의 '예술'로서의 성격을 강조하는 것에 명분을 마련하는 것이다.[18]

---

16 임화, 「조선영화론」, 『매일신보』, 1942. 6. 28, 30면.

17 임화의 '예술성'과 '기업성' 개념에 대한 상세한 논의는 백문임의 「임화(林和)의 조선영화론 : 영화사의 좌표와 '예술성과 기업성'의 변증법을 중심으로」(『대동문화연구』 제75집, 2011. 9)를 참조.

18 이렇게 공식적인 담론을 전유하면서 자신의 입론을 마련하는 방식은 이 시기 임화가 식민

따라서 조선영화에 대한 임화의 고민은, 모두의 관심이 영화의 향방 즉 '미래'에로 정향되어 있는 상황에서 조선영화의 "근본성격" 즉 '과거'로 시선을 돌리게끔 만드는 것이었다.

조선영화는 어떻게 되는 것인가? 라는 물음을 조선영화는 어디로 가느냐 하는 물음보다도 한층 더 복잡한 사태로부터 생겨나는 것이다. 어디로 가느냐 하는 것은 동태의 문제다. 그러나 어떻게 되느냐 하는 것은 존재의 문제다.

당연히 존재의 문제라는 것은 동태의 문제에 선행한다. 동태라는 것은 존재의 방법이기 때문이다. 따라서 어디로 가느냐 하는 물음은 어떻게 되느냐 하는 문제가 이미 백명(白明)[자명(自明)의 오식인 듯―인용자]의 사실로서 전제되고 성립하는 것이다. 그러므로 어떻게 되느냐 하는 물음은 곧 존재의 확실성 여부에 관한 물음이다. 다시 돌이켜서 조선영화는 어떻게 되느냐 하는 물음에 해답을 생각해 보는 데서 먼저 필요한 일이 있다. 그것은 이 물음이 유래하는 곳에 대한 일고다. 우리가 먼

지 정부 관료와의 좌담회나 대담과 같은 상황에서 활용하는 전략이기도 하다. 여전히 논란 중에 있는 임화의 '협력'을 증거하는 사례로 제시되곤 하는 총력연맹 문화부장 야나베 에이자부로[矢鍋永三郎]와의 대담(『조광』, 1941.3)에서도 임화는 정치와 문화의 역할을 구별하는 논리를 펼치는 데 있어서 상대방의 논리를 '일단' 수긍하면서 당시 공식적인 담론(예컨대 내지 익찬회 문화부장이 '문예의 측위(側衛)적 임무'에 대해 논한 것)을 전유하여 자신의 주장의 논거로 삼는다. 이 방식이 얼마나 상대를 설득하는 데 효과적이었는가는 별문제로 하더라도, 전시체제 하 식민지 지식인의 논리는 그 담론적 맥락과 별도로 이해할 수 없음을 보여주는 사례라 할 수 있다.

저 극히 추상으로 생각한 것처럼 조선영화는 어떻게 되느냐 하는 물음이 조선영화의 존재 그 자체에 대한 어떤 상념에서 출발한 것이 아님은 미리 알아둘 필요가 있다. 조선영화는 어떻게 되느냐 하는 물음은 하나의 독립한 명제로서보다도 오히려 작금의 조선영화를 싸고도는 분위기의 반영이라고 봄이 솔직하기 때문이다.[19]

"동태[어디로 가느냐]의 문제"가 아니라 "존재[어떻게 되느냐]의 문제"를 고구해야 하는 이 상황은 추상적인 "어떤 상념에서 출발한 것이 아"니라 "작금의 조선영화를 싸고도는 분위기의 반영", 즉 예술성과 기업성 중 기업성이 주된 문제로 현상하게끔 만드는 특정 정치적 국면에 대한 개입을 요청하는 상황이다. 임화는 「조선영화발달소사」에서 조선영화사를 예술성과 기업성의 관점에서 기술한 후 발표한 「조선영화론」에서, 조선에 영화가 도래하여 제작되기 시작하던 즈음, 즉 "생성"의 시점에 초점을 맞추어 그 '예술'로서의 존재론을 탐구한다.

---

19 임화, 「조선영화론」, 『매일신보』, 1942.6.28, 30면.

3. 조선영화의 존재론 – 영화는 예술'이다'

임화는 「개설 신문학사」[20]에서 이인직에 대해 서술하는 가운데 "조선 현대문학의 선구인 신소설과 신연극이 거의 시대를 같이하여 출발한 것을 알 수 있으며, 또한 그것이 모두 이인직 한사람의 노력에 의하였음을 볼 제 그의 문화사적 공로가 실로 막대했음을 짐작할 수 있다(이 사실은 뒤에 신연극과 활동사진의 수입이란 항에 상술위(詳述爲計)니 참조하라!)"[21]라고 말해두고 있다. 「개설 신문학사」는 이인직과 이해조를 마지막으로 하여 중단되었지만, 애초에 "신연극과 활동사진의 수입"을 별도의 항목으로 기술하려던 방대한 구도를 갖고 있었던 게 아닐까 추측된다. 이런 관점에서 본다면, 「개설 신문학사」의 구도에 들어맞는 글은 「조선영화발달소사」가 아니라 「조선영화론」이다. 「조선영화발달소사」가 초기부터 40년대 초반까지의 조선영화사를 개괄하는 글이어서만이 아니라, 「조선영화론」이야말로 임화가 「신문학사의 방법」(『문학의 논리』)에서 제시한 문학사 기술의 항목들을 활용하여 조선영화의 "생성"을 규명한 글이기 때문이다.

「조선영화론」의 서두에서 임화는 초기 역사로 되돌아가 "생성"

---

20 1939년 9월 2일부터 1941년 4월까지 『조선일보』와 『인문평론』에 연재된 「개설신문학사」, 「신문학사」, 「속신문학사」를 총괄적으로 지칭한 임화문학예술전집 편찬위원회의 용어를 따른다.
21 임규찬 편, 『임화문학예술전집 2 – 문학사』, 소명출판, 2009, 182면.

의 과정을 살피는 이유를 이렇게 밝히고 있다.

극히 평범한 일이나 조선영화를 이야기함에 있어 먼저 일고를 요하는
사항으로 조선영화의 생성에 관한 사정이란 게 있다. 물론 조선영화라
는 것은 광범한 의미의 조선 근대문화의 일종이요 그것의 생성과 더불
어 발생한 것이어서 그것은 자명한 일이요 재고의 여지가 도무지 없는
사실이다. 그러나 지금 조선영화를 그 생성의 사정에 있어서 다시 한번
돌아본다는 필요는 영화가 좌우간 편견을 가지고 생각되어지기 쉬운 때
문이다. 영화에 대하여 이야기하는 제3자나 또는 영화에 즉하여 이야기
하는 당사자나 누구나 영화를 특수화하려는 편견에 매력을 느끼기 쉬운
데는 물론 일정한 이유가 있다. (…중략…) 그러나 영화가 발명되면서부
터 오늘날에 이르기까지 문학과 맺고 있는 관계라든가 회화와 가지고
있던 교섭이라든가 혹은 연극과 음악과 교류하고 있는 여러 가지 사실
을 일일히 연구해보지 아니한다 하더라도 조선영화가 조선사람들의 근
대생활을 토대로 하여 생성한 문화요, 그 위에서 형성되어온 예술의 하
나이라는 엄연한 사실을 돌아볼 제, 영화가 편견으로 보아지고 고립적
으로 생각될 이유라는 것은 소멸될 줄 안다. 더구나 조선영화의 장래라
든가 방향을 독선적으로 생각한다든가 자의적으로 판단한다는 것은 책
임있는 사유방법이라고 볼 수가 없다. 그것을 오락으로 생각될 경우도
있고 아주 오락물일 때가 있을지 모르나 그것은 조금도 영화만에 특색
은 아니다. 문학도 연극도 음악도 경우에 의해선 오락과 취미의 대상일

수가 있는 것이며, 한거름 더 나아가 모든 예술은 어느 정도로이고 사람을 즐겁게 하는 것이기 때문에, 일부러 영화만을 그렇게 생각하려는 태도는 영화를 애써 비하하려는 것이거나 그렇지 아니하면 일부러 영화를 일반문화와 예술로부터 분리하려는 온당치 아니한 기도라 아니할 수 없다.[강조—인용자](CHO, 82~83면)

여기에서 임화는 "영화를 특수화하려는 편견", "영화를 일반문화와 예술로부터 분리하려는 온당치 아니한 기도"에 대해 비판하면서, 반복적으로 영화가 문학, 연극, 음악, 회화와 '마찬가지로' 근대 문화 요 예술의 하나라는 점을 강조하고 있다. 실제로 조선영화가 그 생성기에 있어서 문학, 연극 등 여타 예술부문과 '동일한' 경로를 밟아 형성되었으며 이들과의 "협동"을 통해 정체성을 형성했다는 점은 「조선영화론」에서 영화의 예술적 성격을 규명하는 데 있어서 핵심되는 논점이기도 하다.

그런데, 1941년 시점에서 영화는 결코 문학이나 연극 등과 '마찬가지의' 위치에 있지 않았다. '최초의 문화입법'이라 알려진 일본영화법에 기반한 '조선영화령'은 오로지 영화만을 지정하여 공포된 것이었으며, 소극적인 '취체'가 아니라 적극적인 '통제'를 통해 영화를 전시체제의 "무기"로 간주한다는 점에서, 다른 예술부문과는 별도로, 특별하게 영화를 취급하는 제도였다. 따라서 임화가 "영화를 특수화하려는 편견", "영화를 일반문화와 예술로부터 분리하려는 온당치 아니한 기도"라고 말할 때 그것은 매우 현실적이고 구체적인 상황에 대한 지적이었다고 할 수 있다.

그렇다면 영화를 문학 등 "일반 문화와 예술로부터 분리"하고 "특수화"한다는 것은 무슨 의미인가. 넓은 맥락에서 본다면 영화가 "특수"해진 것은 나치스가 영화의 정서적 감화력(emotional persuasiveness)이 신문이나 라디오보다 강력하다는 데 주목하여 1933년부터 영화산업을 통제하며 뉴스 카메라맨을 국가조직화하고,[22] 2차 대전이 발발한 후에는 이탈리아, 영국, 미국 등 참전국들이 영화를 전쟁의 유효한 '무기'로 삼아 '사상전'을 펼치는 상황에서였다. 츠무라 히데오(津村秀夫)는 1차 대전에서는 신문, 잡지, 팜플렛, 통신 등을 통해 사상전이 진행되었다면 2차 대전에서는 라디오와 영화가 중요해졌다고 말하면서, 대동아 수억의 민중 중에는 문맹이 많고 라디오를 접하기 힘든 상황이기 때문에 영화의 영향력이 가장 크다고 지적한다.[23] 조선에서도 라디오의 보급율이 낮았고 연극 등 여타 오락기관이 적었기에 영화는 영향력이 가장 큰 "제1의 오락"[24]이었다. 총독부 경무국 도서과의 기요즈미 쇼우조(淸水正藏) 역시 조선 민중이 1년에 1회 영화를 관람하고 있다는 점을 들며 조선에서 영화의 영향

---

22 나치스의 영화 프로파간다 전략에 대해서는 Hilmar Hoffmann, *The Triumph of Propaganda : Film and National Socialism* (Berghahn Books, 1996) 참조.

23 津村秀夫, 『映畵戰』, 朝日新選書13, 朝日新聞社, 1944, 1~10면.

24 加藤厚子, 『総動員体制と映画』, 新曜社, 2003, 218면.

력이 "내지에 있어서보다 실제적으로는 수배 더 크다"고 말하는
데,[25] 이러한 영화의 수요에 주목하여 산업의 통제를 통해 조선민중
의 황국신민화를 기도한 것이 영화령의 시행이었다.[26]

일본영화법을 「제74회 제국의회 영화법안 의사 개요」 및 정보국
과장 후와 스케토시(不破祐俊)의 「영화법 해설」을 통해 분석한 아론
즈로우[27]는 영화법이 단순한 권력의 문제가 아니라 "영화란 무엇인
가"에 대한 강한 입장을 보여주는 "영화론"이라고 말하면서, 국가가
바람직하다고 생각하는 영화상을 제시하고 그것을 입법을 통해 적
극적으로 실현하려고 했던 극히 야심적인 시도였다고 말한다. 당시
일본영화의 수준이 외국에 비해 질적으로 매우 낮으며 영화산업이
불합리하게 진행되고 있다는 것이 공감대를 형성하고 있었으며, 그
러나 영화의 사회문화적 영향력이 매우 크기 때문에 "국민을 대상으
로 공헌할 수 있는 것으로 인식"되어 영화란 "문화입법의 최초의 대

---

25 清水正藏, 「朝鮮に於ける映畵統制に就いて」, 高島金次, 『朝鮮映畵統制史』, 朝鮮映畵文化硏
    究所, 1943, 283면.
26 덧붙여, 조선영화령의 실시는 조선에서 통제를 필요로 하는 독자의 민간 제작기구가 어느
    정도 활성화되어 있었음을 의미하기도 한다. 영화령이 시행되지 않았던 대만에 대해 서술
    하면서 가토 아츠코는 조선에서 소규모 프로덕션에 의한 영화산업이 정착되었던 반면 대
    만에서는 독자의 민간 제작기구가 발달하지 않았고 영화산업도 상해영화와 일본영화를
    일본의 통제를 통해 배급받아 형성되는 상황이었기에 그에 대한 통제가 필요하지 않았다
    고 말한다. 여기에는 대만의 대중문화에서 연극에 비해 영화가 차지하는 비중이 미미했다
    는 사정도 하나의 이유가 된다. 加藤厚子, 앞의 책, 228~229면.
27 アーロン・ジェロー, 「映畵法という映畵論」, 『日本映画言説大系』 제1기 8권. ゆまに書
    房, 2003.

상으로 특별한 존재"인 것이 드러나고 있다는 것이다. 여기에서 전제되어 있는 것은 '대중'과 '국민'을 구별하는 관념으로, 대중은 그간 외국영화와 저속한 일본영화의 '최면술'에 물든 타락한 존재이기 때문에 영화 통제를 통해 이 오염된 사적인 "무의식"을 국가의 공적인 것으로 소환해야 한다는 것이다. 대중을 국민으로 변화시킬 수 있다고 생각한 이유는 영화가 갖고 있는 "기계성"에 주목했기 때문인데, 아론 즈로우는 질높은 영화 텍스트가 명료한 의미를 갖고 있으면 대중은 마치 '파블로프 효과'에서와 같이 저절로 국민으로 변화될 것이라고 하는 영화상이 여기에 나타난다고 본다.

영화법은 정말 문화입법인가 산업입법인가 하는 질문이 의회에서 제출되었을 정도로, 산업정책 색이 강한 법률이다. 산업적인 면이 법률화하기 쉽다는 이유도 있었겠지만, 소설이나 회화 등의 예술을 산업형태의 형태개혁에 의해 향상시킨다는 일은 있을 법하지 않다는 점을 생각한다면, 산업적인 기계로서의 영화의 성격이 영화법에 의해 재확인된다. 그것은 당국이 약간 바라던 것이기도 했다. 왜냐하면 산업에 의해 형성된 기계예술이라고 한다면, 국가에 의한 통제나 이용이 좀더 원활히 진행될 터이기 때문이다. 그것은 당국에 있어 영화의 특별한 매력이기도 했다. 만약 후와가 말하듯 "문화기구가 정비된다면, 버튼 한번만 누르면 그 기구가 총동원하여 즉시 문화동원의 태세가 되고, 국가가 의도하는 계발선전정책이 궤도에 오를 수 있다"(123~124면)라고 하는 것이 하나의 정책적인 이상이라고 한다면, 기계예술인 영화만큼 이와 같은 기계로서의 문화에 즉하는 미디어는 없었을 것이다."[28]

"버튼 한번만 누르면" 문화 총동원이 작동할 것이라고 하는 이런 사고방식은 선전영화의 힘에 대한 과잉된 신뢰에 기반한 것으로, 영화를 국가에 있어서 "무기"로 간주하고 관객도 "기계"와 같은 것으로 이상화시키는 것이다. 즉 기계예술인 영화에 의해 대중은 기계적으로 국민으로 만들어지고, 그러면서 "총동원 제도라고 하는 기계의 톱니바퀴"[29]가 되는 것이다.

사적인 욕망에 침윤된 대중을 국민으로 변화시키는 데 있어 영화기 이렇게 특별한 기능을 갖는다는 것이 영화법에 드러나는 영화론이라고 할 때, 그렇게 "영화를 특수화"하는 사고방식은 잘못된 것이고 영화는 다름아닌 '예술'이라고 주장할 수 있는 방법은, 적어도 그 시기에 그리 많지 않았던 것으로 보인다. 내지와 조선을 통틀어 공식적으로 영화법을 반대한 움직임은 없었기에, 여기에서 임화의 논법과 비교해볼 수 있는 것은 이와사키 아키라(岩崎昶)의 글 정도일 것이다. 주지하듯 이와사키 아키라는 일본영화법을 비판한 유일한 평론가로 알려져 있으며, 그를 구속에 이르게 만든 구절은 다음과 같은 것이었다.

28　위의 글, 594면.
29　위의 글, 602면.

아메리카와 도이치, 자유와 통제, 영화기업의 이 2개의 극의 대립 사이를, 우리 일본을 포함한 대부분의 영화국, 영국, 이태리, 프랑스 등등이 방황하며 부유하고 있는 것이 지금의 상황이다. 특히 일본은 이번의 '영화법' 제정에 의해 이 방황의 진자를 어디에 고정시키려 하는가 주목받고 있다. 일본의 영화기업은 모든 통계적 숫자가 실증하고 있듯이 다른 여러 나라에 비해서는 아직 어리고 금후 성장의 에네르기를 풍부하게 갖고 있어서 그런 만큼 현재의 방향이 결정적인 중요성을 지니고 있는 것이다. 자유도 통제도 영화의 기업형태로서는 아직 실험기간 중이어서, 중간적인 결론조차도 나오지 않은 것이다. 그것은 자유경제와 계획경제의 대립이라는 일반적인 명제로는 해결되지 않는다. 왜냐하면 영화라는 기업에서는, 그것이 예술을 대상으로 하고 있는 한에 있어서 예술가의 창조적 자유의 활약의 여지와 그 범위가 결정적인 중요성을 갖고 있는 것이다. 영화에 있어서 통제는 다른 산업에 있어서 그것과는 당연 다르지 않으면 안 된다. 특히 '영화법'에 의해 우리 영화계에 도입될 듯싶은 관료통제는 가장 위험하다.

우리는 성급한 결론을 피하지 않으면 안 된다. 특히 장래 가장 넓고 높은 의미의 국제성에 도달하여 해외시장을 개척하지 않으면 안 되는 일본영화에 있어서 현재세계의 위와 같은 국민주의적 조류는 하나의 함정을 준비하는 것이다. 우리는 이것을 비판하고 경계할 필요가 있다.[30]

---

30 岩崎昶,「映画の轉機」,『現實と映画』, 春陽堂, 1939, 13~14면.

일본영화법 공포 후 쓰인 이 글에서 그는 미국영화와 독일영화를 산업의 "자유와 통제"라고 하는 양 극단으로 놓고 일본이 그 중간에서 방황하고 있다고 말하며, 영화는 예술이기 때문에 창조적 자유를 구속하는 "통제"의 방향으로 가서는 안된다고 주장하고 있다. 이때 이와사키 아키라가 영화에 있어서 통제가 "다른 산업에 있어서 그것과 당연 다르지 않으면 안된다"라면서 영화와 다른 산업과의 차별성을 주장하는 것은, 영화가 문학이나 연극 등 여타 예술 부문과 '마찬가지로' 예술임을 주장하는 임화의 논법과 흥미로운 비교가 된다. 둘 모두 영화가 '예술'이라는 점을 토대로 하여 영화법에 비판적으로 반응하고 있지만, 이와사키 아키라가 일본영화법의 모델인 독일의 경우까지 아울러 그 "통제"적 성격을 비판하며 영화의 '차별성'을 내세웠다면, 임화는 정치적 통제에 대한 언급을 배제하고 영화와 여타 예술부문과의 '동일성'을 주장하는 방식으로 말하고 있는 것이다. 분명 임화는 이와사키 아키라처럼 '영화는 예술이기 때문에 창조적 자유를 구속하는 통제의 방향으로 가서는 안된다'라는 직설법이 아니라, "영화는 상품의 일종인 것도 사실이요, 오락의 대상인 것도 사실이요, 광고나 '프로파간다'의 수단일 수 있는 것도 사실이나 영화는 무엇보다 문화요 예술이다. 그것은 영화의 '알파'요 또한 '오메가'일 것이다"(CHO, 83)라는 간접법으로 말하고 있다.

4. 조선영화의 토대

그러면 영화를 "특수화하려는 편견"을 불식시키기 위해 임화가 '규명'하고자 하는 조선영화의 예술적 성격은 무엇인가. 우선 그가 착목한 지점은 영화가 독자적인 예술 장르의 하나임을 증명하는 것이다. 문학 등 여타 부문과 달리 영화는 근대 들어 발명된 "어린 예술"이기 때문에, 그것이 진기한 테크놀로지나 구경거리로서가 아니라 근대 문화의 하나로, "조선사람들의 근대생활을 토대로 하여 생성한 문화요, 그 위에서 형성되어온 예술의 하나"로 자리잡았다는 것을 "엄연한 사실"로 설명하고자 하는 것이다.

그런데, 조선에서 영화가 독자적인 예술 장르로서 "생성"되는 데 있어서 임화를 가장 고민하게 만들었던 지점은 영화의 '제작'이 '지체'되었다는 사실이다. 중국이나 일본에서는 영화가 소개되고 나서 곧 제작이 시작되었던 데 비해 조선에서는 1919년에야 연쇄극 필름의 형식으로 영화가 만들어지는데, 임화가 여기에 대해 고민을 했다고 보는 이유는 「조선영화발달소사」와 「조선영화론」에서 이 '지체'에 대한 관점이 상이하게 나타나기 때문이다. 「조선영화발달소사」에서 임화는 "세계영화사상에서 활동사진시대라고 부르는 시대를 서양과 내지에서는 다소간이나마 제작하는 것을 통하야 체험하였지만 우리 조선서는 그저 구경하면서 지내온 것"이라고 지적하면서, "예술의 역사라는 것은 창조의 역사이기 때문"에, 이렇게 제작하지 않고 영화를 관람만 했던 역사는 조선영화사에 포함시킬 수 없을지도 모른다고까지 말한다.

그러므로 엄밀한 의미에서 말하면 조선영화사에는 활동사진시대라는 것이 있을 수 없을지 모른다. 구경만 하고 제작하지 않는 역사라는 것은 없는 법이다. 역사란 항상 만드는 것과 되어지는 일을 가르치는 말이요, 더구나 예술의 역사라는 것은 창조의 역사이기 때문이다. 활동사진 시대라는 것은 영화의 전사(前史) 시대일뿐 아니라 우리에게 있어선 우리가 일즉이 관객이던 한 시대에 지나지 않는다. (SOS, 197면)

여기에서 연쇄극 필름 이전 시기에 대한 임화의 관점은 명백히 '아직 영화가 아닌 시대', "관객이던 한 시대", 다시 말해 예술의 '역사 이전'의 시대라는 것이며, 따라서 조선의 영화사는 1919년부터 시작된다는 것이다. 그런데, 여기에서 임화가 간과한 점은 조선영화가 1919년부터 제작될 때 다른 국가의 영화가 20년간 밟아왔던 초기 영화의 과정을 반복하지 않았다는 사실이다. 비교하자면, 임화가 말하듯 서구에서 수백 년, 내지에서 백여 년 진행되었던 근대문학이 조선에서는 "단 30년으로 단축"[31]됨으로써 비동시적인 것이 동시적으로 공존하는 등의 양상을 보인 데 비해, 영화에서는 제작의 개시가 지체되기

---

31 임화, 「개설 신문학사」, 임규찬 편, 『임화문학예술전집 2 — 문학사』, 소명출판, 2009, 10면.

는 했으나 서구의 초기적 전개과정을 반복한 게 아니라 연쇄극 필름으로 시작함과 동시에 장편 극영화의 제작으로 이어지는 비약 혹은 도약이 이루어졌기 때문이다. 제작기술이 저열하고 질적 수준이 낮았다고는 할 수 있어도, 조선영화사에는 외국의 초기 영화에서 나타나던 단순한 클립과 단편의 제작과정이 생략되어 있는 것이다. 이 문제에 임화가 뒤늦게 착목했는지는 알 수 없으나, 「조선영화론」에서 그는 「조선영화발달소사」에서의 '지체'에 대한 관점을 수정하여 조선영화의 특수한 과정으로서 "감상을 통한 이식"을 주장한다.

조선영화는 조선의 다른 모든 문화와 같이 수입된 외래문화의 일종이라는 것은 주지의 사실이다. 제작의 역사에 앞서 상영만의 역사가 한참 동안 계속하였다는 사실도 영화의 역사를 다른 문화의 역사로부터 구별하는 근본적 조건은 아니었다. 제작의 역사의 시작이라는 것이 문화적 예술적인 자립의 시초라는 것은 물론이다. 즉 조선의 영화가 수입된 지 40년이 가까운데 불구하고 제작의 역사는 20년을 얼마 넘지 아니한다는 사실은 다른 문화나 예술의 역사에서는 보기 어려운 현상이다. 서구문학은 수입되면서부터 이내 창가나 신소설로서 제작의 역사를 시작했고, 음악, 미술, 연극이 모두 수입하면서 동시에 제작하기 시작한 것이다. 바꿔 말하면 제작하지 않고 감상만하는 오래인 역사를 가진 것은 영화 이외의 다른 영역에서는 보기 어려운 현상이다. 이 사실은 분명히 조선영화사의 한 특수한 현상이나 그러나 문학이나 연극이나 음악이나 미술의 초기 제작상태를 내부에 들어가서 본다면 감상만에 영화시대와 근본적인 차이는 발견할 수 없는 것이다. 영화와 같이 완전히 제작하지 아니하고 감상만 하지는 아니했다 하더라도 문학과 연극과 미술과 음악이 제작했다는 것은 초창기에 있어서는 일종의 감상에 불과했었기 때문이다. 다시 말하면 그 시대의 제작이라는 것은 창작이라기보다는 이식에 불과했다. 즉 그들의 제작은 순연한 외래문화의 모방행위에 지나지 아니했다. 그들은 모방함으로써 이식한 것이다. 그들이 어느 정도의 독창으로서의 제작을 자각하기 이전, 몰아적인 기다란 모방의 시대는 영화에 있어 제작하지 않은 감상만의 시대에 필적한다 할 수 있다.

　오직 각개의 문화와 예술의 영역에 있어 그 문화와 예술의 특성에 따라 이식행위는 서로 다른 형태로 표현되었을 따름이다. 문학이나 음악, 연극, 미술은 제작하면서 그것을 모방함으로써 이식할 수 있었던 대신 영화는 단지 감상하는 것만으로 활동사진을 이식한 것이다. 요컨대 수동적으로 조선사람이 외래의 근대문화를 받아들이기만한 태도에 있어 영화와 다른 문화, 예술의 역사는 차이점이 없는 것이며, 그 시대가 장차 올 제작의 시작 독창에의 자각이 준비되고 그 정신이 배태되는 과정이란 점은 역시 구별될 수 없는 것이다. (CHO, 84면)

「조선영화발달소사」에서 이 제작 이전의 시대를 "구경만 하고 제작하지 않는 역사"라고 표현했다면 이 글에서는 "감상"이라는 표현을 사용하고 있을 뿐만 아니라, 이 시기를 '역사 이전'으로 간주했던

「조선영화발달소사」에서와 달리 여기서는 "감상을 통한 이식"이라고 하는 적극적인 문화행위가 이루어졌던 시기로 보고 있다.[32] 나아가 임화는 문학, 연극, 음악 등 근대 초기에 생산된 작품들이 "창작"이 아니라 "일종의 감상에 불과"했던 것이라 말하면서, 영화에 있어서의 이식과정과 "근본적인 차이는 발견할 수 없는 것"이라고 단언하고 있다. 이는 영화에서 "감상"의 문제를 제작의 차원으로 격상시키는 것, 즉 "장차 올 제작의 시작 독창에의 자각이 준비되고 그 정신이 배태되는 과정"으로 적극적으로 평가하는 태도라 할 수 있다. 그렇다면 왜 제작이 늦어졌는가? 그것을 임화는 영화가 초기에 존경할 만한 문화가 아니라 진기한 발명품으로 간주되었으며, 조선의 문화 중 연극전통이 가장 빈약했고, 상업자본주의가 형성되지 않았었기 때문이라고 말한다. 이것이 조선에서 영화의 이식이 제작이 아니라 감상으로 시작된 '토대'라 할 수 있을 것이다.

그런데, "감상을 통한 이식"을 조선영화의 특수성으로 평가하는 이러한 태도는 초기 영화에서 '관람성(spectatorship)'의 의미를 적극적으로 평가하는 후대 영화이론의 관점을 선취한 것이라는 의미도 있지만, 조선영화의 정체성 형성에 있어서의 근원적인 혼종성을 지적했

---

[32] 기존의 연구에서는 연쇄극 필름 이전 시기 및 연쇄극 필름에 대해 「조선영화발달소사」와 「조선영화론」 사이의 관점의 차이에 대해 주목하지 않았는데, 이 차이에는 간과할 수 없는 단절 혹은 비약이 내장되어 있다 생각된다. 연쇄극 필름에 대한 관점의 차이에 대해서는 5절에서 상술한다.

다는 점에서 중요하다. 사실 영화야말로 문화적 정체성의 혼종적 성격을 가장 잘 보여주는 매체일지도 모른다. 일단 문학과만 비교하더라도, 영화의 가장 큰 특성은 '동시성'과 '직접성', 그리고 '대중성'이다. 주지하듯 영화는 1895년 발명되자마자 전세계로 전파되었는데, 이는 물론 영화가 탄생된 때가 제국주의의 난숙기와 겹쳐졌다는 사실과 관련되는 것이기도 하고, 벤야민이 지적했듯 영화는 '기계 복제'가 가능한 예술이었다는 점 때문이기도 하다. 원본이 갖는 특권적 가치를 무시하는 것이 가능했던 이 복제 예술은 간단한 영사시설만 있으면 저 아시아의 궁벽한 곳에서도 상영이 가능했고, 더욱이 언어적 번역과정을 거쳐야 하는 문학과 달리, 수입된 텍스트 그 자체를 직접 상영하는 것이 가능했던 예술이다. 임화가 영화를 가리켜 "가장 현대적인 예술"이라고 말하듯, "'스크린'이 보이는 것을 미리 알고 있는 사람이면 누구나 이해할 수 있는" 예술이었기 때문이다.[33] 이렇게 그것이 탄생된 시역(서구)의 규정력에 매이지 않고 즉각적으로, 언어적 매개 없이 비서구 지역에 전파된 영화는 근대 생활세계의 경험적 지평을 감각적으로 공유하는 대중매체의 하나로서 정착되었고, 그 과정에서 원래 텍스트가 처해있던 맥락은 사라지고 텍스트 자체의 물리적 성격 또한 변화되었다.[34] 따라서, 비서구 지역에 있어서 영화야말로 문화

33　임화, 「영화의 극성과 기록성」, 『춘추』, 1942. 2, 103~104면.
34　주지하듯 토키 시대에 이르기까지 영화는 상영되는 맥락, 현장의 상황, 영사기사나 해설자의 필요에 의해 그 편집순서와 속도를 포함하는 물리적 성격이 자주 변형되면서 감상되

의 이식에서 시공간적 '지체'에 대한 강박관념이 가장 적게 작용하는 장르인 동시에, 문화적 정체성이 갖는 혼종적 성격을 가장 잘 보여주는 장르 중 하나라고 말할 수 있다.

조선에서 영화의 제작이 지체되었다고는 하나 영화의 이러한 동시성, 직접성은 감상의 중요성을 간과할 수 없게 만드는 것이고, 임화는 "감상"의 문제를 적극적으로 평가함으로써 영화가 문학 등 여타 부문에 뒤떨어지는 후진 부문이 아니라 그것들과 '마찬가지로' 근대 예술로서 이식되었다고 하는 점을 효과적으로 규명할 수 있었던 것이다. 또한 "감상"을 통해 서구 근대문화와의 혼용을 조선영화의 태반으로 상정함으로써, 임화의 문학사 연구에서 오랜 기간 논란을 낳았던 '이식' 개념을 새로운 시각으로 보게 해주기도 한다. 캘리치만은 1942년 '근대의 초극' 심포지엄의 화두가 '이식(transplantation)', 즉 메이지 이후 서구문화의 유입으로 인해 일본의 전통과 정신이 상실되었다고 하는 정체성의 위기라고 지적하는데, 이것은 문화의 초월성, 즉 특정 상황과 지역적 규정력을 뛰어넘어 다른 시간과 공간에서 반복될 수 있다고 하는 보편성에 대한 불안에 기반한다고 말한다. 이렇게 이식되는 문화가 그 기원에 고정되지 않음(식물학적 개념인 '이식'의 핵심은 기원으로부터 분리되어 끝없이 이동한다는 것이다)으로써 내부와 외부의 경계를 흐트리고 정체성의 혼종성을 환기시키는 데 대한

었다.

불안은 문화적 순수성에 대한 욕망의 다른 표현이기도 하다.[35] 따라서 '이식' 개념이야말로 이 불안과 욕망을 드러냄으로써 순수한 일본 문화란 존재하지 않는다는 사실을 명백하게 만든 것인 셈인데, 외부적 요소가 처음부터 내부에 있었다는 것, 외부 / 내부의 경계가 침투가능하고 노출되어 있는 것이라는 사실을 보여줄 뿐만 아니라, 외부적 요소라고 하는 것도 그 시공간적 '기원'(유럽에서, 먼저, 생성되었다고 하는 것)에 특권이 주어져 있는 것이 아니라(따라서 '원본'과 '복사본'의 위계가 존재하지 않는다) 언제 어디로든 다시 이동하면서 반복되는 것이라는 점을 보여주기 때문이다.

그러므로 '근대의 초극' 심포지엄의 '성과'라고 한다면, 일본 지식인들이 서구문화의 '이식'으로 인해 이미 혼종화되어 있는 자기자신('일본인의 피와 서구화된 지성'),[36] 즉 서구문화가 이미 자신의 일부로 구성되어 있어 식별되지 않는 상태를 '드러냈다'는 점에 있을지도 모

---

35 Richard F. Calichman, "Introduction : "Overcoming Modernity", the Dissolution of Cultural Identity", Richard F. Calichman(ed. and trans.), *Overcoming Modernity : Cultural Identity in Wartime Japan*, Columbia University Press, 2008, pp.17~29. 이 글에서 캘리치만은 일본 지식인들의 '이식'에 대한 강박관념을 발레리의 '전파(transmission)'에 대한 강박관념과 동전의 양면인 것으로 분석하고 있어 흥미롭다. 발레리는 유럽에서 고안된 과학이 비유럽에 '전파'되어 전유되는 상황(구체적으로는 청일전쟁과 스페인-미국 전쟁)을 목격하면서 '그렇다면 유럽은 어떻게 유럽일 수 있는가?'라는 정체성의 관념을 처음으로 갖게 되었다고 말하는데, 캘리치만은 전파하는 입장에 있어서도 역시 문화적 정체성의 오염에 대한 불안과 순수성에 대한 욕망이 드러난다고 설명한다.

36 가와카미 테츠타로(河上徹太郎), "'近代の超克'結語", 河上徹太郎 他, 『近代の超克』, 富山房, 1979, 166면.

른다. '이식'이라는 화두는 지역적 규정성에 얽매이지 않고 이동하는 가치들이 문화적 정체성의 형성에 필수적인 요소라는 점을 역설적으로 부각시켰기 때문이다. 이에 비해 임화가 '이식'을 논하는 태도에서는 일본 지식인들에게서와 같은 ('오염'에 대한) 불안과 ('순수성'에 대한) 욕망을 발견하기 힘들다. '외래'의 것과 대립되는 '본래'의 것을 상정하는 것이 아니라 "감상을 통한 이식"을 통해 조선 영화의 성격이 형성되었다고 말하는 데서 드러나듯, 그에게서는 외부의 것이 내부를 잠식한다든가 경계를 무너뜨려 오염시킨다든가 하는 불안이 드러나지 않을 뿐만 아니라, 외부와 내부가 뒤섞인 혼종성 자체를 조선 영화의 특성으로 상정하고 그 독특한 발전의 양상을 분석하고 전망하기 때문이다.

5. 조선영화의 환경

임화는 「신문학사의 방법」의 "환경" 항목에서 환경을 "한 나라의 문학을 위요(圍繞)하고 있는 여러 인접 문학"의 의미로 사용하겠다고 말하면서 "신문학의 생성과 발전에 있어 부단히 영향을 받아온 외국문학"을 지적한다. 이때 외국문학이란 서구문학이지만, 그것이 내지문학을 거쳐 소개되었기 때문에 그 수입된 경로, 즉 번역과 같은 것의 역사나 메이지, 다이쇼 문학사를 연구해야 "신문학사 생성사의 요점을 해명"할 수 있다는 것이다.[37] 「조선영화사」에서 "생성"의 시기를 탐구함에 있어서도 임화는 제작이 부재했던 초기를 "감상"의 시대라고 의미부여하는 한편으로, 조선영화의 환경으로서 자본으로부터의 자립과, 연극이나 문학과 같은 인접문화와의 협동, 그리고 외국영화의 영향을 지적한다.

앞서 조선에서 영화제작이 지체되었던 원인의 하나로 임화는 상업자본주의가 형성되지 않았음을 지적했는데, 자본의 부족은 제작이 시작된 이후에도 마찬가지의 상황이었다. 30년대 후반 영화인들이 '기업화'를 소리 높여 요청했던 데에는, 토키 시대에 접어들어 안정적인 자본과 설비 없이는 영화산업이 지속될 수 없다고 하는 위기의식이 바탕에 깔려 있었다. 40년대 초까지 변변한 촬영소와 카메라도 없었던 상황을 서광제는 "'아브노말'인 조선영화계"라고 표현하면서 "조선영화 현상다기는 그 근본적 문제가 현대적 설비와 대자본의 진출과 교양있는 영화기업가가 나와야 할 것은 물론"이며 영화의 질적 향상이란 "양적 생산이 동반되지 않는 한" 바라기 어려운 것이라고 진단한다.[38] 이런 상황에서 임화는 초기 조선영화가 생성될 때 "유력한 자본의 원호 없이 독력으로 자기의 길을 개척"했으며, 그

---

37 임화, 「신문학사의 방법」, 신두원 편, 『임화문학예술전집 3—문학의 논리』, 소명출판, 2009년, 653~655면.
38 서광제, 「영화연출론 : 조선영화계 현상타개책」, 『조광』, 1940.9, 244~247면.

것을 가능케 했던 것은 다른 예술부문과 마찬가지로 "영화를 자기표현의 예술적 수단으로서 형성할라는 정신" 즉 "문화의 정신이랄까 예술의 의욕"과 같은 것, 그리고 연극이나 문학과 같은 인접문화와의 "협동", 또 "외국영화"의 영향이라고 말한다. 이것이 그가 말하는 "근본성격"인 바, 이 성격은 조선영화의 "고유한 환경"에서 형성되었다는 것이다. 이러한 주장의 의미는 다음 세 가지로 나누어 살펴볼 수 있다.

첫째, 자본과 물적 토대가 영화의 예술적 성취에 있어서 필요조건은 아니며, 테크놀로지적 시간성 즉 일직선적이고 연속적인 시간성과 달리 예술은 비연속적인 연속성이라고 하는 고유의 시간성을 지닌다고 보는 것이다. 영화에 있어서 자본의 결핍은 테크놀로지의 빈약을 초래하는 원인 중 하나가 되며, 테크놀로지는 어느 정도 불가역적인 면이 있다. 예컨대 서구와 내지 영화가 토키시대로 접어들고 있을 때 조선영화만이 무성영화 시대에 머물 수는 없는 것이다. 임화는 자본주의 사회에서 영화가 문화상품이라는 점을 인정하고 특히 토키시대에 접어든 후 조선영화의 기업화가 추진되는 상황을 필연적인 과정으로 받아들이고 있으나, 그것이 영화의 예술적 성격을 담보해주는 것은 아니라고 말한다. 이는 「문화산업론」에서 〈군용열차〉(서광제, 1938)의 제작을 가리켜 "동보(東寶) 같은 곳의 대자본이 주는 기술적 편의 같은 조건으로 분명히 일부 유리한 결과를 수득할 수 있"을지 모르나 그것이 "예술적 이익"을 가져다주는 것은 아니라고 말하는 데에서도 드러난다.[39] 그리하여 그는 "영화가 상품의 일종인 것도 사실이요 오락의 대상인 것도 사실이요 광고나 '프로파간다'의 수단일 수 있는 것도 사실이나 영화는 무엇보다 문화요 예술"(CHO, 83)이라는 방식으로 말하게 되는 것인데, 테크놀로지의 시간성이 연속적인 '발전'의 시간성이라면 예술과 문화의 시간성은 비연속적인 '독창'의 시간성이기 때문이다. 마치 증기기관의 발명은 당시에 있어 위대한 사실이나 석유발동기, 전기엔진이 발명되면서부터는 다시 증기기관의 세계로 돌아갈 수 없는 것처럼, 테크놀로지의 시간성은 과거의 것이 현재 가운데 흡수되어 버리면서 일직선적으로 흘러간다. 그러나 '미로의 비너스'와 호머의 시는 미켈란젤로와 단테의 등장으로 그 속에 흡수되지 않고 "독립하고 완전한 세계로서의 의미를 상실하지 아니한다."[40] 이런 관점에 의해 임화는 영화의 기업화가 운위되는 시점에서 무성영화의 초기로 되돌아가 자본의 뒷받침 없이 예술로서 영화가 형성되었던 양상을 강조하는 것이다.

이러한 사정은 예술에 있어 행복된다고는 못할지라도 심(甚)히 호적한 조건이라고 아니할 수 없다. 태작을 맨듬으로써 실패를 거듭함으로써 그들은 조선영화의 성장에 참여했던 것이다. 바꿔말하면 예술가로서

---

39 임화, 「문화기업론」(『청색지』, 1938.6), 임규찬 편, 『임화문학예술전집 2-평론』, 소명출판, 2009, 59면.
40 임화, 「고전의 세계」(『조광』, 1940.12), 위의 책, 280~286면.

그들은 비록 실패하고 태작한 경우일지라도 제3자의 율제(率制)를 받음이 적게 자기의 의도를 실현할 수 있었던 것이다. 그들은 자기의 실패를 후회하지 아니할 수 있었던 것이다.(CHO, 89면)

여기에서 임화는 자본의 부재라는 조건을 '결핍'이 아니라 "제3자의 율제를 받음이 적게 자기의 의도를 실현할 수 있었던" 환경으로 간주하며, "자본의 유력한 원호를 받지 못했다는 것은 비단 영화에 한하는 사실이 아니다. 문학도 음악도 미술도 그 은혜를 몽(蒙)할 수는 없었다. 그것은 조선의 모든 근대문화의 공통한 환경임에 지나지 않는 것이다"(CHO, 90)라고 말하며 영화와 여타 부문이 공통된 환경에서 생성되었음을 다시 강조하고 있다. 사실 조선영화 제작에 있어서 안정적인 자본과 합리화된 시스템이 갖추어지지 않았기 때문에 외국에 비해 감독이 창조적인 역량을 발휘할 여지가 많았다는 지적들이 있을 만큼,[41] 초기 조선영화사는 물적 조건의 빈약함을 영화인들의 정열을 통해 극복하면서 진행되어 온 측면이 있다. 임화는 여기에 결정적인 역할을 한 것이 영화인들의 주체적 정신, 즉 "영화를 자기 표현의 예술적 수단으로 형성하려는 정신"이라고 평가한다. 임화가 「조선영화론」을 쓴 동기 중 하나도 이 영화인들의 주체

---

[41] 주영섭, 「조선영화전망」, 『문장』, 1939.4; 나웅, 「조선영화의 현상」, 『에이가효론(映画評論)』, 1937.1.

적 정신을 강조하기 위함인데, 말미에도 밝히듯 조선영화계가 "전환기"를 맞이하고 있는 상황에서 "조선영화의 근본적 성격", 즉 생성기부터 저류를 형성해온 특질을 밝힘으로써 그것을 "장래 조선영화의 가장 독자적인 성격 내지는 가치있는 요소"로 발전시킬 것을 촉구하는 것이다. 영화인들은 "자기의 선행자들의 업적에 대하여 신중해야 할 것이며 또 스스로의 길에 대해서도 예술가인 외에 다른 도리가 있을 수 없는 점"(CHO, 92)을 자각해야 한다는 것이다.

둘째, 자본으로부터의 "자립" 혹은 "자유"와 인접문화와의 협동을 조선영화의 근본성격으로 보는 태도는「조선영화발달소사」에서 근대적 장르의 분화라는 관점에서 초기 영화를 서술하던 것과 차이를 보이며, 결정적으로 연쇄극 필름에 대한 평가에 있어 변화를 보여준다.「조선영화발달소사」에서 임화는 초기 제작의 역사를 연극이나 관청의 선전 등 여타 부문에 종속되어 있던 상태로부터 "독립"하여 완결된 영화 텍스트를 생산하는 과정으로 설명한다. 이 과정을 도해화하면 다음과 같다.

* 연쇄극 '필름' ; 최초로 제작된 영화.
연쇄극 '필름'을 우리가 영화라고 부를 수 없는 것은 활동사진을 영화라고 부르지 못하는 것 이상이다. 그것은 활동사진만치도 독립된 작품이 아니요, 연극의 한 보조수단에 불과하였기 때문이다. 결국 영화의 한 태생에 그치는 것이었다.

* 경기도청 위촉 호열자 예방 선전영화와 〈월하의 맹서〉(체신국 위촉 저축사상선전영화) ; 독립한 작품의 효시. 그러나 선전수단에 지나지 않으므로 "완전히 독립한 영화라고는 말하기 어렵다"

"조선영화사를 말하매, 이 두 작품을 최초의 작품으로 매거하는 것은 그 제작의 동기, 작품의 내용은 여하간에, 다른 예술의 보조를 받지 않고 자체로서 완결되었기 때문이다."

* 〈춘향전〉(하야가와 고슈, 1922) ; "좀더 완전히 독립한 영화"

(SOS, 197~198면)

이 관점에 의하면, 최초로 제작된 영화로서 연극의 중간에 영상물을 삽입하는 형식인 연쇄극 필름은 연극에 종속되었다는 점에서, "한 보조수단에 불과"하다는 점에서, "활동사진만치도 독립된 작품이 아니"다. 그 뒤 제작된 〈월하의 맹서〉는 "다른 예술의 보조를 받지 않고 자체로서 완결"되었다는 점에서 "독립한 작품"의 효시이지만, "관청의 광고지와 같은 한 선전수단에 지나지 않기 때문"에 역시 "완전히 독립한 영화"라고는 보기 힘들다. 따라서 연극이나 관청의 선전 등 다른 부문에 종속되지 않고 그 자체로 독립한 최초의 영화는 상업용 극영화인 〈춘향전〉이 되는 것이다. 이는 하나의 예술장르가 독자적인 장르로 분화되는 과정을 설명하는 일반적인 논리이다. 반면 「조선영화론」에서 임화는 "독립"이라는 용어와 별도로 "자립"이라는 용어를 사용하면서, 「조선영화발달소사」에서 영화가 장르로서 분화되는 과정을 "독립"으로 표현하던 것과 달리 "자본으로부터의 자립"이라고 하는 또 다른 관점을 도입한다. 이는 기존의 영화사를 '보충'하는 것 이상의 의미를 지닌다고 생각되는데, 왜냐하면 이 과정에서 연쇄극 필름에 대한 평가가 변화하기 때문이다. 즉 「조선영화발달소사」에서 연쇄극 필름은 연극에 종속된 것이기에 활동사진보다 못한 것으로 간주된다면, 「조선영화론」에서는 "활동사진 시대"를 개시한 선례로 평가되는 것이다. 이는 조선영화사를 장르의 분화라고 하는 일반론의 차원에서가 아니라 가치평가적인 차원에서 서술하는 태도로의 변화라고 볼 수 있는데, 이렇게 조선영화가 "어느 나라의 영화와도 달리 자본의 원호를 못 받는 대신 자기 외의 다른 인접문화와의 협동에서 방향을 걸"(CHO, 90)었던 것으로 설명될 때 연쇄극 필름은 연극에 영화가 종속되었던 과도기가 아니라 연극과의 "협동" 사례로서 적극적으로 자리매김되기 때문이다.

셋째, 임화가 중요하게 거론하는 또다른 인접문화, 즉 조선문학과 서구영화는 조선영화로 하여금 "근대문화의 중요한 영역의 하나로서" 존재하게 만들었으며 특히 서구영화의 영향은 조선영화로 하여금 "일본영화보다 훨씬 이질적인" 독특한 성격을 띠게 만들었다.

나운규의 예술을 특징지우는 분위기, 고유한 열정이란 것은 일반적으로는 그가 시대를 통하여 호흡한 것이나 구체적으로는 문학을 통하여 혹은 그 여(餘)의 예술과 문화를 통하여 형태를 가준 것으로서 받어들였을 것은 의심할 여지가 없다. 더구나 그의 전작품 계열 가운데 들어있는 문학작품의 영화화는 말할 것도 없거니와 그밖에 전작품 가운데서 그가 구사한 성격은 직접으로 당시의 문학작품과 깊은 관계를 맺고 있는 것이다. 이것은 조선에 있어 영화가 고립해있지 아니했든 증거이며 근대 문화의 중요한 영역의 하나로서 영화가 존재했든 그 역 중요한 증좌다. 이러한 관계는 비단 나운규의 예술에만 고유한 현상이 아니다. 그밖에 작가에 있어, 또는 조선영화의 중요한 시기에 있어 문학은 의뢰할만한 후원자로서 반성된 것이다. 그 반면 조선영화의 다른 타자의존, 즉 외국 영화의 모방도 여기서 일언해 두지 아니하면 아니 된다.

어떻게 말하면 조선영화는 조선의 문학이나 그타의 예술에 의존한 것 이상으로 외국영화에 의존하고 있었다고 말할 수가 있다. 그것은 주로 기술적 이유에 의한 것으로 당연한 현상이라 아니할 수 없다. 그것은 문학이나 그 외의 문화예술이 서구의 그것을 모방하고 추종한 것과 조금도 사정이 다르지 않다. 그러나 여기서 거듭 주의할 것은 조선영화의 이러한 내부적 동향이란 것이 전혀 자본의 원조를 받지 못한 대신 그의 폐해도 입지 아니했다는 사실이다.

이러한 자유는 조선영화의 성격을 어느 정도로 독자화하여 가까운 예만 하드래도 일본영화보다 훨씬 이질적인 물건을 만든 것이다.

내지의 엇던 작가는 조선소설을 내지의 그것에 비하면 서구적인데 가깝다고 한 일이 있거니와 영화의 영역에서도 이점은 통용될듯하다. 이것은 물론 그 소박한데 있어 진실하고 치졸함에 있어 독자적이나 이것

은 시정해야할 결함이면서 성육되어야할 장점이라고 나는 생각는다. 내
지영화를 통하여 조선의 영화가 배운 것은 물론 막대할 것이나 그것의
직접의 '이미테 '은 아직 현저하지 아니한 것이다. 그것은 마치 문학이
일본문학을 통하여 서구문학을 배운 것처럼, 그것을 통하여 서구영화를
배웠기 때문이다. [강조-인용자](CHO, 90~92면)

그간 위의 인용문에서 강조된 부분, 즉 조선영화의 독특한 미학
을 설명한 부분은 자본의 폐해를 입지 않아 형성된 특징인 것으로만
언급되어 왔으나,[42] 이 맥락을 정확히 파악한다면 그것은 조선영화
가 자본의 폐해를 입지 않아 "어느 정도로 독자화하여" (문학이 아니
라) 서구영화의 영향을 많이 받음으로써 "일본영화보다 훨씬 이질적
인" 특성을 구현한 것을 설명하는 구절임을 알 수 있다. 이는 앞서
"감상을 통한 이식"이라고 하는 설정과 상통하는 것으로, 조선영화
는 초기부터 오랜 감상을 통해 경험한 서구영화를 자양분으로 하여
독자적인 미학을 구축했다고 하는 주장인 것이다.
　사실 나운규의 영화를 임화는 주로 문학과 관련하여 설명하고 있
지만, 대표작 〈아리랑〉에서 보여지는 서구영화의 흔적이 일찍이 지
적되었을 만큼 조선영화는 유럽과 미국 등 서구영화와의 혼종적 성

42　예컨대 백문임, 「대동아공영권과 임화의 조선영화론」, 문학과 영상학회 학술대회 발표문,
　　2005.11.

격을 그 특성으로 하고 있었다. 중일전쟁 이후 일본제국이 아시아 점령지에서의 영화공작을 위해 조사한 내용을 보면 여타 아시아 지역에서 작품과 산업면에서 중국영화의 영향력이 지대했던 것을 알 수 있는데,[43] 조선에서는 중국영화와 일본영화의 영향력은 미미한 반면 서구영화에 대한 수요가 월등히 많았다. 만주사변 이후 조선총독부의 영화통제에 있어서 외국영화의 상영 제한이 중요한 쟁점 중 하나였다는 사실[44]은 이를 방증하는 사례라 할 수 있다. 물론 서구영화의 영향은 일본에서도 지대한 것이었고 특히 미국영화는 진주만 공격을 전후하여 단순히 시장 점유율의 문제가 아니라 물질적, 개인주의적, 쾌락적 가치관으로 일본 정신을 '오염'시켰다고 하는 점에서 담론화되었다. 이중 가장 극단적인 것은 '영화'라는 것 자체가 서구적인 형식이어서 근본적으로 일본적인 내용을 표현할 수 없다고 하는 논의였을 것이다.[45] 여기에 비한다면 조선영화의 혼종성을 "시정해야 할 결함이면서 성육되어야 할 장점"이라고 지적하는 임화의 논의는 어찌 보면 조선영화의 주체적 성격에 대한 자신감에

---

43 市川彩, 『アジア映画の創造及建設』, 國際映画通信社出版部, 1941; 津村秀夫, 『映畵戰』, 朝日新選書13, 朝日新聞社, 1944.

44 市川彩, 앞의 책, 114면; 김동호 외, 앞의 책, 80~81면.

45 츠무라 히데오의 발언, 「근대의 초극 좌담회」 제1일, 나카무라 미츠오 외, 이경훈 외 번역, 『태평양전쟁의 사상』, 이매진, 2007, 80~81면. 한편 이 심포지엄의 발표 논문에서 츠무라 히데오는 미국영화의 폐해에 대해 집중적으로 논의한다. 津村秀夫, 「何を破るべきか」, 河上徹太郎 他, 앞의 책, 118~122면.

서 비롯된 것처럼 보이기까지 한다. 조선영화는 "조선의 문학이나 그타의 예술에 의존한 것 이상으로 외국영화에 의존"해 왔으나 결코 거기에 침윤되지 않고 오히려 그것과 뒤섞임으로써 성장했다고 하는 이러한 관점은, 임화가 "내지 문학자의 조선문학관 중 가장 훌륭한 것"[46]이라고 평가했던 가와카미 테츠타로(河上徹太郎)의 다음과 같은 견해를 조선영화에 대해서도 마찬가지로 적용할 수 있게 만든다. 여기에서 조선문학(영화)는 전근대의 형식과 내용이 지속된 것도 아니고 제국에 종속된 것도 아니라, 조선 고유의 환경에서 꽃핀 세계문학(영화)인 것이다.

> 그들의 작품[조선문학을 가리킴-인용재은 각각 그 민족문학의 전통 위에서의 현대의 것이 아니고 또 일본 현대문학의 식민지적 출장소도 아닌 세계문학이 이 이십세기라는 시대에 지방적으로 개화한 근대문학의 일종이라는 것을 똑똑히 말할 수가 있다.[47]

---

46 임화, 「현대 조선문학의 환경」(『문예』, 1940.7), 이경훈 편역, 『한국 근대 일본어 평론, 좌담회 선집; 1939~1944』, 역락, 2009, 93면.

47 임화, 「동경문단과 조선문학」(『인문평론』, 1940.6), 임규찬 편, 『임화문학예술전집 2-평론』, 소명출판, 2009, 224면.

6. 마무리 – 예술의 수단

1930년대 후반은 조선에서 거의 최초로 조선영화의 '예술'적 성격
이 담론화되던 때이다. 이는 토키 제작이 시작된 이후 영화의 소리를
구성하는 요소들, 즉 대사와 음악에 대한 관심이 높아지면서 유관 분
야인 문학, 연극, 음악과 비교, 대조하며 영화의 성격을 규명하려는
시도와, 또 어느 때보다 문학작품을 영화화하는 경향이 두드러지면
서 '문예영화'에 대한 논의가 활발해지던 사정, 그리고 서구영화를 주
로 보던 지식인들이 조선영화에 관심을 갖기 시작하면서 서구영화,
특히 프랑스 영화의 수준과 조선영화의 그것을 견주어보는 태도 등
이 공존하는 것이었다. 여기에는 물론 '예술'적 성취를 보여주는 조선
영화 작품들이 생산되었다는 사실이 작용하기도 했다. 당시 논자들
이 거론하는 〈나그네〉, 〈한강〉(방한준, 1938), 〈성황당〉(방한준, 1939) 등
이외에도, 조선영화령 실시와 통제회사 설립이라는 격랑의 와중에
개봉된 〈집없는 천사〉(최인규, 1941), 〈복지만리〉(전창근, 1941)는 추측
컨대 조선영화로서는 최고의 '예술'적 수준에 도달한 작품이었다.

그러나 조선영화를 '예술'적 성격이라는 프리즘을 통해 설명해 보
려던 담론은 미처 개진되기도 전에 전시하 통제 시스템의 도입으로
급격히 사그라든다. 임화는 조선문학이 "고전"을 가져야 한다고 말
했거니와, 그것이 "각 시대에 있어 자기를 완성"[48]하는 것을 말한다
고 할 때 그 "고전"은 영화에서도 필요로 하는 것이었고 또 그것을

평가해줄 비평가가 있어야 존재할 수 있는 것이었으리라. 조선영화령 시대를 맞은 조선영화는 자기의 완성을 경주할 여유를 갖지 못했고, 영화비평가들은 '예술'을 "국가의 문화재"[49]와 동의어로 사용하게 되었다.

임화가 「조선영화론」에서 조선영화의 '예술'적 성격을 주장할 때 그것은 물적 토대나 정치적 현실로부터 동떨어진, 혹은 그것과 대립되는 낭만적 관념에 기반한 것이 아니다. 이 글은 조선영화령 시대에 영화를 "무기"로서 "특수화"하는 경향에 대응하는 논리로서 마련된 것으로, 조선영화가 처음부터 근대 문화의 일종으로서, 문학 등 여타 부문과 마찬가지로 예술로서 형성되었음을 규명하고자 한 글이다. 이 시기 임화는 「고전의 세계」, 「기계미」, 「예술의 수단」 등 예술과 테크놀로지, 공업, 제작 등을 비교하는 글들을 발표하는데, 이는 토키와 전쟁이라는 새로운 국면을 맞아 영화의 존재론을 고민한 논리로 읽어도 손색이 없다. 즉 영화는 건축처럼 일종의 "기계공업"이며 기술을 통하여 "제작"되는 상품의 성격을 갖고 있고, 더욱이 정치에서는 영화의 수단을 "무기"로 생각하지만, 예술이라는 것은 "독창"이며 표현수단과 배타적 관계를 갖고 있는 것이기에, 영화의 존재론을 무엇으로 설정하는가는 중요한 것이다. 영화는 연속적인 진

---

48 임화, 「현대 조선문학의 환경」(『문예』, 1940.7), 이경훈 편역, 앞의 책, 90면.
49 오영진, 「조선영화의 일반적 과제」(『신시대』, 1942.6), 이경훈 편역, 앞의 책, 167면.

보라는 테크놀로지적 시간에 속하는가 아니면 비연속적인 연속이라는 예술의 시간에 속하는가, 영화는 기계공업인가 예술인가, 영화는 '제작'되는 상품인가 '표현'되는 예술인가. 영화를 "제작"의 관점에서 본다면 낡은 테크놀로지로부터 "별리해오면서 진보"하는 것이라고 말할 수 있겠으나 예술적 "표현"의 관점에서 본다면 영화 자체의 본질적인 수단에 "고착하고 그것 가운데로 침잠해 들어가 버림으로써 오히려 진보"[50]할 수 있는 것이다. 「조선영화론」 이후에 발표한 「영화의 극성과 기록성」은 고려영화사가 만주영화협회와 합작으로 오랜 기간 제작한 야심작 〈복지만리〉에 대한 분석이지만, 다른 한편으로는 영화의 표현 수단, 즉 임화가 "제작"과 구분하는 예술적 "표현"의 수단을 영화의 경우에 적용시킨 사례이기도 하다. "표현"은 정신적인 의지의 실현과정으로서, 예술의 수단은 표현과 거의 단원적으로 결합된 것이기에(즉 언어를 떠나면 문학은 존재할 수 없기에) "숙명적이고 신성한 것"이다. 여기에서 임화는 예술의 수단의 특수성이 "수단의 완성을 통하여 내용이 완성된다는 것"[51]이라고 덧붙이는데, 맥락상 이는 조선문학에서 수단으로서 조선어의 문제를 언급하는 것이라 할 수 있겠으나, 영화를 예술로 간주한다고 할 때 그 "수단의 완성"이라고 하는 것은 문학에서와 마찬가지로 "숙명적이

---

50 임화, 「예술의 수단」(『매일신보』, 1940.8.21, 27면), 임규찬 편, 『임화문학예술전집 2—평론』, 소명출판, 2009, 234면.
51 위의 글, 236면.

고 신성한 것"이라고 말할 수 있을 것이다. 임화가 〈복지만리〉에 대해 지적하는 것도 이 작품에서 시도된 영화의 표현 수단으로서의 "기록성", 즉 "시각적 사실성"[52]에 대한 천착이 예술적 추구로서 의미를 갖는다는 점이다.[53]

임화가 「조선영화론」에서 "생성"의 시기에 천착하는 이유 중 하나는 자본과 테크놀로지가 원시적이었던 상태에서 조선에 영화를 꽃피우게 만들었던 원동력이 무엇이었는가를 찾아보기 위해서였고, 그것을 그는 "영화를 자기표현의 예술적 수단으로서 형성하려는 정신"(CHO, 89면)이라고 최종적으로 명명한다. 이때 "정신"은 문학론에서 얘기하는 "정신", 즉 시대정신과는 사뭇 다른 것이다. 40년내 초에 조선영화를 생각함에 있어서 임화는 어떤 시대정신을 발견하려고 하기보다 영화 자체의 존재론에 답할 수 있는 창조적 정신을 찾는 것에 더 집중했다. 그만큼 조선영화는 절박한 기로에 놓여 있었던 것이다.

---

52 임화, 「영화의 극성과 기록성」, 『춘추』, 1942. 2, 104면.
53 이 '기록성'의 문제는 중일전쟁 이후 조선영화의 '예술'적 성격에 대한 담론이 하나의 돌파구로서 발견해낸 다큐멘터리론 혹은 '문화영화' 담론과 맞닿아 있다. 30년대 중반부터 독일과 일본에서 과거 좌파 영화인들에 의해 제기되었던 다큐멘터리 혹은 '문화영화'에 대한 논의와 조선에서의 그것에 대해서는 추후 다룰 예정이다.

|초출 일람|

손유경, 「팔봉의 '형식'에서 임화의 '형상'으로」, 『한국현대문학연구』 35, 2011. 12.
김동식, 「'리얼리즘의 승리'와 텍스트의 무의식—임화의 「의도와 작품의 낙차와 비
　　평」에 관한 몇 개의 주석」, 『민족문학사연구』 38, 2008.
김종욱, 「일제 강점기 임화의 영화 체험과 조선영화론」, 『한국현대문학연구』 31,
　　2010. 8.
백문임, 「조선영화의 존재론—임화의 「조선영화론」(1941)을 중심으로」, 『상허학
　　보』 33, 2011. 10.